나, 프랜 리보위츠

프랜 리보위츠는 여전히 뉴욕에 살며,
다른 데서는 못 살 것 같다고 생각한다.

나, 프랜 리보위츠

프랜 리보위츠 지음 우아름 옮김

The Fran Lebowitz Reader

문학동네

이 책의 일부는 앤디 워홀의 잡지 『인터뷰*Interview*』와 『마드무아젤*Mademoiselle*』에 최초로 수록되었다. 「나의 하루: 소개라면 소개랄까」는 이 책에 실린 것과는 조금 다르게 『보그*Vogue*』 영국판에 수록된 바 있다.

일러두기

1. 이 책은 두 권의 베스트셀러 칼럼집 『대도시 생활*Metropolitan Life*』(1978)과 『사회 탐구*Social Studies*』(1981)를 묶어 새로 펴낸 판본으로, 번역 저본은 다음과 같다: Fran Lebowitz, *The Fran Lebowitz Reader*, New York: Vintage, 1994. 현재까지 논평가이자 유머 작가로서의 프랜의 면모를 살필 수 있는 유일한 단행본이다.
2. 이 책의 주는 모두 옮긴이 주다.
3. 원서에서 이탤릭체로 강조한 곳은 고딕체로 표시했다.

리사 로빈슨*에게

* 미국의 음악 저널리스트. 현재는 작고한 남편 리처드 로빈슨의 제안으로 영국 가수들에 관한 칼럼을 쓰기 시작한 것을 계기로 유수의 음악인들을 다루었고 1984년 프레디 머큐리와의 단독 인터뷰로 유명하다. 프랜 리보위츠와는 막역한 사이.

차례

과학

예술

문자

사회 탐구Social Studies

사람

물건

장소

생각

서문

이십대 초반에 이 책의 첫 글을 썼고, 삼십대 초반에 마지막 글을 썼다. 지금의 나는 세상에서 가장 편파적이고 이상적인 시선으로 봐야 그나마 사십대 초반이라 할 나이다. 그러므로 사람들이 내 글에서 예전에 타당하다고 했던 것들(내 말이 그 말이다)에 의문을 제기하는 목소리가 높아진 게 놀랍지는 않다. 이제 그 사람들의 목소리를 좀 낮춰보도록 하겠다.

물론 이젠 기분 반지, CB 라디오, 디스코, 하이테크 인테리어디자인, 처음 만난 이들과의 안전한 섹스가 더이상 신기하다거나 존재한다거나 하는 건 아니지만, 그런 유행의 대다수가 종종 되살아나는(애석하게도 마지막 것은 아니어도) 이 몹시도 지루하고 시대를 역행하는 시대에, 시의성이란 걸 더는 요구하지도 않는 시대에, 작가에게는 시간이 흘러도 변하지 않는 시의성을 요구한다는 건 극도로 불공평하면서 부적절한 처사임은 부인할 수 없다.

현재 예술이라 하는 것들을 예술이라 부를 수 있고 역사라 하는 것들을 역사라 부를 수 있다면(그러니까, 현재 현재라 하는 것을 현재라 부를 수 있다면), 동시대의 독자—이 고독한 존재여—당신에게 이렇게 고하고 싶다. 여기 담긴 글들을 원래 쓰인 당시, 그리고 지금 또다시 의도한 대로 받아들여주길 바란다고. 바로 예술사로서. 하지만 조금은 다른 예술사다. 현대적이고, 시의적절하며, 바로 지금 이 순간의 상황을 충실히 반영한 현재진행형인 예술사.

프랜 리보위츠

1994년 9월

대도시 생활

METROPOLITAN LIFE

나의 하루
: 소개라면 소개랄까

오후 12:35 — 전화가 울린다. 기분이 좋지 않다. 내가 좋아하는 기상 방식이 아니다. 내가 좋아하는 방식은 어느 프랑스 영화배우가 귀에 대고 노벨문학상 받으러 스웨덴까지 늦지 않게 가려면 지금 아침식사를 주문해야 한다고 오후 두시 삼십분쯤 부드럽게 속삭여주는 거다. 바라는 만큼 자주 일어나는 일은 아니다.

오늘이야말로 완벽한 예다. 전화한 사람은 로스앤젤레스에 있는 한 에이전트인데, 내가 자길 모를 거란다. 맞는 말씀, 그럴 만도 하다. 목소리만 들어도 그의 그을린 피부가 보이는 것 같다. 내 작품에 관심이 있다고 한다. 그 관심 끝에 내가 코미디 영화를 쓰는 게 좋겠다는 결론을 내렸단다. 이젠 코미디 작가들이 영화계를 장악한 것이 분명하니 예술적 자유야 당연히 전적으로 부여해주겠다면서. 집안을 둘러보곤(이야 단지 눈길만 던져도 손쉽게 이룰 수 있는 위업인데), 디노 데 라우렌티스[*]가 들어도 놀랄 소리라고 일갈한다. 상대는 그을린 목소리로 피식 웃더니 얘기 좀 하자고 한다. 난 지금 얘기하고 있지 않느냐고 한다. 그러나 그는 거기서 하자면서 경비는 내 몫이란다. 내가 로스앤젤레스까지 내 돈 들여 가는 유일한 방법은 엽서로 가는 것뿐이라고 답한다. 그는 다시 피식 웃더니 얘기 좀 하자고 제안한다. 나는—뛰어난 물리학 업적으로—노벨상을 타고 나면 그러겠다고 답한다.

오후 12:55—다시 자려고 애써본다. 수면이란 내가 거의 허레이쇼 앨저[†] 작품의 주인공처럼 투지와 인내를 발휘해온 영역이나, 목표 달성에 실패하고 만다.

오후 1:20—내려가서 우편물을 챙겨온다. 다시 침대로 들어간다. 보도자료가 아홉, 시사회 안내문이 넷, 고지서가 둘, 유명 헤로인중독자를 위한 파티 초대장 하나, 전화선을 끊겠다는 뉴욕 전화국의 최종 안내문 하나, 그리고 대체 무슨 권리로 실내식물—초록이고 살아 있는 것들—을 그렇게 두드러진 혐오감으로 대하는지 내게 해명을 요구하는 『마드무아젤』 독자 항의 편지 셋. 요금을 납부할 가능성은 없으니 전화국에 전화해 흥정을 해본다. 혹시 전화국 사람들이 시사회에 갈 마음이 있을까? 헤로인중독자 파티에 관심이 있을까? 대체 내가 무슨 권리로 실내식물을 그렇게 두드러진 혐오감으로 대하는지 해명을 듣고 싶어 할까? 아닌가보다. 그들이 바라는 건 148달러 10센트다. 충분히 이해

* 이탈리아 출신 영화감독이자 전설적인 프로듀서.

† 19세기 미국 아동문학 작가. 가난한 소년이 정직과 근면으로 끝내 성공하는 이야기가 주다.

할 수 있는 취향이긴 하나, 맹목적인 금전 추구에 전념하는 삶은 피도 눈물도 없는 삶과 같다며 주의를 줘본다. 합의점을 찾는 데 실패한다. 이불을 끌어당겨 덮는데 전화가 울린다. 이제부터 몇 시간은 편집자의 공격에 대한 반박, 친근한 대화, 복수 계획으로 흘러간다. 책을 읽는다. 담배를 피운다. 불행히도 시계가 내 눈길을 사로잡는다.

오후 3:40—침대에서 벗어나볼까 생각한다. 지나치게 활기찬 생각이라 이내 접는다. 책을 좀더 읽고 담배를 좀더 피운다.

오후 4:15—희한하게도 전혀 상쾌하지 않은 기분으로 일어난다. 냉장고를 연다. 레몬 반쪽과 머스터드라는 선택지를 거부하고 밖에 나가 아침을 먹어야겠다고 즉흥적으로 결정한다. 나는 아마 그런 여자인가 보다—엉뚱한 여자.

오후 5:10—양손 가득 잡지를 들고 집으로 돌아와 유감스럽게도 마감일을 잘 맞춘 작가들이 쓴 기사를 읽으며 남은 오후를 보낸다.

오후 6:55—막간의 낭만. 애정하는 물건이 도착한다. 실내식물을 담고서.

오후 9:30—패션모델 두 명, 패션 사진작가 한 명, 패션 사진작가의 대리인 한 명, 그리고 예술감독 한 명과 저녁식사를 하러 간다. 거의 모든 시간을 예술감독과 대화하는 데 쏟는다. 어휘력이 가장 풍부하다는 점이 그에게 끌리는 주요한 이유다.

오전 2:05—집에 돌아와 일할 준비를 한다. 살며시 감도는 냉기에 경의를 표하며 스웨터를 두 벌 걸치고 양말도 한 겹 더 신는다. 탄산수 한 컵을 따르고 전등을 책상 옆으로 옮긴다. 『로나 배럿의 할리우드』* 과월호 몇 권과 『오스카 와일드의 편지』에서 괜찮은 부분을 다시 읽는다. 펜을 들고 종이를 쳐다본다. 담배에 불을 붙인다. 종이를 쳐다본다. "나의 하루: 소개라면 소개랄까"라고 쓴다. 좋다. 담백하면서도 운율이 있다. 나의 하루를 떠올린다. 설명할 수 없이 우울해진다. 여백에 낙서를 한다. 셰익스피어의 희극 『뜻대로 하세요*As You Like It*』 등장인물을 모두 흑인으로 바꿔 『뜻대로 하쇼*As You Likes It*』란 제목을 짓겠다는 생각을 적어둔다. 내 소파는 침대로도 변하는 똑똑한 존재란 사실을 마음에서 지우지 않으며 갈망하는 눈빛으로 소파를 바라본다. 담배에 불을 붙인다. 종이를 쳐다본다.

오전 4:50—소파가 이긴다. 또 이렇게 가구가 승리한다.

* Rona Barrett's Hollywood. 가십 칼럼니스트 로나 배럿이 창간한 잡지.

올바른 태도

MANNERS

올바른 태도

나는 무정한 사람이 아니다. 모두에게 따뜻한 옷, 충분한 음식, 그리고 적당한 휴식처가 있어야 한다고 믿는다. 그러나 용납 가능한 태도로 행동할 용의가 없다면 대충 싸매고, 아무거나 먹고, 집구석에 있어야 한다고 생각하는 바다.

이는 에티켓만을 의미하진 않는다. 물론 에티켓도 고려해야 할 요소이나, 용납 가능한 태도란 그보다 훨씬 많은 것을 포함한다. 예를 들면 일반 대중한테 유행을 선도한다거나 거리낌없이 행동한다거나 숨겨진 재능을 개발한다거나 하는 행위를 삼가달라고 하는 요구가 그것이다. 더 나아가 공동선이란 대개 공동의 것도 선도 아니라는 점과 민주주의에도 광풍狂風이란 게 진짜 있음을 받아들일 필요가 있다는 말이다. 탄압 그리고/또는 억압에도 매혹이 없지 않으며 자유 그리고/또는 방종에도 결점이 없지 않다. 이는 아래의 도표에서 분명히 확인할 수 있다.

탄압 그리고/또는 억압의 부산물	자유 그리고/또는 방종의 부산물
	여성
1. 정돈된 손톱	1. (chairman이 아닌) chairperson이라는 단어
2. 홈메이드 쿠키	2. 건설 현장 안전화靴가 아름다운 성[*]에게 어울리는 복장이라는 인식
3. 격렬한 신체활동에 대해 눈에 띄게 혐오감을 표해도 적어도 일부한테는 먹힐 거라는 보장	3. 여성 장관
4. 청첩장을 받았을 때 적절히 반응할 줄 아는 사람이, 아무리 소규모 모임이라도 적어도 한 명쯤은 있으리라는 확실한 가능성	4. 남성 센터폴드[†]
5. 진짜 커피	5. 에리카 종[‡]
	유대인
1. 무척 재미있는 스탠드업 코미디언	1. 진보적 어린이집
2. 스테이지 식품점[§]	2. 냉동 베이글

* 여성을 일컫는 구식 표현.

† 잡지 중간에 그림이나 사진 따위를 접어넣은 페이지. 주로 누드사진을 넣는다.

‡ 여성의 성과 페미니즘을 과감한 문체로 다룬 미국의 소설가.

§ Stage Delicatessen. 뉴욕 카네기홀 근처에 있던 유명 식품점. 수많은 유명인사가 단

3. 격렬한 신체활동에 대해 눈에 띄게 혐오감을 표해도 적어도 일부한테는 먹힐 거라는 보장	3. 어퍼웨스트사이드*
4. 각광받는 전문 분야로서 연극법의 발달과 개선	4. 작가가 에이전트에게 수입의 일정 비율을 바치는 게 타당하다는 생각
5. 흥미로운 비속어, 그중에서도 특히 비非유대인을 지칭하는 표현	5. 에리카 종

흑인

1. 재즈	1. 딸기 와인
2. 미국 남부를 언제든 꺼낼 수 있는 대화 주제로 준비해두기	2. 흑인 회계사
3. 탭댄스	3. 창의적인 악수 방법
4. 우리 문화에서 지속되는, 복수를 향한 열렬한 관심	4. 전원 입학제
5. 에이모스 '앤' 앤디†	5. 새미 데이비스 주니어‡
6. 흥미로운 비속어, 그중에서도 특히 백인을 지칭하는 표현	6. 공생해방군§

골이었고 브로드웨이연극을 주제로 한 음식을 판매하기도 했다. 2012년 폐점.

* 뉴욕 맨해튼의 행정구역으로 유대인 인구가 많다.

† 뉴욕 할렘을 배경으로 흑인 문화와 역사를 담은 시트콤. 1928~1960년 방송됨.

‡ 미국의 유명 가수이자 댄서이자 배우.

§ 1970년대에 활동한 미국의 극좌파 테러 단체.

십대 청소년

1. 불법 음주의 짜릿함	1. 딸기 와인
2. 금지된 성생활과 그로 인해 생겨난 흥미진진한 성적 환상	2. 손쉽게 접근할 수 있는 성생활과 그로 인한 때 이른 권태감
3. 폼나는 청소년 비행	3. 사회적 책임
4. 소외라는 매력	4. 상징주의 시를 이제서야 막 알게 됐는데 벌써 투표권이 주어진 이들

동성애자

1. 무대 위에서의 정확한 춤동작	1. 〈코러스 라인〉[*]
2. 빈정거림	2. 아질산아밀[†]
3. 예술	3. 가죽속옷
4. 문학	4. 레즈비언 엄마들
5. 진짜 가십	5. 이성애자 미용사
6. 『누가 버지니아 울프를 두려워하랴』[‡]는 사실 두 남자에 대한 이야기라는 재밌는 생각	6. 『누가 버지니아 울프를 두려워하랴』는 사실 한 남녀에 대한 이야기라는 재밌는 생각

용납 가능한 태도라는 목표를 달성하기 위해서는 기본적으로 두 단

---

* 1975년에 초연된 브로드웨이 뮤지컬.

† 환각제로 사용되는 마약류.

‡ 미국 극작가 에드워드 올비의 1962년 희곡. 불임인 조지와 마사 부부를 주인공으로, 메말라버린 미국 사회를 강력히 비판하는 작품.

계를 밟아야 한다. 첫 단계는 (이미 달성했으리라고 믿는데) 위 도표의 정독이다. 두번째 단계는 통속적이며 해로운 특정 오해에서 벗어나는 것이다. 예를 들면 다음과 같다:

직업에 귀천이 없다는 말은 사실이 아니다. 다른 직업보다 분명히 더 나은 직업이 존재한다. 좋은 직업과 나쁜 직업을 구분하기란 어렵지 않다. 좋은 직업을 가진 이들은 행복하고, 부유하며, 옷차림이 말끔하다. 나쁜 직업을 가진 이들은 불행하고, 가난하며, 음식을 할 때 고기 증량제를 쓴다. 햄버거 도우미*로 강요당하는 직종에서 품위를 찾는 이들이라면 분명 실망할 것이다. 태도 불량은 당연지사.

마음의 평화라는 건 없다. 초조감 혹은 죽음이 있을 뿐. 그렇지 않다고 증명하려는 행위야말로 용납 불가능한 태도다.

진정한 예술적 재능을 지닌 이는 극히 드물다. 그러므로 노력으로 이 판을 들쑤셔보겠다는 건 꼴사납고도 비생산적이다. 글을 쓰거나 그림을 그려야 할 것 같은 불타는 욕구가 사그라들지 않을 때면 단 음식을 먹어라. 그 기분도 곧 사라질 것이다. 당신의 인생사는 책으로 낼 정도가 아니다. 시도조차 하지 마라.

---

* 1970년대 육류의 공급 부족과 가격 급등으로 등장한 인스턴트식품 브랜드 Hamburger Helper에 빗댄 표현.

신이 만드신 아이라고 모두 아름답진 않다. 어디 내보일 만한 신의 아이는 정말 몇 명 없다. 외모와 관련하여 가장 흔히들 하는 실수는 겉모습에 집착하지 말고 영혼의 진정한 아름다움을 밖으로 드러내야 한다는 믿음이다. 만약 당신의 몸에 이런 게 가능한 부위가 있다면, 그건 매력 발산이 아니라 그냥 새는 구멍이다.

진정한 야심가들을 위한 천직 안내

나이를 불문하고 사람들은 더 나아지고자 한다. 평생의 직업을 선택할 때도 대다수가 이 점을 염두에 둔다. 직업이란 대체로 특정한 훈련과 기술을 필요로 하기 마련이다. 그러나 일부—흔한 경로에서 조금 벗어난 종류—는 다른 식으로 접근해야 한다. 해당 분야들은 기반을 다지기가 가장 힘든 축에 속하니, 조언을 하자면 본인이 이 직업에 정말 잘 맞는지부터 확인해보시길. 이를 염두에 두고 아래와 같이 일련의 검사를 제안한다.

교황이 되고 싶으시다고요?

이 직책은 전통적으로 남성의 전유물이다. 여기에 관심을 두는 여성이라면 거의 극복이 불가능한 난관을 뛰어넘어야 함을 미리 알아둘 필요가 있다. 또한 종교도 중요한 비중을 차지하니, 신의 존재에 의구심을 품고 있다면 조금은 제약이 덜한 직업을 고려해보길 권한다.

1. 내가 즐기는 대화는?

a. 전화 통화

b. 저녁식사 후에 하는 대화

c. 즉흥 대화

d. 사적 대화

e. 권좌의 대화

2. 다음 중 가장 좋아하는 이름은?

a. 머피

b. 비토

c. 아이라

d. 짐 밥

e. 인노켄티우스 13세

3. 내 친구 대부분은 ……(이)다.

a. 좌파 지식인

b. 쉬운 여자

c. 교양인

d. 보통 사람

e. 신사

f. 추기경

4. 모든 길은 ……(으)로 통한다.

a. 브리지햄프턴

b. 앙티브곶

c. 맨해튼 미드타운

d. 탬파

e. 로마

5. 다음 문장 또는 구절을 완성하시오. 개……

a. 집

b. 밥

c. 피곤

d. 같은 날

e. 신교

6. 친구들이 날 부르는 별명은?

a. 길쭉이

b. 박사

c. 토니

d. 이지

e. 교종님

7. 격식 있는 자리에 갈 때 나의 옷차림은?

a. 톡톡 튀면서도 우아한 차림

b. 홀스턴* 디자인이라면 아무거나

c. 편한 잠옷

d. 흰색 성의와 주교관

8. 난 ……할 때 가장 마음이 편안하다.

a. 돈이 충분할 때

b. 성능 좋은 경보 시스템을 갖췄을 때

c. 큰 개가 있을 때

d. 단체협약이 체결되어 있을 때

e. 스위스 근위대가 있을 때

9. 사는 게 너무 쉬워 짜증날 때는?

a. 저탄수화물 식이요법을 시작한다.

b. R. W. 에머슨 작품을 읽는다.

c. 수영장 레인을 사십 회 왕복한다.

d. 장작을 팬다.

---

* 1960~1970년대 미국 패션을 선도한 디자이너.

e. 가난한 자들의 발을 씻겨준다.

상속녀가 되고 싶으시다고요?

이 분야는 출생이라는 우연에 크게 좌우된다. 이 문제는 혼처를 잘 고르기 그리고/또는 나이든 남성을 무척 행복하게 해주기로 극복할 수 있다. 그러나 이 방법도 결코 쉽지만은 않으니 게으른 사람이라면 다른 직업을 찾는 편이 나을 것이다.

1. 나를 딱 한 단어로 표현해야 한다면?

a. 사려 깊다

b. 활발하다

c. 호기심 많다

d. 상냥하다

e. 별나다

2. 나는……

a. 양쪽을 모두 확인한 후 길을 건넌다cross.

b. 버스를 타고 시내를 이동한다cross.

c. 달력에 표시하며cross 날짜를 센다.

d. 7 가운데 선을 긋는다cross.

3. 주말에 즐겨 하는 일은?

a. 캠핑

b. 롤러스케이팅

c. 긴 산책

d. 여러 술집 가보기

e. 그슈타드*에서 휴양

4. 처음 만난 사람과 어색함을 깨기엔 이런 질문이 좋다고 생각한다:
"어디에서……"

a. 채소를 사세요?

b. 전자제품을 사세요?

c. 사진을 인화하세요?

d. 겨울을 보내세요?

5. 양귀비란?

a. 빨간 꽃

d. 헤로인의 원재료

c. 때로 빵이나 롤빵에 재료로 넣는 씨앗의 한 종류

d. 내 별명

* 스위스 알프스산맥에 있는 고급 휴양지.

6. 남자가 제일 잘하는 일은?

a. 닭 튀기기

b. 꽃꽂이

c. 술 제조

d. 집사

7. 어릴 적 좋아한 놀이는?

a. 인형 놀이

b. 병원 놀이

c. 야구

d. 캔디랜드 보드게임

e. 공주 놀이

8. 나는 절대……

a. 서류가방을 들지carry 않는다.

b. 헛소문을 퍼뜨리지carry 않는다.

c. 장티푸스를 옮기지carry 않는다.

d. 현금을 가지고 다니지carry 않는다.

9. 내 첫사랑은?

a. 탭 헌터*

b. 폴 매카트니

c. 옆집 살던 남자애

d. 말

절대 권력의 독재자가 되고 싶으시다고요?

이 직업은 체력과 추진력, 강철 같은 의지가 필요하다. 소심한 유형에겐 추천하지 않는다.

1. 내가 가장 무서워하는 건?

a. 새로운 사람 만나기

b. 높은 곳

c. 뱀

d. 어둠

e. 쿠데타

2. 느긋한 일요일 오후, 내가 즐기는 일은?

a. 요리

b. 새로운 메이크업 연구

c. 박물관 가기

d. 그냥 집에서 빈둥대기

---

* 1950~1960년대에 활약한 미국 배우이자 가수, 영화제작자.

e. 유배 보내기

3. 사람에게 가장 어울리는 옷은?

a. 정장

b. 수영복

c. 각자의 생활방식을 반영한 옷

d. 버뮤다 반바지

e. 죄수복

4. 낯선 이들이 대거 몰려들어 내게 맞설 때 나의 즉각적인 반응은?

a. 흥미로워 보이는 인물에게 나를 소개한다.

b. 내게 무슨 말을 할지 기다린다.

c. 삐져서 구석에 쪼그리고 앉는다.

d. 숙청을 단행한다.

5. 예상치 못하게 나와 마주쳤을 때 사람들이 보여야 할 가장 올바른 행동은?

a. 웃는다.

b. 고개를 까딱한다.

c. 인사한다.

d. 가볍게 입맞춤한다.

e. 경례한다.

6. 누군가 내 의견에 동의하지 않을 때 나는 본능적으로……

a. 상대의 입장을 이해하려 한다.

b. 심술이 난다.

c. 차분하게 이성적으로 토론하고자 한다.

d. 울고 싶다.

e. 그 사람을 처형하고 싶다.

7. 최고의 인성 교육 방법은?

a. 스카우트 활동

b. YMCA

c. 주일학교

d. 찬물 샤워

e. 강제 노역

출세주의자가 되고 싶으시다고요?

본 글에 언급된 모든 직업 중 업계 진출이 단연코 가장 쉽다. 안타깝긴 하지만 비위 면에서는 견디기가 가장 힘들기도 하다. 이 분야에 죽치고 있는 무리들이 이런 걸로 받는 영향이야 놀라울 정도로 미미하지만.

1. 나는 혼자 있을 때 주로……

a. 책을 읽는다.

b. 텔레비전을 본다.

c. 소네트를 쓴다.

d. 모형 비행기를 조립한다.

e. 베벌리힐스호텔에 전화해 내 호출기로 연락 좀 해달라고 한다.

2. 여성 친구가 특별히 재미있는 이야기를 하면 나는……

a. "야, 그거 진짜 웃긴다"라고 말한다.

b. 즐거워하며 웃는다.

c. 주체할 수 없이 낄낄대며 웃는다.

d. "너 완전 도러시 파커 같아"라고 말한다.

3. 전화를 받으면 나는 주로 이렇게 응대한다.

a. "안녕하세요, 잘 지내시죠?"

b. "아, 안녕하세요."

c. "네."

d. "아, 안녕하세요. 마침 볼프강의 교향곡 좀 듣고 있었어요."

4. 만약 집에 불이 난다면 난 ……을/를 가장 먼저 구할 것이다.

a. 아들

b. 고양이

c. 남자친구

d. 『워먼스 웨어 데일리』*에 내 이름이 실린 부분

5. 외식이란 내게……

a. 즐거움이다.

b. 기분 전환이다.

c. 친구들을 만나는 자리다.

d. 막간의 낭만이다.

e. 사회생활이다.

6. 내가 생각하는 좋은 파티란?

a. 술도 많고 건수도 많은 왁자지껄 성대한 파티

b. 좋은 대화, 좋은 음식, 좋은 포도주

c. 가까운 친구 몇 명과 함께하는 저녁식사와 브리지카드게임

d. 초대받지 못한 파티

7. 홀로 무인도에 갇혔을 때 읽을 책을 딱 한 권만 고를 수 있다면?

a. 성경

b. 윌리엄 셰익스피어 전집

c. 『버드나무에 부는 바람』†

---

* Women's Wear Daily. '패션계의 성경'으로 불리는 여성 패션 전문지.

† 영국 작가 케네스 그레이엄이 어린 아들을 위해 쓴 동화책.

d. 트루먼 커포티*가 가진 주소록

8. 내 절친 중엔 ……도 몇몇 있다.

a. 유대인

b. 흑인

c. 푸에르토리코인

d. 내 존재를 모르는 인간

9. 개인적으로, 로즈 하면 떠오르는 것은?

a. 로즈

b. 꽃

c. 색깔

d. 향기

e. 케네디†

황후가 되고 싶으시다고요?

여기서 혈연이라는 문제가 다시 한번 등장한다. 상속녀 분야와 비슷해 보이지만 속지는 말자. 훨씬 더 많은 책임이 따르는 일이다. 그렇다

* 『티파니에서 아침을』 『인 콜드 블러드』 등을 쓴 소설가.
† 존 F. 케네디의 어머니 로즈 케네디를 가리킴.

고 이 말에 용기를 잃는다면 당신은 무척이나 어리석은 여성일 뿐이다. 누군가 내 시중을 들어준다는 점에서 지극히 뿌듯하고 만족스럽기는 이만한 직업이 없기 때문이다.

1. 다음 문장을 완성하시오: 숙녀……

a. 방

b. 오찬 모임

c. 손목시계

d. 먼저

e. 를 모시는 시녀

2. 우리 남편 이런 점은 정말 질색이다.

a. 코골이

b. 치약 뚜껑 안 닫는 습관

c. 술친구들

d. 고집

e. 후궁들

3. 난 ……이/가 없으면 어떻게 살지 모르겠다.

a. 구강세척기

b. 전화응답서비스

c. 커피머신

d. 시식 시종

4. 이 세상에서 성공하기 위한 가장 좋은 방법이란?

a. 성실함

b. 좋은 인맥

c. 정직한 승부

d. 좋은 대학 가기

e. 신이 내린 왕권

5. 우리 엄마가 ……면 좋겠다.

a. 더 자유주의적이면

b. 참견 좀 그만하면

c. 요리를 더 잘하면

d. 인생을 즐기면

e. 남편을 여읜 황후라면

6. 사람들은 ……(해야) 한다.

a. 원칙을 지켜야

b. 견지가 확고해야

c. 스스로 설 줄 알아야

d. 까치발로 서야

e. 격식을 차려야

7. ……을/를 수립하는 것이 무엇보다 중요하다.

a. 친목

b. 원만한 업무 관계

c. 선례

d. 왕조

8. 인생에서 가장 좋은 건?

a. 공짜

b. 노예

9. 성탄절은 ……에서 보내고 싶다.

a. 코네티컷

b. 팜비치

c. 나이아가라 그레이트 협곡

d. 상트페테르부르크 겨울궁전

10. 남자들은 ……할 때 가장 매력적이다.

a. 테니스를 칠 때

b. 잘 때

c. 춤출 때

d. 웃을 때

e. 무릎을 꿇을 때

11. 집 시설을 확장할 여유가 된다면 나는 ……을/를 만들 것이다.

a. 작업실

b. 서재

c. 파티오

d. 사우나

e. 알현실

12. 나는 내 아들이 ……면 좋겠다.

a. 단정하면

b. 부모를 쏙 빼닮으면

c. 의사가 되면

d. 스포츠에 소질이 있으면

e. 황태자면

13. 내가 즐기는 데이트 방식은?

a. 예술영화 보기

b. 볼링

c. 저녁식사와 연극

d. 지배

현대 스포츠

나는 스포츠 분야에 딱히 관심이 없다. 나와의 공통점이라고는 배심원 앞에서 재판받을 권리뿐인 이들이 수행하는 위험하고도 피로한 활동이라는 게 내 전반적인 생각이다. 신체활동의 수고에서 오는 기쁨에 전적으로 무관심해서가 아니다. 단지 스포츠에 대한 나의 개념과 대중의 인식이 일치하지 않을 뿐. 여기에는 여러 이유가 있으나, 내게 집밖이란 집에서 나와 택시를 타기까지 통과해야 하는 공간이라는 점이 가장 크다.

그러나 내가 참여하는 몇 가지 경기가 있기도 하며, 덧붙이자면 일정 수준에 모자라지 않는 실력도 갖췄다. 그 목록은 다음과 같고, 이게 결코 다가 아니다.

1. 아침식사 배달 주문하기.

2. 우편물 가지러 가기.

3. 담배 사러 나가기.

4. 술 약속 참석하기.

보다시피 대체로 도시 생활과 관련되므로 평소 스포츠 애호가들의 존경에 찬 시선을 받진 못하나, 모두 기술과 체력, 용기를 필요로 한다. 또한 각 분야 고유의 벌칙과 포상도 있다.

이러한 스포츠 활동은 무척 많아서 이제는 마땅히 인정받아야 할 시기가 충분히 무르익었다는 게 내 개인적인 생각이다. 그런 이유로 1980년 올림픽조직위원회에 뉴욕을 독자적 참가팀으로 초청할 것을 건의하는 바다. 뉴욕 팀은 뉴욕 10종경기라고 하는 단 하나의 종목에만 출전한다. 뉴욕 사람은 누구든 너무 바쁘기 때문에 뉴욕 10종경기는 통상의 10종이 아닌 4종으로만 구성될 예정이다. 또한 뉴욕에서는 특성화가 돈이 되므로 각 선수가 오직 한 경기에만 참가한다는 것도 기존의 10종경기와 다른 점이라 하겠다. 경기는 언론 홍보 대행, 세탁소 운영, 파티 참석, 애완견 챙기기 네 종목으로 구성된다.

올림픽 개막은 성화 주자 뒤로 참가 선수 전원이 자국 국기를 들고 경기장을 행진하는 방식이 전통적이다. 이는 동일하겠지만, 1980년 올림픽에선 뉴욕 선수단을 태운 열일곱 대의 체커 택시*가 선수단 행렬을 뒤따른다. 맨 앞의 택시 기사가 창밖으로 뻗은 손에는 성화가 들려 있

* 1959년부터 1982년까지 미국 전역에서 운영한 택시 제조 회사.

다. 이 택시에 탄 승객들은 불꽃이 뒷좌석까지 튄다며 기사에게 소리를 질러댄다. 기사는 못 들은 척한다. 행진이 끝났지만 택시 행렬을 이끌던 기사는 이를 즉시 인지하지 못해 급정거를 해야만 한다. 이에 뒤따르던 택시들이 모두 충돌한다. 이어서 기사들은 올림픽대회 내내 서로에게 고함을 지르고 위협적인 태도로 뭔가를 써댄다. 사고 발생 지점이 모두에게 가장 큰 불편을 초래할 위치일지라도 선수단은 어쩔 수 없이 경기를 시작해야 한다.

언론 홍보 대행

둘의 위치가 똑같이 중요하다고 심판이 명시한 후에야 두 선수가 경기장 양끝에서 각각 입장한다. 선수들은 서로의 두 볼에 입을 맞추고 맵시를 부리며 관중을 향해 돌아선다. 이들은 관객석 열째 줄 뒤로는 쳐다보지도 않는다. 그후 마주보게 배치된 엑센 소재의 소파에 착석해 담배에 불을 붙인다. 부업중인 볼보이들이 설탕 없는 블랙커피를 나르느라 분주히 오간다. 전화가 울리면 선수들이 받는다. 득점 기준은 다음과 같다.

1. 통화를 원하는 사람들의 전화를 받지 않는 횟수가 더 많을 때
2. 통화를 원하지 않는 사람들을 깨우는 횟수가 더 많을 때
3. 행사에 참석하고 싶어하는 사람들에게 표가 없다고 말하는 횟수가 더 많을 때

4. 행사에 참석할 마음이 없는 사람들에게 배달원을 통해 이미 표를 보냈으며 이 은혜는 나중에 꼭 갚으라고 말하는 횟수가 더 많을 때

세탁소 운영

드라이클리닝 및 물세탁 설비가 완비된 세탁소 두 곳이 경기장 내 접근이 불편한 위치에 설치된다. 아무 죄 없는 일반인 몇 명이 각 세탁소에 입장한다. 사냥에서 여우가 맡는 역할을 이 경기에서 수행할 사람들이다. 이들은 카운터에 더러운 옷가지를 올려두고 색색의 종이로 만든 작은 쪽지를 받아 떠난다. 득점 기준은 다음과 같다.

1. 뜯긴 단추의 수가 더 많을 때
   a. 새 단추로 다시 달아줄 수 없는 경우 가산점 부과
2. 드라이클리닝 전용이라고 명시된 실크셔츠를 물세탁한 횟수가 더 많을 때
   a. 색 빠지는 마드라스 체크무늬 재킷과 함께 빨 경우 가산점 부과
   b. 셔츠가 흰색이면 우승에 가까워진다.
3. 옷걸이에 걸어달라고 했는데 개켜서 상자에 넣은 횟수가 더 많을 때
4. 옷을 분실한 횟수가 더 많을 때
   a. 옷 가격에 따라 가산점 부과
5. 더 기발한 방법으로 바지 한쪽 다리에 있던 잉크 자국을 다른 쪽 다

리로 옮길 때

파티 참석

필요한 면적의 정확히 절반 크기인 공간이 경기장 한가운데에 마련된다. 지나치게 많은 선수가 입장한다. 득점 기준은 다음과 같다.

1. 바에 도착했을 때
2. 바에서 벗어났을 때
3. 내 일자리를 뺏어간 상대 선수에게 실수로 포도주를 엎지를 때
4. 동일 인물에게 의도치 않게 뜨거운 담뱃재를 떨굴 때
5. 그 자리에 없는 사람들을 소재로 웃긴 얘기를 더 많이 할 때
6. 더 많은 수의 유명인들과 함께 더 늦게 도착할 때
7. 옛 연인의 새 관심 상대와 더 일찍 자리를 뜰 때

애완견 챙기기

그리니치빌리지 일부인 열다섯 블록을 경기장에 그대로 재현한다. 스무 명의 참가 선수가 해당 구역 외곽에 위치한 여러 건물에서 출발해 종일 집안에만 있던 개 세 마리를 각자 산책시킨다. 이 경기는 누가 더 빨리 내가 사는 건물 바로 앞의 인도에 도착하느냐로 순위가 결정된다.

점수를 모두 합산하여 성적이 가장 우수한 선수가 경기장에 입장한다. 차순위 선수 둘이 그 뒤를 따른다. 두 차점자가 심판 옆에 선다. 심판이 스톱워치를 꺼낸다. 각 선수에게 왜 본인이 최고점을 받지 못했는지 재미있게 설명할 5분의 시간이 주어진다. 더 거만하고 설득력 있는 차점자에게 금메달을 수여한다. 뉴욕에서는 승부가 중요한 게 아니라 어떻게 책임을 돌리는지가 중요하기 때문이다.

피는 못 속여
: 가족 치료법

누가 봐도 무척 앳된 시절에 찍은 내 사진이 잡지에 실린 적이 있다. 고등학교 학생 연감 사진이라는 걸 누구든 한눈에 알 수 있으리라 짐작했다. 그러나 내 지인 중에는 고매한 배경 출신들도 있음을 미처 고려하지 못했다. 이 사실을 퍼뜩 깨닫게 된 건 집안 좋은 한 어린 패션모델이 "데뷔턴트 무도회* 사진 정말 잘 나왔던데요, 프랜"이라며 그 사진을 언급했을 때다. 거기서 끝났다면 분명 이 일을 잊었을 테지만, 그날 저녁 보스턴의 한 하급 귀족도 이와 거의 유사한 발언을 했다. 이 정도면 유행이 성립한다고 볼 수 있다. 그래서 결정을 내려야 할 상황에 직면했음을 느꼈다. 조롱 섞인 코웃음으로 무시하거나 혹은 이 의견에 합당한 재미난 이야기를 창작하거나. 재미있는 이야기 분야의 변두리에나

---

* 과거 상류층 가족 사이에서 딸이 성년이 되었음을 알리며 축하하던 자리.

마 몸담고 있기에, 나는 후자를 선택해 다음과 같은 가족사를 준비해보았다.

나의 친할머니 마거릿 리보비츠는 헝가리 게토 포인트(제한 거주 구역)에서 방탕한 90년대*가 밝아올 무렵에 태어났다. 유쾌한 아이였으며, 아버지가 업무 관계로—대체로 군에 징집되어—항상 멀리 떨어져 있어 오랫동안 집안일을 돌본 믿음직한 하인들(세이디 할머니와 베니 할아버지)의 손에 자주 맡겨졌다. 어머니는 대부분 양배추밭에서 혼자 즐거운 시간을 보내면서도 매일 저녁 탁아소를 찾아 꼬마 마거릿이 기도문을 다 외울 때까지 지켜보는 정도까지는 소임을 다했다. 마거릿의 어린 시절은 행복했다. 친구들과 비밀도 공유하고 바부슈카†도 나눠 쓰며 비트를 뽑고 코사크족과 숨바꼭질도 하면서 한가롭고 걱정 없는 나날을 보냈다. 가족 거주지였던 타리프는 리보비츠가家 사람들이 겨울(그리고 여름)을 나던 참으로 경이로운 곳이었으니, 마거릿이 다른 곳에서 학교 다니기를 내켜하지 않은 것도 놀라운 일은 아니었다. 잠시 탈영해 집에 있던 아버지는 짚으로 벽을 댄—'아빠의 은신처'라는 정겨운 명칭으로 부르던—서재로 딸을 데려가, 마거릿이 속한 계급의 소녀들은 얌전히 도망가기나 제대로 목숨 부지하기 같은 사회적 품위를 의당 갖추는 것이 거스를 수 없는 전통의 요구임을 조곤조곤 설명했다. 아버지의 말을 경청한 마거릿은 미신Miss Belief여학교에 입학해 공부

* 오브리 비어즐리나 오스카 와일드로 대변되는 1890년대를 풍자한 표현.
† 러시아, 폴란드 등지에서 여성들이 머리에 둘러 턱에 묶는 스카프.

할 것에 동의했다.

마거릿의 학교생활은 성공적이었고, 신발 취향 때문에 곧 부치Bootsie라는 별명도 얻었다. 우수생 부치는 들릴락 말락 조용히 숨쉬는 타고난 재주가 있어 만장일치로 봄날의탈출위원회 회장에 선출되었다. 부치가 성실한 학생이었다는 것은 아니다. 오히려 그 반대였다. 통제가 불가능한 별난 성향 때문에 다친 적도 많아서 부치가 가입한 동아리 웅크린무리들* 회원들이 도와주러 와야 하는 일이 잦았다. 야외 활동을 좋아해 여름방학을 고대한 부치는 '농노 기상!'을 외치며 여름을 맞는 소녀들의 합창에 행복하게 목소리를 보탰다.

열여덟번째 생일이 다가오면서 부치는 사교계에 데뷔했고 미모와 매력, 괭이질 솜씨까지 겸비해 이내 게토 포인트의 브렌다 프레이저† 라는 명성을 얻었다. 주변의 모든 청년이 그녀에게 푹 빠졌고, 부치의 춤 포그롬 일정은 늘 그렇듯 꽉 차 있어 파티에서 같이 춤추려면 약속을 미리 받아두어야 할 정도였다. 부치가 가장 좋아한 멋쟁이 티보르는 키 크고 매력적인 젊은 탈영병으로, 물을 흥건하게 댄 밀밭에서 매년 펼쳐지는 헝가리 컵 경주에서 두 번이나 우승했다. 티보르도 부치에게 호감을 느꼈으나, 부치가 언젠가 자기 아버지의 훌륭한 쟁기날을 물려받을 거라는 사실 또한 마음에서 지우지 않았고, 이것이 바로 그가 부

---

* Huddled Masses. 19세기 후반 엘리스섬을 통해 미국에 도착한 대규모 이민자 집단을 뜻한다. 19세기 시인 에마 라자루스의 작품 「새로운 거인상」에 등장하는 표현으로, 자유의 여신상에 이 시를 담은 명판이 있다.

† 1938년 데뷔한 대공황기 사교계 최대의 명사.

치에게 관심을 둔 주요한 이유였다. 티보르의 목적이 자기 재산이었음을 알게 된 부치는 크나큰 실의에 빠져 결국 몸져눕고 말았다. 당연히 부치의 상태가 걱정된 가족들은 회의를 열어 이 문제를 논의했다. 회의는 주변 환경의 변화가 부치의 회복에 큰 도움이 되리라는 결론으로 끝났다. 이를 실행할 계획이 곧 마련되었고, 부치 리보비츠는 이 일을 잊을 수 있도록 엘리스섬으로 가는 배의 삼등칸에 실렸다.

디스코 팁
: 새로운 에티켓

날 배운 여자로만 아는 이들이 내가 춤추기를 꽤 즐기며 실력도 그리 나쁘지 않음을 알게 되면 다소 놀랄지도 모르겠다. 그러나 여러 사람이 모인 자리는 좋아하지 않는다. 무척 아쉬운 일이다. 디제이나 몇 시간 분량의 테이프, 희박하기는 해도 진정한 사랑을 만날 가능성 등, 춤추기에 딱 좋은 디스코텍 환경을 조성하기 위한 모든 것을 개인 자택에 마련하기란 불가능하기 때문이다. 그래서 나도 낯선 이들이 주변 춤꾼 동지들의 감수성에 일말의 배려도 없이 행동하는 틈에 하는 수 없이 섞여 무수한 밤을 보내야 했다. 이 경험으로 말미암아 모두가 더욱 기분좋게 춤추는 데 도움이 될 몇 가지 팁을 모아보았다.

1. 해당 디스코텍이 엄격한 회원제로 운영되는 클럽이라면, 밖에 서서 제발 들어가게 해달라고 매력 떨어지는 어조로 비는 것은 보기 좋

은 행동이 아니다. 입장하는 회원에게 칼을 들이대며 생명을 위협하거나 본명을 알고 있으니 고향 지역신문사에 전화해 당신이 결혼하지 않은 진짜 이유를 밝히겠다며 명성을 위협하는 건 더더욱 볼품없는 짓이다.

2. 어느 정도 춤추고 나면 꽤 더워지리라는 것은 당연하다. 이를 상의를 벗으라는 신호로 여겨서는 안 된다. 혹시라도 춤꾼 동지들이 당신의 체력 단련 성과에 관심을 뒀다면 벌써 물어봤을 테니 걱정은 하지 말길. 열기를 참기 힘들어지면 뒷주머니에서 반다나를 꺼내 이마를 가볍게 닦아주면 된다. 다시 넣을 땐 꼭 원래 있던 곳에 넣을 것.

3. 아질산아밀 없는 저녁이란 햇빛 없는 낮과 같다고 생각한다면, 북적이는 플로어 한가운데가 아니라 당신의 트럭처럼 혼자만의 공간에서 그 약물을 사용하도록 한다.

4. 당신이 디스크자키라면, 당신이 할 일은 혹시 방문했을지 모르는 다른 디스크자키들에게 잘난 척하기 위해 당신만의 난해한 취향을 선보이는 것이 아니라, 사람들이 춤추고 즐길 수 있는 음악을 들려주는 것임을 명심하길 바란다. 사람들은 주로 가사가 있고 길이가 합당한 노래에 춤추기를 좋아한다. 서아프리카 부족 타악기 주자들이 연주하는 16분짜리 기악곡은 종종 아질산아밀 과다 복용과 상의 탈의의 원인이 된다.

읽어야 산다
: 의견 수정안

썩 유쾌한 사실은 아니지만 나의 초등학교 시절은 냉전이 고조되던 시기와 일치한다. 그 결과 난 매일 일정 시간 책상 아래 홀로, 보다 사교적이게는 다 같이 복도에서, 벽을 향해 쪼그리고 앉아 무릎에 얼굴을 파묻고 있어야 했다. 이 일로 바쁘지 않을 땐 교실에 앉아 공산주의 치하의 끔찍한 삶에 관해 탐독했다. 둔한 아이는 아니었지만, 난 공산주의자들은 낸시 드루* 책들 불태우기와 핵폭탄 투하 계획 세우기에 동일한 시간을 투여하는 뿔 달린 종족이라고 열렬히 믿었다. 그리고 정확히 뉴저지주 모리스타운의 토머스제퍼슨학교 3학년 교실에 가장 거대하고 치명적인 핵폭탄을 투하할 것이라고도. 이러한 믿음은 반 친구들 사이에 널리 퍼져 있었고, 공화당 성향의 교사들과 부모들이 매일같이 이

* 유명한 미스터리 소설 시리즈의 주인공.

를 더욱 공고히 다졌다.

이 믿음을 유지하고자 사용된 여러 방법 중 하나는 사회 교과서에 매년 등장하던 상세 도표였다. 공산주의 아래에서 겪는 극심한 경제적 고난에 주목한 이 표를 소리 내어 읽을 때면, 선생님은 항상 다음과 같이 말씀하셨다.

"이 표를 보면 한 사람이 러시아에서 아래 나오는 물품을 구입하기 위해 얼마만큼 일해야 하는지 알 수 있어요. 그 옆은 미국 사람이 같은 물품을 구입하는 데 필요한 돈을 벌려면 얼마나 일해야 하는지를 비교한 겁니다."

러시아	미국
신발 한 켤레—38 시간 "러시아에는 끈 달린 갈색 단화밖에 없어서 차려입어야 할 경우에도 끈 없는 신발을 신을 수가 없어요. 러시아인들은 카페지오[†]도 들어본 적 없고, 들어봤다 해도 원자폭탄 만드는 시간 외에는 밭에서 일해야 하니 착용이 금지될 테고요."	신발 한 켤레—2시간 "우린 없는 신발이 없어요. 파파갤로[*]도 있는걸요."

* 1971년 설립된 고급 여성복 브랜드.

† 유명 무용화 전문 브랜드.

빵 한 덩이—2시간 30분
"러시아에는 땅콩버터나 마시멜로 스프레드도 없고, 빵 껍질도 무척 두껍지만 아이들도 어쩔 수 없이 다 먹어야 해요."

빵 한 덩이—5분
"우리는 시나몬 건포도 빵과 잉글리시 머핀도 있고 좋아하는 걸 마음껏 발라 먹을 수도 있어요. 민주주의니까요."

못 1파운드—6시간
"게다가 러시아에서는 모두 무언가를 열심히 만들어야 해서 못이 무척 많이 필요해요. 엄마들도 일하죠."

못 1파운드—8분
"우린 스카치테이프와 스테이플러가 있으니 못이 그다지 필요하지도 않죠."

스테이션왜건 한 대—9년
"물론 차를 소유할 수 있다고 가정했을 때요. 하지만 그렇지 않으니 원자폭탄을 비롯해 여러 물건을 만드느라 무척 피곤해도 어디든 걸어서 갈 수밖에 없답니다."

스테이션왜건 한 대—4개월
"우린 고를 수 있는 종류도 많죠? 옆 부분을 나무처럼 보이게 칠할 수도 있고, 두 가지 다른 색을 동시에 쓸 수도 있잖아요. 지붕을 접을 수 있는 스포츠카처럼 다른 차도 많고요."

멜빵바지 한 벌—11시간
"모두들 매일 멜빵바지를 입어야 해요. 색깔도 다 똑같고요. 고등학생이 되어도 일자 치마를 입을 수 없죠."

멜빵바지 한 벌—1시간
"하지만 민주주의에서는 입고 싶은 옷을 고를 수 있죠. 멜빵바지는 주로 농부들이 입어요. 물론 좋아해서 입고요."

달걀 열두 개—7시간

"근데 먹을 기회가 거의 없어요. 러시아에서 달걀은 사치품이고, 공산주의에서는 사치품이란 게 없거든요."

달걀 열두 개—9분

"우리는 달걀이 아주 많아서 에그노그,* 달걀 샐러드로도 먹고 부활절 달걀로도 먹지요. 물론 유대인 친구들은 먹지 않겠지만, 하누카라고 하는 유대인 명절에 달걀만큼 맛있는 음식을 먹겠죠?"

텔레비전 한 대—2년

"근데 거긴 없어요. 맞아요, 러시아엔 텔레비전이 없답니다. 〈비버는 해결사〉†를 보여주면 모두 미국으로 오고 싶어할 게 뻔하니까요. 그리고 대부분 모리스타운으로 오려고 할 거예요."

텔레비전 한 대—2주

"텔레비전이 두 대 있는 사람들도 많죠? 더기 버시 같은 친구 집에는 컬러텔레비전이 있어서 〈월트 디즈니〉 만화가 어떤 색인지 반 친구들에게 알려줄 수도 있고요."

여기 있는 모든 정보는 나를 비롯해 반 친구들 모두에게 깊이 각인되어 초등학교 시절 내내 우린 대체로 우파적인 성향을 보였다. 그렇지만 청소년기에 이르며 일부가 반기를 들었고, 나도 십대 시절 뚜렷한 좌편향적 지식을 학습했음을 인정해야겠다. 그래도 조금씩 예전의 사고방식으로 돌아왔고, 내가 사는 곳의 정부 형태에 딱히 매료되지는 않

* 술에 달걀과 우유를 넣어 만든 음료.

† 1957~1963년 방영된 미국의 인기 시트콤으로, 1997년에 영화화되었다.

았지만 저쪽 정부를 향한 두드러진 혐오감은 되찾았다.

내 정치적 입장은 주로 대규모 모임을 피하는 성향에 기반을 두고 있으며, 공산주의가 분명 대규모 모임과 관련이 있다는 것만큼은 알고 있다. 나는 남들과 잘 어울리지 못하고 그 방법을 배우고픈 마음도 없다. 사람이 너무 많을 때는 남들과 춤추기도 쉽지 않고, 공산주의 디스코텍은 흉측하리만치 붐비리라는 생각에 한 치의 의심도 없다. 매일의 사회상을 두고 유머 섞인 의견을 표하는 것에 동지들이 잘 반응해준다거나, 정말 믿을 만한 전화응답서비스의 필요성을 이들에게 설득할 수 있으리라고는 믿지 않기 때문에, '능력에 따라 일하고 필요에 따라 분배한다'는 결정을 정치인들의 손에 맡기고 싶지 않다. 공동선은 내 취향이 아니다. 내 관심은 비공동적 선에 있고, 이러한 발언이 집단농장 일원들의 감탄을 살 것이라며 스스로를 기만하지도 않는다. 공산주의자는 모두 작은 모자를 쓰는 듯한데, 내가 보기에 이는 사람보다 치약에 더 잘 어울리는 용모다. 물론 우리 중에도 모자 착용자들이 있긴 하지만 장담컨대 쉽게 피할 수 있다. 내가 알기로 공산주의는 지지자들에게 일찍 기상해 격렬한 체조 활동에 참여하도록 요구한다. 담배조차 불을 붙여 팔길 바라는 그 누군가에겐, 보통 사람이라면 수긍할 만한 그 어떤 시간에라도 그런 고생을 해야 한다는 생각 자체가 분노를 유발한다. 또한 공산주의 세계에서는 재미있게 말하거나 글 쓰는 소질이 아무짝에도 쓸모가 없다고 한다. 그러므로 난 57번가에 철의 장막이 드리워지는 일을 막기 위해 기꺼이 최선을 다할 것이다. 이러한 맥락에서 나의 동포 뉴욕 시민의 교화를 목적으로 나만의 소소한 도표를 작성해

보았다.

아래의 표는 공산주의자가 다음 품목들을 구입하고자 할 때 일해야 하는 시간과 뉴욕 시민이 같은 품목을 구입하고자 할 때 필요한 시간을 비교한 것이다.

공산주의자	뉴욕 시민
파크가街 이스트 70번대 거리의 지역주택조합 아파트—4000년 그후에도 집단과 공동 소유해야 한다. 화장실이 그렇게 많은 조합 아파트는 뉴욕엔 없다.	파크가 이스트 70번대 거리의 지역주택조합 아파트—부모라는 분야에서 운이 좋다면 즉시 가능. 그만큼의 축복을 받지 못했다면 20년쯤 걸릴 수도 있으나, 적어도 화장실은 혼자서 쓸 수 있다.
『뉴요커』 구독권—3주 다만 잡지에 실린 만화를 이해할 수 있을지는 미지수.	『뉴요커』 구독권—1시간 혹은 그 이하. 민주주의에서는 이러한 물품을 종종 선물로 받기 때문이다.
파리행 일등석 비행기표—6개월 파리라고, 동지? 그렇게 쉽겐 안 되지.	파리행 일등석 비행기표—경우에 따라 매우 상이하나, 똑똑한 여성이라면 패를 제대로 활용해 손쉽게 획득할 수 있다.

페르난도 산체스* 나이트가운—

3개월. 그 모자에?
매력 넘치겠네.

페르난도 산체스 나이트가운—

일주일. 업계에 아는 사람이 있다면
그 이하. 이러한 인맥을 갖출 확률이
베이징보다는 우리 같은 민주주의
사회에서 훨씬 높다는 점을 굳이
지적할 필요가 있을까.

고급 식당에서의 저녁식사—

비용 마련까지 2년, 식당을 고르는
집단 의사 결정 과정 27년.

고급 식당에서의 저녁식사—

친구를 현명하게 사귀었다면
일도 아님.

---

* 스페인 출신 디자이너. 란제리 컬렉션으로 유명하다.

어린이
: 장점과 단점?

나처럼 좋게 말해 예술계라고 할 수 있는 범주에서 활동할 경우, 어린이를 마주치기란 쉽지 않다. 하지만 가장 예술적인 곳에서조차 그 주변부에는 지독히도 가정용인 이 한정판 존재들이 있다.

나는 대체로 어린이를 꽤 좋아하는 편이라, 나보다 더 고귀하신 내 지인들에 비해 훨씬 덜 불쾌한 마음으로 이 상황을 받아들인다. 꼬마의 함박웃음에 사족을 못 쓴다는 의미가 아니라, 의심할 여지 없이 객관적인 견지에 있는 나야말로 이 주제를 논할 권위자로서 탁월한 적임자라 여기기 때문이다.

내 눈에 띄는 어린이 수로 미루어보건대, 사람들은 툭하면 아이를 갖나보다. 응당 이 사안을 충분히 숙고했다면 보다 점잖게 처신했을 텐데 말이다. 물론 지금까지는 장래의 부모들에게 관련 사실을 모두 명명백백하게 확인해볼 기회가 없었으니 그들이 한 행동에 책임을 묻는 것은 합리적이지 못하다. 이러한 맥락에서, 미래에는 내가 지금까지 만난 어린이들보다 더 흥미롭고 다양한 어린이들이 살아가길 열망하는 마음으로 모든 관련 정보를 신중히 나열해보았다.

장점

내 경험상 한낱 어른보다 한낱 어린이와 함께할 때가 언제나 훨씬 더 좋았기 때문에 '한낱 어린이'라는 표현에 꼭 문제를 제기하고 싶다.

*

어린이는 대개 몸집이 작아서 좁아터진 장소에 들어가고자 할 때 무척 유용하다.

*

어린이는 식당에서 누군가의 옆에 앉아 미래에 관한 터무니없는 희망을 소리 높여 논하지 않는다.

*

어린이의 질문은 어른보다 낫다. "쿠키 먹어도 돼요?"나 "하늘은 왜 파래요?" "소는 뭐라고 말해요?"가 "원고 어디 있어요?"나 "왜 전화 안 했어요?" "당신 변호사 누구야?"보다 기분좋은 답변을 끌어낼 확률이 훨씬 높다.

*

어린이는 미성숙이라는 개념에 생명력을 부여한다.

*

이기기도 쉽고 속이면 재밌다는 점에서 어린이는 낱말 맞추기 게임 상대로 최적이다.

*

어린이 무리와 있을 때는 자극적이고 거친 애프터셰이브나 향수 냄새는 조금도 맡지 않아도 된다.

*

미성년자 집단 중 그 누구도 아직 'chairchild'라는 단어를 제안하지 않았다.

*

어린이는 혼자 자거나 조그만 동물 장난감들과 잔다. 타인이 속삭이는 고백을 듣는 한없이 지루한 상황에서 벗어날 수 있으니 이처럼 지혜로운 처신은 나무랄 데가 없다. 하녀복을 입고 싶은 은밀한 욕망을 감춘 곰 인형을 아직 만난 적도 없고.

단점

말끔하게 씻겨 눈에 보이는 모든 당과류를 털어냈다 해도 어린이는 끈적거리기 십상이다. 흡연량 부족과 관련있는 게 아닌가 추측해볼 따름이다.

*

어린이는 패션감각이 거의 없는 게 분명하며, 자율에 맡겼을 때는 대개 재단 상태가 딱한 의류에 눈이 돌아갈 것이다. 이러한 측면에서는 대부분의 어른과 크게 다를 바 없으나, 어쩐지 어린이를 탓하는 경우가 더 많다.

*

어린이는 냉소 섞인 유머와 간접 협박에 대응하는 능력이 부족하다.

*

어린이는 오묘한 기분 변화를 감지하지 못하기로 악명 높기 때문에, 상대의 관심이 시든 지 한참이 지난 후에도 아까 지나간 레미콘 색깔 얘기를 끈질기게 이어간다.

*

진정 흥미로운 액수의 돈을 빌려줄 수 있는 위치에 있는 어린이란 드물다. 그러나 예외도 존재하며 이러한 어린이들은 어느 파티에서든 자리를 빛낸다.

*

어린이는 부적절한 시간에 일어나고 흔히들 공복에 음식을 집어넣는 습관이 있다.

*

어린이는 야회복이 어울리지 않는다.

*

어린이는 어른을 동반하는 경우가 너무 잦다.

안내서
: 집주인 교육법

모든 직업에는 특정 기술과 재능 또는 직업 훈련이 요구된다. 무용수라면 발이 가벼워야 하고, 뇌 전문의라면 의대를 나와야 한다. 촛대 만드는 장인은 밀랍과 친해야 한다. 하지만 이는 빙산의 일각일 뿐이다. 다른 분야에서는 일을 어떻게 배울까? 알아보도록 하자.

집주인 되는 법: 입문

집주인이 되려면 우선 건물 한 채 혹은 여러 채를 취득해야 한다. 이는 둘 중 하나의 방법으로 달성할 수 있다. 가장 만족스러운 방법은 단연코 상속이다. 주머니 사정을 돌볼 수 있어서이기도 하지만 건물을 고르는 따분한 과정을 생략할 수 있어서이기도 하다. 그러나 본 안내서는 그와 같은 집주인들을 위한 것이 아니다. 상속에는 언제나 정식 입문과정이 필요치 않은 유전자 구성이란 게 수반되기 때문이다.

그보다는 덜 만족스럽지만 다소나마 일반적인(이 두 특성은 어찌나 자주 섞이는지) 방법은 실제 매입이다. 여기서부터가 본격적인 시작이다.

1강: 매입

건물이란 크게 둘로 구분할 수 있다. 싼 건물과 비싼 건물. 그러나 이 용어는 업무상으로만 사용해야 하며 주변에 세입자가 있을 땐 쓰지 않도록 명심해야 한다. 세입자란 거의 예외 없이 **매우**와 **합리적**이라는 단어를 선호하기 때문이다. 건물값이 과하다 싶을 경우에는 '초기 비용보다는 유지 비용'이라는 지혜로운 옛말을 떠올려보는 것이 바람직하다. 유지비가 고객의 몫인 분야에 입성함으로써 집주인인 당신은 선망의 대상에 등극할 테니 말이다. 본인을 전화국 정도로 생각한다면 이 개념을 이해하기가 쉽겠다. 심한 건물가 격차가 비록 사실일지언정, 이 끔찍한 불균형을 저렴한 월세라는 굴욕적인 형태로 세입자들한테 전가할 필요는 없음을 깨달으면 좀더 힘이 날 것이다. 집중력 있는 학생이라면 건물 고르기는 단지 취향 나름임을 이제 확실히 알았을 테니, 그리고 취향의 질에 대해 마음 쓰는 집주인이란 드문 법이니, 다음 강의로 넘어가도록 하자.

2강: 방

여기서 방이란 개념은 견해차임을 이해하는 것이 가장 중요하다. 어쨌든 당신 건물이니, 당신이 일정 면적의 공간을 지정해 방이라고 한다면 그만큼이 방이다. 방의 기능을 명시하는 것 또한 집주인의 책임이다. 세입자는 당신이 방으로 정한 곳을 벽장으로 부르려는 경우가 허다할 것이므로 이 책임을 자주 상기시킬 필요가 있다. 물론 진짜 벽장을 본 세입자는 거의 없으니 이런 지적은 웃어넘겨도 된다.

3강: 벽

일정 수의 벽은 이 분야의 필요악이다. 비용 때문에 고개를 쳐들며 불만을 표할 이들도 있겠지만, 예리한 학생이라면 벽은 방을 구성하는 기본 요소로서 투자 대비 이윤이 상당하다는 점을 잘 알고 있다. 그렇다고 집주인이 관습의 노예가 되어야 한다는 말은 아니다. 진보적인 학생들에게 석고 반죽이나 그와 유사한 단단한 재료는 부끄러울 만큼 고리타분한 선택이다. 자녀를 둔 아버지라면, 아이들이 간단하게 밀가루 반죽과 아빠가 다 본 신문지를 이용해 집이나 캠프에서 즐겁게 벽을 만들 수 있음을 잘 알 것이다. 자녀가 없는 집주인은 두루마리로 판매하는 유용한 신제품인 월리스*에 관심을 가져보는 것도 좋겠다. 떼기

* 벽에 붙여 꾸미는 접착식 시트.

쉬울뿐더러 혹시라도 페인트칠이 법으로 강제될 경우 그 위에 칠하는 것도 가능하다.

4강: 난방

겨울이 다가오면 세입자는 으레 광적이리만치 온기를 탐하는 병이라도 걸리는 듯하다. 스웨터와 양말이 넉넉할 텐데도 그 유용성을 고민해보길 거부하며 고집스럽게, 또 이기적으로 당신의 난방기를 가동해 자신의 온기를 얻으려 한다. 수완이 좋은 집주인이라면 다양한 방책을 활용할 수 있겠으나, 가장 효과 좋은 방법은 실제로 돈을 좀 써야 한다. 그만한 가치는 충분하니 걱정 마시길. 재미도 있다. 녹음기를 하나 장만한다. 이를 교외 별장으로 가져가 난방기 근처에 둔다. 녹음기의 민감한 장치가 곧 다가올 온기의 소리를 감지해낼 것이다. 이 녹음본을 건물 지하실에서 큰 소리로 재생하면 세입자의 접근을 한동안 막아낼 수 있다고 한다.

5강: 물

온갖 주스와 청량음료로 슈퍼마켓이 미어터지는 오늘날, 물을 갈구하는 세입자를 이해하기란 집주인한테는 당연히 어려운 일이다. 이 물이란 것이 때때로 뜨겁기까지 해야 한다는 사실은 부담을 더욱 가중할 뿐이다. 온도란 방과 마찬가지로 견해차 문제임을 이해하면 이 난국이 조금이나마 해소될 수 있다.

6강: 바퀴벌레

적정 수준의 바퀴벌레 공급량을 유지하는 것은 모든 집주인의 엄숙한 의무다. 바퀴벌레 대비 세입자 비율의 최소 허용치는 4000 대 1이다. 만약 이를 두고 세입자측에서 불쾌감을 표한다면 완전히 무시하라. 세입자는 불평 많기로 악명 높은 존재다. 대체 어째서 그런 건지 그 이유는 확실하지 않으나 몇 가지 이론이 있다. 그중 가장 그럴듯한 이론에서는 세입자의 고질적 과민성이 이미 많은 이들이 의심하듯 그들의 어마어마한 난방과 온수 소비 습관 탓이라 한다. 이 습관은 잘 알려져 있다시피 복도 전구의 수명을 단축시키는 비극을 초래하기도 한다.

대학 안 가고도 성공하기

매니저 엄마라는 표현은 완곡하게 말해서 아이에게 배우가 되라는 야망과 성공 가능성의 꿈을 주입하는 부모를 말한다. 아이의 성장과정 전반에 이 목표가 기본으로 깔려 있고, 그 결과 상당수의 스타가 탄생했음에는 의심의 여지가 없다.

그러나 우리 시대는 치열한 경쟁과 특성화의 시대이니 이러한 양육 방식이 연예계에만 국한된다는 생각은 순진하기 그지없다. 몇 가지 예를 들어보겠다.

건축가 엄마

건축가 엄마야말로 무척이나 고단한 직업이다. 건축가 엄마는 아이에게 선線이 적을수록 좋다는 점과 인간이 살기 위한 기계* 속으로 들어서기 전에는 발을 닦는 것이 바람직하다는 점을 주입시켜야 하는 어려운 임무로 일상을 보낸다. 다른 집 아이들은 집중력도 좋고, 형태는 기능을 따라야 한다[†]는 것도 이해하며, 밖에 나가 놀기 전 유리의 반사하는 성질을 고려해야 한다는 것도 알고 있다. 다른 집 애들은 이 말을 지겹게 반복할 필요 없이 한 번에 알아듣기 때문에 그 집 엄마들은 가끔 쉴 수도 있다. "더 적게, 더 조금,[‡] 몇 번을 말하니? 이젠 더 말 안 한다."

텔레비전 토크쇼 진행자 엄마

이 분야는 문제가 너무 가지각색이어서 발을 들이는 숫자가 상대적으로 적다. 이른 아침에 편성될지, 오후나 밤늦은 시간에 편성될지 판단하기엔 아직 너무 이르기에 업무도 고되고 근무시간도 길다. 현대 일상의 그 어떤 면도 간과해선 안 된다. "베이거스라니까, '라스'는 그 사람들이나 쓰는 거야. 그냥 베이거스면 돼. 그렇지. 베이거스에선 뭘 한다고? 아니라니까, 그건 그 사람들이나 하는 거지. 우리한테 베이거스는 놀이야. 현재진행형으로는 가지고 놀고 있다, 과거형으로는 가지고 놀았다. 문법도 신경 써야지? 영어도 고려해가면서 하는 거다? 자, 베이

---

* 건축가 르코르뷔지에가 '집'을 두고 한 말.

† 건축가 루이스 헨리 설리번이 한 말.

‡ 건축가 미스 반데어로에의 구호인 'Less is more(단순할수록 좋다)'에서 따온 말.

거스를 갖고 놀면서 또 뭘 하지? 그렇지, 죽여줘야지. 베이거스에서 다 죽여버리는 거야. 다 죽여버리고 있다, 옛날에는 다 죽였다. 대화가 무르익을 땐? 음, 그렇지, 삐 소리로 못 듣게 할 수도 있지만, 그렇다고 용돈이 나오겠니? 그렇게 해서는 자전거 못 사잖아. 그래, 그러니 물건을 좀 팔아야지. 광고로 넘어가는 거야. 광고주들 말도 들어보고 방송국 안내도 하고. 좋아, 그럼 이 책을 좀 볼까? 책으로 뭘 하지? 아니지, 엄마가 또 말해줘야 해? 우린 책 안 읽는다니까. 책 읽을래, 토크쇼 진행자 할래? 둘 다 할 수는 없어. 우린 책 안 읽어. 읽으려고 생각만 하지. 어디서 읽으려고 한다고? 그렇지, 비행기에서. 비행기에서 읽으려고 했어. 근데 왜 안 읽었다? 왜 이래, 이미 수없이 얘기했잖아. 엄마가 힌트 줄게. 이번이 마지막이다? 그래, ㅇ으로 시작해. 맞았어, 웨인. 비행기에서 읽으려고 했는데 웨인을 만난 거야. 존 웨인.* 잘했어, 내 새끼, 역시 최고네. 오늘은 여기까지 하자. 잠깐, 아들 지금 어디 가려고? 자러? 정말? 내일 밤 초대 손님 안내도 안 하고? 그냥 그렇게 퇴장하겠다? 이야, 대단하시네. 하루에 열여덟 시간씩 이렇게 연습하면서 정작 내일 밤 초대 손님 안내도 없이 그렇게 퇴장한다 이거지? 토크쇼 진행자가 그래서 되겠니? 지금 똑바로 안 해두면 나중에 더 힘들단 말이야. 엄마 말 믿어. 이런 말 하긴 싫지만—난 네 엄마잖니—이러다간 방송 취소된다니까? 진짜야. 뭐? 누구라고? 클로리스 리치먼?† 고어 비

* 1940~1970년대에 주로 활약한 미국 서부극의 대표 배우.

† 미국의 배우이자 성우.

달?[*] 셰키 그린?[†] 조이스 브러더스 박사[‡]랑 짐 바우턴?[§] 그렇지, 내 새끼. 역시 우리 아들 최고야. 잘 자."

장의사 엄마

장의사 엄마가 짊어진 부담은 결코 가볍지 않다. 깨어 있는 시간 내내 아이의 행동을 감시한다 해도 과언이 아니기 때문이다. 키득거리는 소리라도 들릴라치면? 이미 수천 번 반복된 일이라 피로가 몰려오지만 아이 방에 가서 호통을 쳐야 한다. "제발 좀더 엄숙해 보일 순 없겠니? 그게 그렇게 어려워? 품위 좀 갖추는 게? 슬픔을 담아 공감해주는 게? 다른 애들은 이렇게 계속 잔소리 안 해도 잘만 엄숙해 보이더라. 10분 정도 믿고 혼자 놔둬도 웃는 소리 안 내. 엄마 어때 보이느냐고 물어봤을 때 어깨만 한 번 으쓱하고 가버리지 않는다고. 여러 번 물을 필요도 없이 한 번에 '마치 살아 있는 것 같아요' 하고 적당히 나지막한 어조로 말한단 말이야. 옷에 단 카네이션도 종일 시들지 않고. 내가 뭘 잘못 가르쳤는지 도통 모르겠다. 대체 누굴 닮아서 취향이 그렇게 소박한지. 소박하지도 않지, 어쩜 그렇게 평범하고 저렴한지. 기본형 소나

---

* 『크리에이션』『대통령 링컨』 등을 쓴 소설가이자 정치 논객으로도 활동한 영미문학계의 거장.

† 미국의 코미디언.

‡ 미국의 심리학자로, 여러 매체에서 몇십 년간 대중 심리 상담가로 유명했다.

§ 미국의 야구선수.

무관 고른 거 엄마가 모를 줄 알았니? 엄마를 뭘로 보고. 아무것도 모르면서 저만 잘난 줄 알지. 마호가니 통나무에 황동 장식, 내부는 새틴 안감이라고 들어는 봤니? 이런 건 빨리 배울수록 너한테 좋은 거야."

수석 웨이터 엄마

수석 웨이터를 꿈꾸는 자녀를 둔 엄마가 겪는 고충을 이해하는 이들은 많지 않다. 불필요한 과장에 열의를 다하도록 마음가짐을 고단히 다잡아주어야 하는 한편, 본능적으로 친절을 베풀려는 순진해빠진 성향은 억제시켜야 하기 때문이다. "부를 때마다 바로 대답하지 말라고 몇 번을 말해? 몇 번째야? 기꺼이 봉사하려는 그 태도는 갑자기 어디서 튀어나왔어? 어디서 그런 걸 배웠어? 나중에 커서 그런 거나 하고 싶니? 기꺼이 봉사? 그래, 좋아. 가서 맘껏 봉사하든지 말든지 맘대로 해. 보이스카우트 하시면 되겠네. 그래, 보이스카우트. 계속 이렇게 정신 못 차리면 그렇게밖에 더 되겠니? 수석 웨이터 되고 싶다고 한 건 엄마 아니고 너야. '엄마, 수석 웨이터 되게만 해주신다면 다시는 그 어느 것도 조르지 않을게요'라고 한 건 너라고. 그러니 제대로 안 하면 결국 너만 고생이야. 수석 웨이터 되고 싶어? 그럼 행동도 그렇게 해. 적당히 무시도 해가면서, 제발. 조금은 과한 듯한 거만함도. 비굴해지고 싶니? 그것도 때와 장소를 봐가면서 하는 거야. 그레이스 켈리*가 온다거나, 데이

---

* 미국에서 배우로 활동하다 모나코의 왕비가 되었다.

비드 록펠러,* 테너시 윌리엄스†가 온다면야, 그래, 그땐 비굴해도 괜찮아. 응원할게. 하지만 항상 그래서는 안 된다는 거야. 시내에 기분 내러 나온 웬 경리부장한테 그런 모습 보이지 마. 레저슈트 빼입고 특석에서 〈코러스 라인〉 볼 것 같은 사람들 올 때마다 그러지 말란 말이야. 알겠니? 대단한 인맥이라도 있는 듯한 태도는 더하고 따뜻한 환영은 빼고. 엄마랑 아빠가 평생 곁에서 챙겨줄 순 없어. 명심해."

음식비평가 엄마

음식비평가 엄마는 자부심이 대단하다. 그 자부심은 실로 대단해서 이미 주변 사람들은 그 집 자식 입이 까다롭다는 얘기에 질릴 대로 질려 있다. 하지만 노력의 결과이니 이해할 만하다. 수년간 '점심은 맛있었니?'라는 질문을 던져도 통명스러운 '그냥 그랬어요'만 들어왔을 테니까. 어린 꿈나무에게 이 훈련을 몇 번이고 반복한 끝에야 이렇게 뿌듯한 답을 듣는 행복한 날을 맞이할 수 있다. "엄마, 정말 최고의 샌드위치였어요. 부드러운 식빵 맛이 재료를 방해하지 않고, 풍부한 감동을 주는 슈퍼 청키 땅콩버터와 청량한 향의 포도잼에서 느껴지는 대비가 완벽했어요. 당근은 그 달콤함도 환상적이면서 한입 베어먹을 때마다 본연의 맛으로 가득했고 아삭함까지 훌륭했어요. 유후 초콜릿

* 은행가이자 사업가. 록펠러 가문의 당주.

† 『욕망이라는 이름의 전차』『유리 동물원』 등을 쓴 미국의 극작가.

우유[*]는 자유분방하면서도 묵직함이 있는 흥미로운 맛이었죠. 양키 두들 케이크[†]는 흰 눈 같은 크림과 풍미 가득한 초코케이크의 심포니가 원죄에 가까울 만큼 탁월한 초코맛 아이싱에 푹 잠겼다고나 할까요?"

* 초콜릿 우유 맛이 나는 음료. 우유는 들어 있지 않다.

† 초코파이처럼 대량생산되어 마트에서 쉽게 구할 수 있는 미니 초콜릿케이크.

전문 은행
: 몇 가지 개설

얼마 전, 맨해튼의 세련된 이스트 50번대 거리 일대에 제일여성은행이라는 기관이 들어섰다. 다음의 질문들이 떠올랐다.

1. 일시적 열풍인가, 실질적 흐름인가?
2. 제일여성은행은 실제로 어떤 곳인가?
3. 다른여성은행이라는 경쟁 기관의 등장을 기대할 수 있는가?

곰곰이 생각한 끝에 이 세 가지 질문에 대한 답을 얻는 데 성공했다. 본래 질문 순서대로 답하고자 했으나 결국에는 다른 실행 계획을 선택했다. 잘못된 인상을 줄지도 모르겠다는 염려에, 이 결정이 어떤 식으로든 괴팍함을 과시하려는 것은 아님을 미리 확실히 해두는 바다. 나는 단지 마음을 바꿨을 뿐이고, 이는 여성의 특권이니 어쩔 수 없다.

제일여성은행은 실제로 어떤 곳인가?

나는 이 질문에 답하기 위해 탐사 보도 기자처럼 움직이기—발품 팔기, 조사, 사실 파헤치기—보다는, 무책임한 호사가의 방식을 취했다. 소파에 누워 있기, 전화 통화, 이야기 지어내기. 이 과정이 상당히 만족스럽다는 것이 입증되었으며 그 결과 다음의 내용이 탄생했다.

제일여성은행을 제일여성은행이라고 부르는 이유는 오직 관습을 존중해서이지, 진짜 이름이라서가 아니다. 진짜 이름은 '더치페이'다. 보통 이 은행에 들어서면 고객(혼동을 피하기 위해 이 고객을 제인 도라고 칭하겠다)은 세 창구 중 하나를 선택하게 된다.

1. 출(장 간 남편 예)금
2. 입(놀림 엄)금
3. 개(인 취향을 존중한 독)설

만약 이 구분이 본인의 필요를 충족하기에 적당치 않다고 판단해 순간 신뢰를 상실할 경우, 이 은행에서는 이전의 신뢰를 되찾고자 고객에게 가능한 모든 편의—크리스마스 클럽, 하누카 클럽, 브리지게임 클럽—를 제공한다는 점을 떠올리기만 하면 된다. 이렇게 신뢰를 다져놓으면 한 달에 이삼 일쯤 생리통으로 문을 닫는 은행인들 더 진지한 상담을 받고자 하는 제인을 단념시킬 수 없다. 하여 제인은 단정히 줄지어 있는 책상을 마주하게 된다. 각 책상은 길쭉하고 품위 있는 명패를 뽐내고 있다. 매지, 들로레스, 윌마, 메리 베스. 제인은 메리 베스를 선택해 자리에 앉는다. 메리 베스는 제인에게 커피를 따라주며 압지가 지저분해 죄송하다고 사과하고, 어떤 고민이 있는지 묻는다. 고민이 있는지 어떻게 아느냐는 물음에 메리 베스는 미소를 지으며 "여자의 직감이죠"라고 답한다. 제인은 립글로스를 바르던 도중 급히 우회전하려다 사고가 났고 차가 심각하게 파손돼 수리비로 1100달러가 필요하다고 메리 베스에게 설명한다. 제인은 남편이 출장에서 돌아오기 전에 고칠 수 있길 간절히 바란다. 메리 베스는 당연히 상황을 이해하며 더치페이에서 제인에게 1100달러를 빌려주도록 주선하는 데 합의한다. 그 대가로 제인은 다음 이사회 만찬에 쓸 수 있게 자신이 아끼는 은식기 8인 세트를 더치페이에 빌려주기로 한다. 성공리에 용무를 마친 제인은 입에 착 붙는 은행 광고 문구를 즐겁게 외치며 자리를 뜬다. "땡전 한 푼 없어도 폼나면 장땡!" 1100달러 더 부유해진 제인은 더치페이야말로 파마처럼 일렁이는 미래의 물결임을 그 어느 때보다 확신한다.

일시적 열풍인가, 실질적 흐름인가?

이 질문에 대한 답은 '실질적 흐름'이다. 더치페이의 성공에 힘입어 극도로 구체적인 집단의 기호에 맞춘 각종 전문 은행이 생겨날 것이기 때문이다.

어린이

이 기관의 명칭은 제일국민돼지저금통이 될 것이다. 이곳에서는 고객에게 독특한 편의를 제공한다. 색깔 저금이다. 고정된 줄에 달린 고급 크레용도 구비되어 있다. 이 은행의 사훈은 '높이높이 날아라, 우리 공수표'이고, 수표를 고를 땐 무늬가 아닌 맛으로 고를 수 있다. 산딸기, 초콜릿 마시멜로, 바닐라 퍼지, 블랙 체리. 직원들은 친절하면서도 단호하며, 다음주 용돈 가불 같은 보다 까다로운 업무를 담당한 이들은 각자의 명패가 놓인 책상 뒤에 앉아 있을 것이다. 랠프 삼촌, 마샤 이모, 해럴드 삼촌, 루시 고모. 만약 대출받은 고객이 변제에 실패할 경우, 연체 기간 1개월당 6.5퍼센트에 해당하는 일수만큼 후식을 먹지 못하고 자기 방에 들어가 있어야 한다. 이 방법으로도 원하는 결과를 끌어내는 데 실패한다면, 은행에서는 대출액이 상환될 때까지 채무자의 생일 선물 용돈을 압류하는 수밖에 방도가 없다. 영업시간: 방과후와 주말, 숙제 다 끝내고.

동성애자

제일국민광란파티은행은 입장시 최소 두 잔씩 음료를 주문해야 한다는 점으로 지역 내 다른 은행과 차별화를 도모할 것이다. 특기사항으로는 이곳에선 3달러짜리 지폐와 로널드 퍼뱅크*의 얼굴이나 〈무지개 저 너머 어딘가〉의 전체 가사가 인쇄된 수표를 구할 수 있다. 신용

카드 발급을 희망하는 고객은 사업 상담부로 가면 된다. 그곳에는 유진 씨, 랜디 씨, 조엘 씨와 에두아르도가 마스터차지[†]만이 능사가 아님을 알려주고자 기꺼이 대기하고 있다. 영업시간: 뒤풀이 때.

정신과 의사

무엇도 그리 단순하진 않기에, 뉴욕자기연민은행은 단독 건물이 아닌 복합 단지 내에 들어설 것이다. 출금 예정액이 본인의 잔액을 초과한 고객이라면, 어쨌든 은행을 설득해볼 수 있다. 은행에서 숫자를 현실적으로 다루지 못해 생긴 오류니까. 본인 계좌와 좀더 의미 있는 관계를 정립하고자 하는 고객이라면 자폭하는 미성숙한 직원과의 상담을 위해 자리에 누울 수도 있다. 이 은행은 세심하게도 꼭 무언가를 상징하는 것마냥 번지는 잉크[‡]를 펜에 채워둔다. 영업시간: 오전 10:10~10:50.

다른여성은행이라는 경쟁 기관의 등장을 기대할 수 있는가?

물론이다. 값비싼 장신구, 끈적한 눈빛, 성탄절에 홀로 있는 경향으

---

* 20세기 초반에 활동한 영국의 동성애자 소설가.

† 마스터카드의 전 이름.

‡ 좌우대칭의 불규칙한 잉크 무늬로 인격이나 정신을 진단하는 로르샤흐검사법에 빗댄 표현.

로 꽉 찬 대여금고들이 숨길 수 없는 그 증거다. 영업시간: 화요일과 목요일 오후.

영역 수용권 vs
수용권의 적법한 영역

일반적으로 법이란 대중이 피해받지 않도록 보호하고자 만든 것이다. 일반적으로 피해란 물리적 위해다. 일반적으로 물리적 위해란 그다지 흥미로운 주제가 아니다. 사실 어떻게 해서든 대중을 금융 재난으로부터 보호하려는 법은 있다. 여전한 사실은 금융 재난은 어차피 일어난다는 것이다. 가장 중한 사실은 대중이 그다지 흥미로운 집단이 아니라는 거다.

그러니 가장 크게 고려해야 할 다음의 세 가지 질문에 답하는 데 늘 실패하는 우리의 법체계가 결코 매혹적이라 할 순 없다. 가장 크게 고려해야 할 세 가지 문제란 다음과 같다.

1. 매력적인가?
2. 재미있는가?

3. 제자리를 알고 있는가?

언뜻 봐도 이 세 질문으로, 현행 체계가 다룰 수 있는 모든 만일의 사태를 비롯해, 더 나아가 현대 생활의 진정한 위험 요소에도 전혀 꿀리지 않는 대응이 가능해진다. 그러므로 합리적 사법체계라면 이를 기반으로 삼지 않을 수 없다 하겠다. 그러니 이제부터 이렇게 간주하도록 하자. 이 세 가지 질문 중 어느 하나라도 부정적으로 답해야겠다면 당신은 불법행위를 저지르는 것이다. 혼동을 피하기 위해 각 질문을 별도로 고찰하겠으나, 세 질문이 형제와 같음은 아마 누가 봐도 분명할 것이다.

매력적인가?

내가 초등학교에 다닐 적엔 교사가 해마다 다음과 같은 문장으로 민주주의 속 개인의 자유를 설명하며 새해를 시작하곤 했다. "내가 팔을 휘두를 수 있는 권리는 다른 사람의 코가 시작되는 곳에서 끝납니다." 의문의 여지 없이 감탄해 마지않을 문장이다. 하지만 그 가치를 충분히 빛낼 약간의 무언가가 부족하다.

간단히 말해서, 핵심에서 벗어났다. 나라면 감수성에 상처 입기보다는 차라리 코를 얻어맞겠다. 그래서 다음 문장을 대신 제안한다. "당신이 민트색 폴리에스테르 레저슈트를 입을 권리는 내 눈에 띄는 순간 끝납니다." 혹시 이 요구를 무시하기로 선택한다면 당신은 취향이 후진

죄로 체포될 것이다.

뚜껑을 열면 그득그득 기어나올 벌레들을 구제할 목적으로 몇 지도원이 임명되어 다음과 같은 죄목을 상세히 담은 성명을 발표할 것이다.

A. 거대 전기면도기처럼 생긴 건물 축조.

B. 모델이 아닌 진짜 사람이 등장하는 텔레비전 광고와 잡지 광고.

C. 다양한 색깔로 출시되는 담배: 에드워드 R. 머로*에게 흰색 담배가 아무 문제가 되지 않았다면 당신에게도 마찬가지다.

D. 다양한 모양으로 얼린 얼음조각. 꽃무늬는 양복 옷깃에나 어울리는 무늬지 버번에는 아니다.

E. 대담한 간결성을 심히 선호하는 그래픽디자이너의 손에 맡겨진 공항.

F. 1940년대 어린이가 가지고 놀던 물건들을 본떠 만든 가구.

G. 일할 때만 연회용 재킷이 필요한 이들을 위해 스텐실 기법으로 찍어낸 연회용 재킷풍 긴팔 티셔츠.

상기한 죄목 중 하나라도 범한 이에게는 남성 센터폴드를 창안한 사람과 90일 보내기 혹은 로스앤젤레스에서 72개월 보내기 중 빨리 행해질 수 있는 처벌을 내린다.

---

* 2차대전 당시 종군기자로 활동하며 입지를 다진 미국 언론인.

재미있는가?

아주 오래전 옛날 옛적 언젠가 사람들은 잘 말하는 법을 익히고자 했다. 우아한 표현을 쓸 줄 아는 이들은 존경을 한몸에 받았다. 재치가 인기였고 말발의 시대였다.

시간이 흘러 그리 오래지 않아 사람들은 잘 친해지는 일에 주로 관심을 쏟았다. 악수에 힘을 실을 줄 아는 이들은 존경을 한몸에 받았다. 친근함이 인기였고 마당발의 시대였다.

현재 사람들의 주된 고민은 잘 쉬기인 듯하다. 방해받지 않고 잘 줄 아는 이들은 존경을 한몸에 받는다. 무의식이 인기이며 약발의 시대다.

당신이 잠든 사이 소음을 내고 싶은 마음은 조금도 없지만, 당신을 지루하다는 죄목으로 체포한다고 알려줘야겠다. 말재간 지도원은 당신이 다음 중 하나 또는 하나 이상의 죄를 범했음을 의심한다.

A. 온수 수영장에 몸을 담그고 어린 시절의 나쁜 기억을 회상하는 낯선 이가 있다면, 당신은 대화의 기술을 시도하기보다 그를 안아주는 식으로 동료 인간들과 소통하길 선호한다.

B. 여성해방운동에 정말로 유머 감각이 있다고 생각한다.

C. 티셔츠에나 박힐 문구를 대화중에 사용한다.

D. 마땅히 알려지지 않을 권리가 있는데도 동성애자들의 사생활에 데이비드 서스카인드*처럼 지대한 관심을 보인다.

E. 내면 가장 깊은 곳에 있는 생각을 매주 여섯 명의 타인과, 그중 한

명은 돈을 받고 들어주는 역할인데, 상의해야 할 필요를 느낀다.

F. 에리카 종이 할 말을 다 해줬다는 생각에, 더이상 내면 가장 깊은 곳에 있는 생각을 매주 여섯 명의 타인과, 그중 한 명은 돈을 받고 들어주는 역할인데, 상의해야 할 필요를 느끼지 않는다.

G. 'est'[†]라는 글자가 당신에겐 동부 표준시Easter Standard Time 외에 다른 것을 의미한다.

H. 당신은 온 세상 사람들이 전부 2주간 라스베이거스 놀이에 돌입한다고 너무나 굳게 믿은 나머지 다음 초대 손님을 이렇게 소개하는 텔레비전 토크쇼 진행자다. "조너스 소크 박사[‡]—아름다운 분입니다."

유죄로 판명될 경우 심리학 잡지 『사이콜로지 투데이』 1년 구독 혹은 로스앤젤레스에서 72개월 보내기 중 빨리 행해질 수 있는 처벌을 내린다.

제자리를 알고 있는가?

적절함 지도원의 관할 아래 '모든 것에는 각자의 자리가 있다'라는

---

* 과감한 화두로 인기를 모은 미국의 방송 제작자이자 텔레비전 토크쇼 진행자.

† 1971년 워너 에어하드가 개발한 자기개발 프로그램 'Erhard Seminars Training'의 약자.

‡ 소아마비 백신을 발명한 미국의 의학박사.

격언은 '모든 사람에게는 각자의 자리가 있다'로 그 의미가 확장되었다. 다음과 같은 일을 초래한 원인이 당신이라면, 당신이 제자리에 있지 않거나 무언가가 제자리에 있지 않은 책임이 당신에게 있다는 뜻이다.

A. 당신은 사회적 의식 함양 모임에 참석하는 남성이다.
B. 당신은 사회적 의식 함양 모임에 참석하는 여성이다.
C. 당신은 개이고 거주지는 뉴욕, 아마도 우리 동네다.
D. 당신은 동남아시아 군인이 아닌 사람이 착용한 군 전투용 위장복이다.
E. 당신은 바닥 전체에 깔려 있는 카펫이고 화장실에 있다.
F. 당신은 우리집에 오는 길이고 미리 연락하지 않았다.
G. 당신은 시인이고 아직 죽지 않았다.

어느 것이든 상기에 명시된 죄목으로 기소된 이에게는 브랜디 잔에 담겨 나오는 후식 되기 혹은 로스앤젤레스에서 72개월 보내기 중 빨리 행해질 수 있는 처벌을 내린다.

가족계획
: 교훈을 주는 이야기

분만이라는 단어 앞에 자연이 추가되자 이는 자연스럽지 않은 분만이 있다는 추측을 낳았다. 자연분만을 지지하는 이들은 인간이 수천 년간 본인의 집이나 논에 누워 심호흡하는 간단한 방식으로 사적인 공간에서 고요하게 아이를 낳았다는 점을 지적했다. 병원으로 달려가 약물을 주입하고 의사의 진찰을 받는 건 잘못되었다고 말이다. 그렇게 하는 게 아니니까. 일부는 수긍했다. 일부는 아니었다. 수긍하지 않는 이들은 거만한 태도로 부자연스러움의 정당성을 굳건하고도 온전하게 믿었다. 이들은 병원으로 달려가길 좋아했다. 몸에 약물을 주입하는 것도 좋아했다. 의사에게 진찰받는 것도 너무 좋아했다. 이들에게는 부자연스러움이 삶의 방식이었다. 인위성을 향한 확고한 충성 속에서, 서로 다 안다는 눈빛으로 인사를 하고 헤어질 때도 "거꾸로"*라고 속삭였다. 이들은 삶에 만족했고 주어진 상황, 즉 명백하게 이성애적이어서 제한

적일 수밖에 없는 상황 속에서 최대한 세련되게 살고 있다고 믿었다.

그러다 조금씩 이 집단 내에서 불편한 소문이 떠돌기 시작했다. 은밀하게 중얼대는 말들이 들려왔다. 몰려다니기 좋아하는 무리가 더 좋은 대기실을 찾아 나다니는 횟수가 점점 줄어들었다. 숨죽인 짐작만이 무성했던 몇 달이 지나 진실이 밝혀졌다. 허세 가득한 어떤 종자가 단순 부자연 분만 따위는 본인 태반을 먹는 것만큼이나 끔찍하게 보이게 할, 새로운 분만법을 찾아냈다는 것이다. 이들은 신체 기능을 완전히 배제하고 술집에서 아이를 얻었다.

그중 가장 인기 있는 술집은 치킨리틀이라는 곳으로, 이스트강 근처 어느 멋들어진 길에 자리한 브라운스톤 건물에 있었다. 아이를 찾아 서성이는 장래의 부모들은 택시나 자가용으로 현장에 도착해 초콜릿색의 옻칠한 문을 민첩하게 두드리고, 그저 할머니라고만 알려진 겉으로만 친절해 보이는 칠십대 노인에게 자신을 소개한다.

기준을 통과하면 그들은 작은 테이블에 앉거나 바에 기대어 서서 작업 상대인 어린이들을 훑어보며 다정해 보이려고 노력한다. 대화는 거의 없고 그마저도 거래 대상의 품질에 관해 의견을 교환할 때뿐이다. "쟤 나 닮은 것 같아?" "쟤는 암만 봐도 학생회장 감이네." "저애 침대 정리는 잘하려나?" 가장 적극적인 이들은 장래성 있어 보이는 꼬맹이들에게 은근슬쩍 접근해 "우리 캐치볼할까?"라고 속삭이거나, 머리가 유

---

* 1884년 출간된 프랑스 작가 조리스 카를 위스망스의 소설. 극도의 인위적 삶을 추구하는 주인공을 통해 사회 모순을 풍자했다.

독 금발인 여자아이들만 따로 불러서 직접 만들어온 초코칩쿠키를 몰래 손에 쥐여주며 훨씬 더 많이 줄 수 있다고 조금도 애매하지 않게 일러준다.

어린이들도 그들만의 방책이 있으며 물불 가리지 않는 녀석들도 있다. 저녁이 깊어가면서 무척 관대해 보이는 어른들은 이미 다른 애들이 다 채가 선택받지 못하고 절박해진 어린이들은, 교묘히 숨겨둔 갈색 눈썹연필로 몰래 콧등에 귀여운 주근깨를 계산적으로 배치해 그려넣거나 듣지 않고서는 못 배길 큰 소리로 나중에 크면 의사가 되고 싶다고 선언하곤 했다.

주의깊은 관찰자라면 주 무대는 건너뛰고 바로 뒷방으로 향하는 손님들이 있음을 알아차렸을 것이다. 뒷방은 보다 특수한 취향을 가진 고객을 위한 전용공간이다. 이곳에 있는 유아는 멜빵바지의 한쪽 멜빵을 풀어 자신들의 특별한 기호를 암시한다. 왼쪽 멜빵이 풀려 있으면 이런 뜻이다. 나 말대꾸해요…… 나 숙제 안 해요…… 열다섯 살 때까지 침대에 오줌 쌀 거예요…… 당신 삶을 지옥으로 만들겠어요…… 대체 뭘 잘못했길래 내 부모가 됐는지 영영 모를 겁니다. 이들은 이내 오른손으로 담배를 든 어른들 주위로 몰려든다. 이런 뜻이기 때문이다. 걱정 마, 방법을 찾을 거야…… 어떻게 도와줄까?…… 그런 뜻이 아니었단다…… 내가 뭘 잘못했지?

오른쪽 멜빵이 풀려 있으면 이런 뜻이다. 제가 잘못했어요…… 다음엔 더 잘할게요…… 저 거짓말 못해요…… 전 쓸모없는 아이예요. 이들은 항상 왼손으로 담배를 든 어른들 쪽으로 향하게 마련이다. 이런 뜻이기 때문이다. 후식 없다…… 네 방으로 가…… 그거 갖다 버렸어…… 우린 성탄절 안 지내.

이런 상황이 영원하지 못하리란 건 쉽게 그릴 수 있다. 부자연스러움에 이끌리는 다른 부모들도 치킨리틀로 모여들기 시작한다. 곧 다른 도시에서도 찾아들 온다. "주말엔 말이지," 권위자들은 말한다. "정말 방법이 없다니까. 지난주에 있던 애들 봤어? 독서 지도 안 받으면 안 될 애들이었다고."

결국 이 모든 게 경찰의 이목을 끌어 어느 토요일 밤 치킨리틀은 불시 단속을 받는다. "다들 벽에 붙어, 니미 찾을 놈들!" 앞치마를 두른 수상쩍은 여성들의 손을 잡고 있던 아이들을 향해 경찰이 소리친다. "웃기시네, 우리가 철들까보냐!" 아이들이 맞받아친다. 갑자기 한 남자아이가 새로 얻은 엄마의 손을 놓고 달려가 바에 있는 우유병을 잡아챈다. "당장 멈추지 못해!" 민중의 지팡이가 외친다. 경고에도 아랑곳없는 꼬마 주위로 멈춰야 할 때를 모르는 같은 부류의 세 아이가 잽싸게 합세한다. 이들은 각자 우유병을 들고 게걸스럽게 마시곤 짓궂은 미소와 함께 경찰에게 시선을 고정하며 우유 수염을 과시한다. 인내심이 한계를 넘어선 포돌이들이 일제히 집중포화를 퍼붓는다. 네 어린이는 모두 사망한다. 이것이 바로 갈증 해소의 비극이었다.

진리의 숨바꼭질
: 난 괜찮지만 넌 아냐

사람들은 역사 전반에 걸쳐 무리를 지어 단결하는 안타까운 경향을 보여왔다. 이러한 현상의 원인은 무척 다양하지만, 대체로 두 종류로 구분이 가능하다. 공동의 필요와 공동의 욕구. 공동의 필요에는(공동이라는 단어를 아무렇게나 선택하지 않았음을 확실히 밝힌다) 좌경 성향의 정당, 헛간 짓기,* 사자 무리, 동성애자 해방운동, 은퇴자 마을, 『미스』,† 군대, 컬트 모임, 로케츠 무용단‡과 에스트est§류 프로그램이 포함된다.

공동의 욕구 아래에는—앞서 괄호 안에 넣은 의견은 여기서도 똑

* 18, 19세기에 미국 농촌에서 주민들이 힘을 모아 서로 헛간을 지어주던 풍습.
† Ms. 1972년 창간된 진보 성향의 페미니스트 잡지.
‡ 화려한 군무로 유명한 뉴욕 라디오시티뮤직홀 여성 댄스팀.
§ Erhard Seminars Training의 약자. 89쪽 각주 참조.

같이 적용—우경 성향의 정당, 운동 교실, 시카고 세븐,* 수행원, 사회연구뉴스쿨,† 시끄럽게 몰려다니는 무리와 에스트류 프로그램이 있다. 일부 항목이, 전부일지도 모르는데, 분류를 바꾸어도 상통하는 듯 보이는 이유는, 필요와 욕구란 면 소재의 마드라스 체크무늬 옷처럼 색이 잘 번지기 때문이다.

눈이 밝은 독자라면 에스트류 프로그램이 두 분야 모두에서 발견됨을 눈치챘을 것이다. 그것은 다음 두 가지 이유 때문이다. 하나, 에스트류 프로그램에 참가하는 이들은 욕심도 많고 필요한 것도 많기 때문이다. 둘, 에스트류 프로그램은 모임 개념의 정수로서 가히 장관이라 할 만큼 못 봐줄 지경이기 때문이다. 내가 모임이라는 세계에 전혀 공감하지 못하거나 관심이 없는 직접적인 이유는, 나의 가장 큰 필요와 욕구—흡연과 복수 계획—가 근본적으로 고독한 활동이기 때문이다. 아, 물론 때로는 친구가 한두 명쯤 집에 찾아와 함께 담뱃불을 붙이기도 하고 어떻게 앙갚음할지 들어줄 용의가 있는 상대에게 몇몇 발상을 공유할 때도 있지만, 실제 만남은 정말이지 불필요하다.

그러므로 에스트류 프로그램이 기존의 불쾌한 아메바 감염증에서나 보일 전염 속도로—이 둘이 공유하는 성질은 속도만이 아니다—급증한단 사실이 내게는 큰 충격이다. 자아실현을 향한 이 열망의 기세가

* 1968년 미국 시카고에서 열린 민주당 전당대회 중 베트남전쟁 반전시위 가담 혐의로 기소된 운동가 일곱 명을 가리킨다.

† 진보적 사회 연구의 자유를 목적으로 1919년 설립된 사립대학. 현재는 파슨스디자인스쿨을 포함한 다섯 분야로 확대되었다.

꺾일 줄을 모르니, 지금까지는 과하게 구체적이라고 여겨졌던 필요와 욕구를 겨냥한 프로그램을 곧 목도하게 될 것이 유감스럽다. 몇 가지 가능성을 아래 나열했다.

즐잠

즐잠은 '즐거움 속에 잠들길'의 약자로, 어떤 이유에서든 죽음을 온전히 즐기지 못하는 망자들을 위한 단체다. 모임의 대표는 이름이 알려지지 않았으나, 아주 좋게 봐줘도 교묘하다고 할 인물이다. 즐잠은 이따금 본인이 그다지 죽은 것 같지 않다며 공포심을 몰래 나누던 소규모 집단의 필요에 의해 탄생했다는 것이 일반적 의견이다. 그렇기 때문에 크레이터 판사,* 신, 어밀리아 에어하트,† 아돌프 히틀러, 그리고 린드버그 아기‡가 이 프로그램의 창립 주축이라는 믿음이 지배적이다.

불확실하게 떠난 자들은 영혼이 이끄는 대로 언제든 회동하며, 이들의 만남은 주로 묻는 바가 명확한 일련의 질문에 솔직히 답하는 식으로 이루어진다. 질문은 대략 다음과 같다. "영수증 모으세요?" "기침하세요?" "저탄수화물 다이어트 하세요?" "계산서 기다리세요?" "대기중이

* 정치 스캔들에 휘말려 1930년 실종된 뉴욕주 대법원 판사. 1939년에 법적으로 사망 처리되었다.

† 여성 최초로 대서양 횡단에 성공한 미국의 파일럿이자 작가. 1937년 세계일주 비행중 실종되었다.

‡ 뉴저지주에서 1932년 3월 실종되었다가 두 달 후 시신으로 발견된 생후 20개월 아기.

세요?" 이제 대표가 답한다. "아니시라고요? 그럼 사망이 확실합니다. 죽은 상태라면 영원한 안식을 누리지 않을 도리가 없죠. 영원한 안식을 누리면 모든 책임에서 해방되고 귀찮은 일을 겪을 가능성에서도 벗어나거든요. 그렇다니까요. 이보다 더 즐거운 일이 어디 있겠습니까?"

즐잠 모임에는 몇 가지 금기 사항이 있다. 회원들은 화장실에 가거나, 다리를 펴거나, 음식을 먹을 수 없다. 지금까지 불만을 표한 회원은 없었지만, 회의적이고 만족을 모르는 비방꾼들은 항상 있게 마련이고, 이들은 혹시라도 어딘가에서 **즐잠**을 정식으로 수사라도 한다면 벽장에서 발견될 해골이 하나가 아닐 것이라고 확신한다.

촌티

'촌스럽고 투박한 거 티 내는 이들'이라는 뜻의 **촌티**는 상스러움과 후진 취향이란 양도 불가능한 권리라는 명제를 떠받드는 프로그램이다. 이 모임의 회원들은 **촌뜨기**라 불리기도 하며, 만나고 싶을 땐 '촌구석'이라고 알려진 본부에서 만난다. 촌구석은 항상 켜져 있는 컬러텔레비전 7000대, 쉬지 않고 울리는 4채널 음향기기 900대, 유행하는 678색을 모두 담은 샤기 카펫, 다양한 취향을 반영한 지중해풍 식당 가구, 재미난 소파, 독특한 벽 장식, 그리고 모듈형 좌석 체계를 갖추고 있다. 전기기타를 연습하거나 『플레이걸』에 실을 기사를 쓰느라 바쁜 것이 아니라면 회원들은 지나치게 편안한 자세로 앉아 솔직한 감정과 의견을 소리 높여 표출한다. 예외적일 만큼 피부가 창백하거나 가슴털

이 많은 경우가 아니라면 남성 촌뜨기들에겐 셔츠의 첫 단추 다섯 개를 풀어둘 것이 장려되며, 실제로 피부가 창백하거나 가슴털이 많다면 이는 필수다. 여성 회원들에게는 남성들을 장려하도록 장려한다. 여성과 남성 모두 합성섬유 소재 옷을 입고 머스크 오일 향을 깊이 들이마시는 명상의 일종에 참여한다. 이 수련의 궁극적 목표는 '로스앤젤레스'라는 내면의 상태에 도달하는 것이다.

아파

아파는 '건강염려증 환자들이 원래 더 아파'를 간단히 이르는 말로, 이 모임은 '병원'이라 불리며 20분에 한 번씩 대기실로 알려진 곳에서 열린다. 회원들은 줄지어 들어가서 불편한 인조가죽 소파에 앉아 『투데이스 헬스』 과월호를 읽다가, 보험 되는 교수로 불리고 구레나룻이 희끗희끗해지기 시작한 기품 있는 장신의 대표가 모임의 시작을 알리면 읽기를 멈춘다. 모든 회원은 서로의 증상을 비교하기 전 반드시 혈액검사 신고식을 거쳐야 한다. 증상 비교과정은 모임에 따라 다르나, 아파 소속 회원이라면 누구든 이 프로그램의 좌우명인 '그냥 점이란 건 있을 수 없다'를 항시 마음에 새긴다. 피해자들끼리 상대를 능가하려다 증상 비교가 과열되는 일도 드물지 않다. 이런 경우가 발생하면 보험 되는 교수는 파란 십자가 보험을 지닐 특권을 얻을 때 했던 신성한 맹세를 잊지 말라고 회원들에게 당부할 필요를 느끼며, 힘겹도록 나지막하게 "참으세요, 환자분들Patients, patients"이라며 이들을 꾸짖어야 한다.

세상 구경

출발

나는 트랜스월드항공사* 비행기에 몸을 싣고 정신없는 유럽 여행의 첫 목적지인 밀라노로 향했다. 비행기는 이탈리아인으로 가득했다(미처 예상치 못했던 일). 나는 면세로 산 밴티지 담배 세 보루와 절대 걸 일 없는 긴 목록의 전화번호로 무장하고 있었다. 남에게 전화해서 이렇게 말하는 내 모습은 도저히 상상이 안 된다. "안녕하세요, 그쪽은 절 모르지만 제 미용사가 가끔 그쪽 홍보 담당이랑 자거든요. 그러니까 파리 구경 좀 시켜주실래요?" 비행 내내 별다른 일은 없었다. 다만 내 왼쪽에 앉은 신사분이 문제다. 밀가루 공장을 운영하고 밀라노 출신에 초

* 1930년 운행을 시작한 미국 항공사. 2001년 아메리칸항공사에 합병되었다.

록색 모헤어 정장을 입은 이 사람이 나와 사랑에 빠지는 바람에 난 목적지까지 남은 세 시간 동안 혼수상태에 빠진 척할 수밖에 없다.

밀라노

밀라노는 상당히 매력 있고 아담한 도시다. 멋진 성당, 〈최후의 만찬〉, 무솔리니가 지은 무척 화려한 기차역, 라스칼라극장, 그 외에도 즐거운 볼거리가 많다. 밀라노 사람은 두 종류다. 각종 『보그』에서 일하는 사람과 그렇지 않은 사람. 각종 『보그』에서 일하는 사람은 매우 사교적이며 외출하기를 좋아한다. 각종 『보그』에서 일하지 않는 사람도 매우 사교적일 수는 있으나 영어를 그다지 잘하진 못한다. 내가 밀라노에서 만난 이들 대부분은 공산주의자였고, 부유층은 특히 더 그랬다. 밀라노는 무척 정치적인 곳이며 도시 전체가 공산주의 그라피티와 군인으로 가득하다. 밀라노에선 모두 옷차림이 매우 훌륭하다.

밀라노에서는 공짜 성냥을 구할 수 없다. 두 줄짜리 종이성냥 가격이 100리라,* 진짜 돈으로는 15센트 이상이다. 이 사실에 충격받은 나는 누군가 불을 빌려달라고 할 때마다 몹시 분개했다. 누가 내게 불을 빌려주면 그 후한 인심에 어쩔 줄 몰랐고, 마치 무엇엔가 당첨된 기분이었다.

이탈리아에는 잔돈 부족 현상이 심각하다. 가게에서 물건을 팔고 거

---

* 유로화 도입 전 이탈리아 화폐단위.

스름돈을 줘야 할 경우에는 사탕이나 우표로 대신한다. 만약 이런 일이 당신에게 생긴다면 그 어떤 상황에서도 이 우표를 업신여겨서는 안 된다. 이탈리아에는 우체국이 없는 게 분명하니, 우표가 필요할 땐 이 방법이 최선이다. 밀라노에서는 모두가 일을 하고 비가 오면 로마를 탓한다.

로마

로마에서는 아무도 일하지 않고, 로마에 비가 오면, 그리고 혹시라도 그 사실을 알아채면, 밀라노를 탓한다. 로마 사람들은 일과 시간 대부분을 점심식사에 쓴다. 그것도 아주 잘 쓴다. 로마가 전 세계 점심식사의 수도임에는 의문의 여지가 없다. 로마는 훌륭한 건축을 자랑하며 예술품도 상당히 많다. 로마 사람들은 무척 친절하고 타인의 의견에 관심이 많다. 바티칸미술관을 나설 때 오른쪽을 보면 건의함이 하나 있다. 나는 독일 관광객의 정신없는 소음을 줄일 수 있도록 시스티나성당 천장에 방음 타일을 시공할 것을 건의했다. 그러고 나서 미켈란젤로가 그린 중앙의 아홉 작품을 아크릴화로 복원하면 형태도 보존할 수 있고 기능까지 더할 수 있으니 말이다.

내가 로마에 머무는 약 2주 동안 대규모 파업 시위가 다섯 번 열렸다. 시위 참가자들이 바라는 게 무엇이고 그걸 쟁취했는지는 모르겠으나, 아마 상관없었을 거다. 로마의 파업은 경제문제라기보다는 스타일의 문제다. 로마는 어느 모로 보나 정신 나간 도시다. 그곳에서 한두 시간만 있어도 펠리니*가 찍는 건 다큐멘터리구나 하고 충분히 깨달을 것이다.

이탈리아에는 로큰롤이라는 게 없어서 모든 어린이는 헤로인중독자 대신 영화배우가 되고 싶어한다. 메스꺼움을 느끼지 않고도 열다섯 살짜리와 끝까지 대화를 이어갈 수 있으니 미성년자가 취향이라면 관심 있을 만한 정보다.

칸: 영화제

칸은 아주 깜찍하다. 커다란 흰색 호텔, 예쁜 해변, 스타를 꿈꾸는 신인 여배우, 요트, 호화로운 파티, 카지노, 그리고 영어를 할 줄 아는 사람들. 칸에서는 모두가 바쁘다. 제작자들은 제작할 것을 찾느라 바쁘다. 감독들은 감독할 것을 찾느라 바쁘다. 구매자는 판매자를 찾느라 바쁘다. 판매자는 구매자를 찾느라 바쁘다. 그리고 식당 종업원은 주문을 받지 않느라 바쁘다. 칸에서 사람을 만나기에 가장 좋은 방법은 칼튼호텔 테라스에 앉아 음료를 주문하는 것이다. 몇 시간 후 종업원이 다른 사람의 마티니를 가져온다. 과장된 자세로 마티니를 들고 주위를 둘러본다. 몇 테이블 건너 어딘가에 당신이 주문한 레몬 넣은 페리에를 들고 당황하는 사람이 있을 테니 그쪽으로 가서 친구를 만들든(말든) 거래를 하든 하면 된다.

---

* 〈길〉 〈달콤한 인생〉 등을 만든, 이탈리아 영화계의 거장으로 손꼽히는 영화감독.

칸에서는 매일 약 이백 편의 영화가 상영된다. 나는 두 편하고도 절반을 보았다. 프랑스까지 가려면 무척 큰 비용이 들고 영화관은 뉴욕에서도 갈 수 있다. 아무튼, 상영관이란 게 다 그렇지 않은가—어둠 속에서는 다 똑같다.

파리

파리는 빼어난 미모를 자랑한다. 그런고로 빼어난 미모를 자랑하는 것들에서 찾을 수 있는 특징을 전부 갖추고 있다. 세련됨, 섹시함, 위엄, 거만함, 그리고 이성에 귀기울이는 능력의 절대적 부재와 이성에 대한 거부감. 그러니 그곳에 가게 된다면 이 사실을 명심하는 것이 좋다. 파리 사람에게 아무리 예의 있고 명료하게 질문해도 상대는 집요하게 프랑스어로만 대답하리라는 점.

'트릭'에 관하여

trick: 명사. 고대 프랑스어 trichier(속이다, 속임수를 쓰다)에서 유래; 프로방스어로는 tric(사기); 이탈리아어로는 treccare(속이다). 1 속이거나 골탕 먹이는 등의 목적을 띤 행위 또는 장치, 계략, 책략, 꾀, 술수, 농간. 2 짓궂은 농담, 장난스럽거나 유희적인 행동, 장난…… 4 (a) 즐기려는 의도를 띤 영리한 또는 복잡한 행동…… (b) 숙련된 기술을 요하는 모든 작업. 5 어떤 것을 성공적으로 해내거나 빠른 결과를 얻는 기술이나 방법 또는 과정…… 6 예술이나 공예, 직업상의 방편 또는 관례…… 7 개인의 특성……

어떤 이의 과시적 행위 및 욕구 대상을 의미하는 현재의 쓰임새에 가장 잘 들어맞는다는 판단하에, '트릭'이라는 단어의 웹스터 대사전

개정판 정의 중 위와 같은 부분을 신중히 발췌했다. 여기서 '어떤 이'란 언론 홍보 담당자 고용이 필수인 분야에 진지한 야심을 품은 사람을 의미한다. 그러한 사람은 주로, 항상은 아니고, 동성애자다. 이성애자는 자기 자식만으로도 어깨가 너무 무거워 남의 자식까지 신경쓸 겨를이 없다는 것이 주요한 이유다. 이성애자가 의무감, 도의감, 책임감을 느낄 때 동성애자는 유머 감각, 행동 규율 감각, 그리고 무엇보다 중요한 디자인 감각을 느낀다.

이런 사람은 부양가족이 없으니 본인의 사리사욕을 마음껏 추구할 수 있다. 그 욕구 대상 중 하나가 트릭이다. 본인의 가치를 제대로 인정받지 못할 위험 없이, 트릭 덕에 그는 친밀한 애정 관계 비슷한 것을 누릴 수 있다.

트릭은 가장 아끼는 장난감과 비슷한 특징을 보인다. 물론 제정신인 사람이라면, 어쩔 수 없지 않고서야, 진보적 교육을 논하고 가사 분담을 요구하는 인형을 일부러 선택하지는 않을 것이다. 그리고 정확히 이 어쩔 수도 있는 능력이 사람과 장난감을 구분해준다.

다행히도 트릭 역할을 할 자들은 쉽게 구할 수 있다. 산을 오를 때도 그 시작은 무엇보다 발 딛기이니 말이다. 이들을 가까이 둠으로써 지갑이 텅텅 털릴 수도 있지만, 크게 난장판을 만들 수도 있다. 그러니까 본인 능력껏 최대한 이 상황을 이용할 수 있는 판을 만들면 된다. 다칠 위험이 누가 더 큰지 묻는 질문에는, 오르는 사람 수에 비해 산이 심각하거나 치명적인 부상을 입은 경우는 극히 드물다고 답할 수 있겠다.

트릭이라는 단어는, 이러한 연합 구성원 중 이름값이 덜한 쪽을 묘사하는 데 쓰이며 실질적으로 필요한 단어다. 둘 중 주목할 만한 쪽은 '부유한' 그리고/또는 '유명한'이라는 단어로도 충분하나, 상대방 형용사로 '귀여운' 그리고/또는 '몸이 탄탄한'만으로는 다소 부족하기 때문이다. '후안'이든 '헤더'든 실제 이름을 집안에서 쓰기에는 괜찮아도 둘 다 일반용어로 사용하기엔 적합하지 않다.

트릭이라는 단어가 최초로 이러한 목적으로 사용된 정확한 시기와 이유는 분명치 않으나, 오랫동안 고객을 이 단어로 칭해온 매춘부들의 은어에서 파생했다는 설이 있다. 이 주장에 논리가 없는 건 아니지만 트릭의 이 용법은 간단한(혹은 복잡한) 입소문으로 퍼졌다는 것이 훨씬 더 개연성 있다.

보다 명확한 설명을 위해 이 주제에 관한 생각을 정리해보았다. 그러나 이를 살펴보기에 앞서 미리 말해두어야 할 점들이 있다.

트릭은 침대와 거짓말을 좋아한다—식당에서도 그렇다.

*

트릭은 누군가 걸려 넘어질 수 있으니 집안에 아무렇게나 널브러져 있어서는 절대 안 된다.

*

트릭은 밝은 물체에 이끌린다. 당신은 딱 보니 이런 성향이 아니어서 이를 이해하지 못할 수도 있다.

아래는 앨프리드 더글러스 경*을 위한 내용이다.

1. 아주 어린 트릭은 피하는 게 상책이다. 학교에 가야 하니 일찍 떠난다는 장점이 있기는 하지만, 그건 패션모델도 마찬가지다. 모델은 오전 여덟시까지 화장을 다 마치고 팬암빌딩† 꼭대기에 서 있어야 하고, 존 던‡을 주제로 한 기말 과제물 좀 도와달라고 할 일도 없다.

2. 젊음을 유지하려는 동성애자의 욕망은, 본인은 절대 아이를 가질 일이 없는지라 자식들의 더 멋진 친구들과 적법하게 만날 기회마저 박탈당했다는 사실에서 온전히 기인한다.

3. 어떤 이들은 트릭의 가장 귀한 특징으로 순수한 백치미를 꼽는다. 이 무리에서 제일의 선망 대상은, 텔레비전을 보며 입술을 달싹이는 청년을 자택에 둔 저명한 영화감독이다.

4. 트릭이 따라야 할 규범의 예를 무작위로 나열해보았다.

베닝턴컬리지§에서의 실습 학기

개념예술

도벽

출근하고 없는 사람의 가죽재킷 입어보기

---

* 영국 귀족 출신의 시인이자 언론인. 열여섯 살 연상인 오스카 와일드와 연인 관계였다.

† 현재의 메트라이프빌딩으로, 높이가 59층에 달한다.

‡ 「누구를 위하여 종은 울리나」 등으로 유명한 영국 시인.

§ 미국 버몬트주 베닝턴에 있는 인문학과 시각예술 전문 사립대학.

예술적인 인사말 카드

흥미로운 음식

검은색 침대 시트

각 숫자에 해당하는 글자로 단어를 만들어 전화번호 기억하기

유행가 가사를 들으며 인생의 이치 고민하기

이색적인 담배

『티파니에서 아침을』을 읽고, 라기보단 보고, 홀리 골라이틀리와 자신을 동일시하기

F. 스콧 피츠제럴드에 관한 이야기를 듣고 본인이 젤다라고 생각하기

젤다 피츠제럴드이면서 본인이 F. 스콧이라고 생각하기

구역질하지 않고 끝까지 리나 베르트뮐러*의 영화 보기

욕정을 느끼며 도색영화 보기

5. 좋은 트릭은 착한 어린이처럼 행동이 바르다. 말 거는 사람이 없으면 말하지 않고, 대들지도 않으며, 어른이 등장하면 무릎을 꿇는다.

"젊은이들을 향한 관심은 여전하군그래." 시야를 가로막는 친구의 어깨 너머로 대니얼이 서 있는 곳을 흘끗 쳐다보며 프랜시스가 은밀한 암시를 담아 말했다…… "정력을 빨아들이는 괴물 같은 노인네! 최근

* 1970년대를 풍미한 이탈리아 영화감독. 작품에서 파시즘, 성폭력, 계급투쟁 등을 주로 다뤘으며, 여성 감독 최초로 미국 아카데미 감독상 후보에 올랐다.

붙어먹은 녀석은 어떤지 한번 보자고!"

_『신의 유인원들The Apes of God』, 윈덤 루이스*

6. 현대적 개념의 혼성 모임†이란 트릭이 있다는 뜻이다. 저녁식사 후 트릭들이 위층으로 올라가 코카인을 하는 동안 홀로 남았으면 하는 경우가 얼마나 많았던가.

7. 미국 산업계는 트릭을 간과하는 크나큰 실수를 저질렀다. 현재 이 시장은 활짝 열려 있어 딸기시럽 보드카, 에르메스 통장갑, 그리고 깜짝 선물이 들어 있는 담배 같은 상품을 기꺼이 받아들일 것이다.

8. 대체로 여성보다는 남성 트릭이 도벽이 있기 쉽지만, 둘 다 홀스턴 사저에서 열리는 파티 초대장이 있는 공간에 홀로 둬도 될 만큼 믿음직스럽지는 않다.

9. 트릭도 감정이 있다는 건 누구보다 그들이 나서서 알려주려 할 것이다. 이들도 찌르면 피가 난다—대개 당신이 사준 좋은 보드카가 흐를 테지만.

10. 경제관념 면에서 트릭은 진정 오늘날의 어린이와 같다. 절대 현금을 들고 다니지 않기 때문이다—있더라도 자기 돈은 아니다.

11. 다른 사람이 데려온 트릭은 특수한 문제를 일으킨다. 친구와 만나는데 트릭이 함께 온 경우 당신은 예의를 갖춰 분명 친근하게 대하

---

* 영국의 작가이자 화가이자 비평가.

† 원래는 단순히 남녀가 동석한 무리를 말하지만, 모임에 여자가 있어 남자들끼리 여자 얘기를 할 수 없다는 의미로 종종 사용된다.

겠지만 이는 항상 실수다. 친구는 오래지 않아 이 동반관계를 청산할 테고, 트릭은 앞으로 평생 파티에서 당신을 만나면 다가와 인사할 테니 말이다.

12. 소박하고 검은 트릭은 항상 옳다. 특히 음식이 제공되지 않는 행사에선 더욱 그렇다.

13. 남성 트릭 애호가가 오로지 하류사회에서만 상대를 찾는 일도 심심찮게 있다. 이런 사람은 실제로도 범죄자 부류에 끌리는 경우가 잦다. 그 매력이 무엇인지 묻는 질문에 이 무리의 대변인은 이렇게 답한다. "사람은 체포될 때 멋져 보이기 때문이죠."

> "호러스는 항상 그랬어. 그의 의도야 **항상** 전적으로 고결했지." 래트너가 조롱했다. "'천재성'을 향한 믿음을 절대 잃지 않았어. **항상** 극도의 젊음과 곱상한 얼굴에만 관련된 천재성 말이야! 안타깝게도, 자네도 보다시피 호러스의 이목을 끄는 종류의 아름다움은 꽤나 진부해. 호러스가 지금까지 실제로 '천재'를 만난 적이 없다는 게 그 결과이니 안타까운 일이지. 그랬다면 눈이 뜨였을 테니까!"
>
> _『신의 유인원들』, 윈덤 루이스

14. 한밤중에 희미하게 긁는 듯한 소리가 들려 잠에서 깼을 때, 모든 귀중품을 안전히 보관해둔 게 확실치 않다면 본인의 건강을 걱정하고 있을 때가 아니다. 트릭이 전염성 두드러기를 앓고 있을 가능성은 당신의 주소록을 베끼고 있을 가능성보다 훨씬 낮기 때문이다. 혹시 되갚을

원한이 있는 이들이라면 특별히 악랄했던 전 트릭들의 전화번호 옆에 가장 명망 있고 가장 싫었던 전 고용주들의 이름을 골라 정성껏 적어 둔 가짜 사본을 꾸며두는 일에 관심이 있을지도 모르겠다.

15. 트릭을 홀대하는 일은 머리 좋은 쪽이 아름다운 쪽에 복수하는 행위다.

16. 아쉽게도 내밀한 생각까지 공유해도 될 만큼 매력적인 트릭은 흔치 않다. 진정 놀라움을 자아내는 광대뼈의 소유자에게만 난방과는 관련 없는 에너지라는 단어를 문장에 쓸 권리가 있어야 한다.

17. 트릭이 당신과 동급은 아니지만 종종 동급 상황을 만들 수는 있다.

18. 때로는 트릭이 극적인 성공을 거두어 사람이 되기도 한다. 이러한 일이 발생할 경우 트릭은 놀라울 만치 거만한 태도를 취하곤 한다. 사람들은 과거보다 우월해진 느낌을 즐기게 마련이다.

19. 트릭은 거의 항상 애완동물을 키운다. 누구나 자기 수준과 맞는 대화 상대가 필요하니 이해할 수 있는 일이다.

20. 후안 박사나 헤더 박사에게 걸려온 긴급전화를 받으면 반드시 과잉개입 상황으로 이어진다.

21. 트릭에게도 확실히 문학 취향이 존재한다. 트릭에게 널리 사랑받는 작품의 예로는 카를로스 카스타네다*나 헤르만 헤세 등이 쓴 글

---

* 페루 출신의 미국 문화인류학자. 멕시코 야키족 주술사 돈 후앙의 영향을 받아 쓴 일련의 마법 체험기로 세계적인 센세이션을 일으켰다.

처럼 신의 임무를 수행하는 이야기, 주나 반스의 『나이트우드』처럼 매혹적이고 고통스러운 동성애를 묘사하는 이야기, 그리고 모든 것, 특히 그들이 훌륭하고 말쑥하다고 안심시키는 이야기들이 있다. 이런 유의 독서는 일반적으로 그들이 묵독 기술을 습득했다고 전제될 때만 무해하다 할 수 있다. 아무리 대책 없이 홀딱 반해 있는 이들이라도 아나이스 닌*을 읽는 소리에 잠이 깬다면 고개를 쳐들고 불만을 표할 테니까.

22. 시각예술 분야에서도 트릭의 선호도는 뚜렷하다. 트릭은 자기도 직접 만들 수 있을 듯한(혹은 이미 직접 만든 듯한) 것에 영락없이 끌리기 때문에, 이 범주에 속하는 작품이 무엇인지는 이들을 통해 쉽게 알 수 있다.

23. 텔레비전에서 상영하는 예술영화는 집으로 오길 꺼리는 트릭을 유혹할 때 이상적이다. 이 분야에 발을 담근 사람 중 〈금발 소녀의 사랑〉†의 첫 20분을 세기도 지겨울 횟수만큼 보지 않은 사람이 거의 없다.

24. 트릭은 예외 없이 흥미로운 직업에 끌린다. 여기서 흥미로운 직업이란 박물관 기념품점 직원뿐만 아니라 선천적 장애를 다룬 다큐멘터리 영화 제작진의 말단직도 포함한다.

25. 트릭은 대개 창의성이라면 사족을 못 쓴다. 동부 출신 트릭은

---

* 프랑스 태생의 미국 소설가. 탁월한 심리묘사와 에로틱한 글쓰기로 유명하며, 대표작 『헨리와 준』이 있다.

† 1965년 발표된 체코 영화. 노동자 소녀의 좌절된 사랑을 그린 작품으로, '프라하의 봄' 당시의 정치적 상황을 우회적으로 담아냈다.

자유시 창작에 심히 경도되어 있는 반면, 서부 출신은 작곡 분야에 열을 올린다. 출신지를 막론하고 모든 트릭은 비싼 카메라를 갖고 있는데, 허세 가득한 옛 감성으로 근처 다른 행성과 예민한 어린 마약중독자들을 찍는다. 이해하기 어려운 일은 아니다. 그들 말로는 예술, 당신 말로는 취미라 하는 것들을 지치지도 않고 열렬히 숭배하는 이들이니까.

> "모르겠나, 댄? 자네는 호러스의 노리개야. 자네의 '천재성'을 논할 땐—놀리는 거지—그 '천재성'을 탐해서라니까! 사람들은 남의 천재성을 손에 넣고 싶을 때 항상 그들을 놀리거든!
>
> _『신의 유인원들』, 윈덤 루이스

26. 누군가의 트릭은 다른 이의 디자인 보조다.

27. 어린 청년을 특별히 선호하는 뉴욕의 한 여성이 주최한 저녁 만찬에 다정한 아버지 스타일의 잡지 편집자가 참석해 주최자의 트릭 맞은편에 앉았다. 그는 청년의 긴장을 풀어주고자 예의를 갖춰 청년에게 무슨 일을 하는지 물었다. "연금술사요"라고 청년이 답했다. 이 대화를 엿듣던 다른 손님이 귓속말을 했다. "연금술사? 그 사람들 원래는 은행 직원이었잖아."

28. 때로는 과연 어느 쪽이 트릭인지 궁금증을 유발하는 커플도 있다. 이런 유의 혼란은 한 명(나이든 쪽)에게는 돈, 다른 한 명(어린 쪽)에게는 재능이 있을 때 발생한다. 이러한 상황에서는, 떠오르는 샛별

들을 무시하는 것은 아니나, 대단히 최근에 벌어들인 돈이라거나 대단히 큰 재능이 아니라면 으레 그래왔듯 돈이 이긴다. 또는 언젠가 포르토*에서 아이쇼핑하다 다소 젠체하던 젊은 예술가에게 누군가 말했듯 "상대가 저런 시트를 가진 여자라면 자넨 트릭이네."

29. 트릭은 자신과 다른 점을 보고 당신을 좋아한다. 당신은 당신이 가져보지 못한 것을 보고 트릭을 좋아한다.

30. 만약 커플 중 한 명이 식당 종업원이라면 항상 그 사람이 트릭이다. 특히, 뉴욕에서만 그런지도 모르겠는데, 그 사람에게 예술적 야심이 있다면 더욱 그렇다. 이들은 그들 입장에서는 트릭이라 칭할 사람들과 교류할 수도 있으나, 관심을 끌기엔 너무 밑바닥까지 내려가야 하는 사회 수준이다.

31. 사람들이 모인 장소에서 트릭끼리 서로 대화를 나누는 모습이 목격되기도 한다. 실제로 어떤 이야기를 하는지는 짐작만 할 뿐이지만, 돈을 주고받는 일은 없으니 안심해도 된다.

32. 빼어난 미모의 여성 트릭은 한눈에 알아볼 수 있다. 다른 사람이 불을 붙여줄 것을 절대적으로 자신하며 담배를 무는 습관이 있기 때문이다.

33. 무심한 시선으로는 아내들이 트릭으로 보일 수도 있다. 이는 부끄러울 정도의 통찰력 부족을 드러낼 뿐이다. 트릭처럼 본질적으로 속편한 단어로는 절대 당신과 예금계좌를 공유하는 그 사람을 묘사할 수

* 프랑스 고급 침구 브랜드.

없기 때문이다.

34. 공공장소에서 언제든 시를 쓸지도 모르는 사람과 엮이는 일을 감당할 수 있을 만큼 입지가 단단하지 않고서야, 트릭과의 외출은 보기 좋은 행동일 리 없다.

35. 트릭들은 흔히 선물에 헤프다. 트릭의 선물을 받았다면 오랜 격언은 잊는 것이 좋다. 물론 크기에 비해 속이 알찬 선물이 있는 것도 사실이지만, 세라믹 주얼리도 이와 같은 경우임을 잊어서는 안 된다.

36. 여성 트릭에게서 온 편지는 7 가운데 선을 긋고 i의 점을 동그라미로 그리기 때문에 바로 알아볼 수 있다. 이는 십중팔구 손에 쥔 필기도구를 보면 자연스레 틱택토*만 떠오르기 때문일 것이다.

> "탈무드 격언이 하나 있지." 프룸프파우젠 박사가 웃으며 말했다. "바로 이걸세. 벗을 고를 때는 한 계단 올라가고, 아내를 고를 때는 한 계단 내려가라. 개구리가 구혼하러 갈 때는, 그리고 친애하는 젊은이, 그 개구리가 자네라면, 밑에 계단이 몇 개가 있든 무조건 내려가야 해. 맨 밑까지라도!……"
>
> _『신의 유인원들』, 윈덤 루이스

37. 트릭은 머나먼 장소의 매력에 유독 민감하다. 당신이 그리니치

---

* 가로세로 각 세 칸으로 총 아홉 개의 칸에 O와 X 표시로 한 줄을 먼저 완성하는 사람이 이기는, 오목과 비슷한 놀이.

빌리지에 거주한다면 트릭은 플라자호텔에서 아침을 먹겠다고 한다. 머리힐에 산다면 차이나타운을 열망한다. 하지만 거주지가 어디든 이들은 모두 한밤중에 스태튼섬 유람선을 타고 싶은 욕망에 시달린다. 이 제안을 거절하면 예외 없이 당신을 차갑고 무정한 인간으로 여기겠지만, 움직이는 배 위에서 그들 뒤에 서 있는 스스로를 발견하면 당신이 강렬한 유혹에 사로잡힐 것을 알기에, 그런 당신으로부터 지켜주려 함이었음을 그들이 깨닫지 못했을 뿐이다.

과학

SCIENCE

과학

과학은 예쁘지 않다. 비율도 불쾌하고, 차림새도 기이하며, 종종 열의가 과하다. 그렇다면 대체 과학의 매력은 무엇인가? 그 인기를 어떻게 설명할 수 있나? 그리고 처음 시작한 이는 누구인가?

과학을 심히 선호하는 현대의 특성을 더 잘 이해하려면 역사적 견지를 취할 필요가 있다. 이를 통해 더 멀리 거슬러올라갈수록 과학을 접할 확률은 더 낮아짐을 알 수 있다. 다만 접하는 과학의 질은 점점 더 좋아진다. 예를 들어, 지난날의 과학을 탐구하는 과정에서는 중력, 전기, 지구의 둥근 성질과 같이 흥미로운 개념을 만날 수 있는 반면, 보다 최근의 현상을 살펴볼 땐 치즈 스프레이, 스트레치데님과 모그 신시사이저*로 쏠리는 흐름이 나타난다.

* 1965년 발명된 모그사의 아날로그 신시사이저.

이러한 정보는, 현대 과학이 하인 문제*에 대한 주요 해결책으로 여겨졌으며, 대체로 대화에 소질이 없는 이들이 업으로 삼는 것이라는 나의 이론을 뒷받침해준다.

그러므로 과학의 불미스러운 특징들이 노예제도 폐지 이후에 나타나기 시작했다는 사실이 놀랍진 않다. 좋은 일꾼을 구하기가 어려워질수록 발명과 발견도 점차 그 매력을 잃었다.

이렇게 안타까운 상황이 도래하기 전의 과학자들은 주로 원론적 연구에 집중했다. 필요한 것들은 적절히 충족되었으니, 굳이 새로 습득한 지식의 실용적 응용법을 찾아 남들을 괴롭힐 이유가 없었음이 당연하다. 그 결과 컴퓨터 프로그래밍 학교가 아닌 사상 학파들이 세워졌다. 이것이 현재보다 훨씬 쾌적한 상황임은 반박할 수 없으며, 주변을 둘러보면 기본적으로 현대 과학의 부적절함은 정돈되지 않은 살림 상태가 언짢았던 인간들이 벌인 우매한 행동에서 나온 산물임을 쉽게 알 수 있다. 실용성이 요구될 때조차 과잉으로 기우는 경향이 나타나니 말이다.

이 증상의 전형적인 예는 토머스 에디슨이다. 에디슨은 전구를 발명했고 그 목적은 야간 독서를 가능하게 하는 것이었다. 이 위대하고도 존경스러운 업적으로 문명인의 가슴과 정신에 의심의 여지 없이 영원히 이름을 남길 수도 있었으나, 그는 이어서 축음기를 발명해내고 말았다. 이 행위 하나가 결국 좁은 집에 설치된 4채널 음향장비로 이어졌

* 20세기 초반부터 시작된, 부유층 가사노동 인력의 부족 현상을 겨냥한 표현.

고, 이 까닭에 더 나은 이들이 에디슨의 좋은 발명품을 제대로 누리기가 불가능해졌다. 이 생각의 줄기를 따라 논리적 결론에 도달한다면, 과학의 불쾌한 면은 거의 예외 없이 전부, 어떤 식으로든, 야간 독서라는 개념이 끔찍하게 맛이 가게 해버렸음을 분명히 알 수 있다. 독서는 딱히 인기 있는 여가활동이 아니다. 그래서 인구의 대부분은 스노모빌, 테이프덱, CB 라디오 같은 물건을 맞아들이고 말았다. 이러한 최신 기기들이 있어도 대중이 전등을 향한 욕구를 완전히 잃지 않은 이유는, 오직 멀쩡한 상그리아 병을 버릴 마음이 전혀 없기 때문이라고밖엔 할 수 없겠다.

과학자들이 재미있는 부류로 꼽히는 경우는 드물다. 파티에서는 어색해하고, 처음 본 사람에겐 낯을 가리며, 반어법 능력도 부족하다. 그러니 일상의 물건을 자세히 탐구하는 일에 주의를 쏟을 수밖에 없었던 것이다. 이런 기회가 충분히 주어졌기에 때로는 맘껏 습득한 지식에 보상이 따르기도 했다.

번개에 보인 프랭클린의 관심으로 전기가 탄생했고, 뉴턴의 사과는 중력 개념, 와트의 찻주전자 관찰은 증기기관이라는 결과를 낳은 것이다.

이러한 부류의 사람들은 당연히 식사 자리에 자주 초대받지 못할 수밖에 없다. 저녁 내내 식기나 쳐다볼 게 뻔한 사람한테 식사 초대 손님으로서 내세울 만한 장점이라곤 거의 없으니 말이다. 만약 해당 인물이 다른 사람들에게 자기 생각을 들려줘봐야지 하는 마음이라도 먹는다면 특히 더 위험해진다. 물리법칙은 재미있지 않다. 수학기호를 중의 법에 손쉽게 이용해먹을 수도 없다. 화학적 성질이 경박한 유머 소재가 되는 일은 흔치 않다. 이러한 사실 때문에 어떤 모임이든 과학자가 한 명 이상 끼게 되면 참기 힘들어진다. 불가피한 경우라면 다른 참석자 중 그 누구도 같은 분야에 종사하지 않는다는 전제하에만 문제없이 그를 초대할 수 있다. 한 식탁에 과학자가 한 명 넘게 있으면 불운의 징조다. 입맛이야 말할 것도 없다. 과학자 무리가 야근하다가 피자를 주문하기로 했을 때 원자핵이 쪼개졌다는 전설이 있다. 이 즉흥 식사에서 제외되는 쓰라린 모욕을 당한 동료 몇몇이 24시간 운영하는 식당으로 몰려가 폴리에스테르를 발명했다는 사실을 알게 되면, 이 끔찍한 전설은 더욱 오싹해진다.

손톱은행
: 괜히 깎지 말자

최근에 있었던 어느 유한계급과의 오찬 만남에서 손톱 관리라는 주제가 (너무나도 자주 그러듯) 우연히 화두에 올랐다. 상대는 내 손톱이 수치스러운 상태라고 표현하며 나를 나무랐고, 흠잡을 데 없이 자기 손톱을 관리해준 최고급 업소에 함께 가자고 강력하게 제안했다. 이러한 외부 활동 비용이 얼마인지 듣고, 나는 매력적이면서도 강압적인 느낌을 담아 입을 비죽이며 후회랄 것도 없이 초대를 거절했다. 그러나 내 끊임없는 탐구 정신의 요구에 속수무책으로 당한 나는 손톱에 정확히 무엇을 하길래 그런 액수가 나오는지 물어봐야 할 의무감을 느꼈다. 친구가 답했다. "뭐긴, 모양도 다듬고, 연장도 하고, 매니큐어도 바르고, 필요하면 이식도 해." "이식?" 난 친구의 말을 반복했다. "이식이라니, 무슨 뜻이야?"

"손톱이 부러졌을 때 부러진 조각을 가져가면 다시 붙여주거든. 근데 그게 안 되면 손톱은행에서 다른 사람의 손톱을 찾아 쓰지." "손톱은행?" 이번에도 친구의 말을 반복했다.

"응." 친구가 대답하며 자세한 설명을 이어갔지만, 난 이미 나만의 상상에 몰두해 더이상 듣고 있지 않았다고 고백해야겠다. 멍한 정신으로 자리를 떠났고, 내 머릿속에는 손톱은행의 광경이 선명하게 펼쳐져 그 후 몇 시간은 거의 기억나지 않는다. 마침내 이를 조금이나마 이해하게 됐고 그 원리는 다음과 같다.

매년 손톱 기증 행사가 열린다. 손톱 관리 자원봉사자들은 예비 신부 학교, 헬스클럽, 비서 대기실, 헨리 벤델* 등에 들어선다. 행사를 위해 마련된 공간에 찾아온 기증자는 엑셀 소재의 이동식 장의자에 누워 손을 내민다. 자원봉사자는 조심스럽게 각 손에서 손톱 세 개씩을 잘라내고(더 많으면 위험하고 더 적으면 야박하니), 기증자의 원기 회복을 도울 젤라틴 한 컵을 건넨다. 잘라낸 손톱은 살균 용기에 담겨 손톱은행으로 곧바로 수송된다. 그곳에서는 손톱을 분류해 이렇게 표기한다.

O형—원형

A형—뾰족한 형

B형—부드럽게 굽은 형

RH-형—오른손Right Hand, 물어볼 것도 없음

---

* 1895년 뉴욕에서 시작한 고급 여성 액세서리 브랜드. 2018년에 폐업했다.

손톱이 부러진 환자가 손톱 관리실에 도착하면 전담 매니큐어 전문가들이 환자의 손톱형을 파악해 일치하는 손톱을 찾아 꼼꼼하게 이식술을 집도한다. 그러나 보유량이 부족해 일치하는 손톱형이 나타날 때까지 며칠을 기다리는 경우도 드물지 않다. 당연히 이 문제를 해소할 여러 방법이 마련되었다. 봉사자들은 매년 행사 기간이 되면 살아생전 기부란 걸 하지 않는 이기적인 소녀들을 만나 죽어서라도 해달라고 설득하고자 온 도시를 샅샅이 뒤진다. 이들은 기부 증서를 소지해 사망시 관련 당국이 손톱을 잘라 다른 이의 손톱에 새로운 길이를 선물할 수 있다. 기증자가 사고로 목숨을 잃었으나 손톱만은 기적적으로 온전히 남았을 경우, 매니큐어 전문가가 현장으로 긴급 출동해 품위와 효율성을 갖추어 절차를 밟는다.

같은 손톱형을 필요로 하는 환자는 둘이지만 해당 손톱은 하나뿐인 경우도 때때로 발생한다. 이 같은 상황에서는 팁을 더 많이 주는 쪽이 손톱을 차지하는 게 적절하나, 둘 다 이 영역에서 동점을 기록할 때도 있다. 이럴 땐 두 소녀 모두 다듬이사회라 불리는 심의기관에 공식 소환된다. 다듬이사회는 해당 분야의 전문가 네 명으로 구성된다. 미용사, 수석 웨이터, 건물 수위, 그리고 또다른 여자다. 심의 위원들은 이들에게 분쟁 해결에 꼭 필요한 아래의 질문을 던진다.

1. 오늘 저녁에 어디 가십니까?
2. 누구랑 가죠?
3. 뭘 입고 가나요?

소녀들에게 퇴장 요구가 내려지고 심의가 진행된다. 질문에 대한 답변을 바탕으로 결정에 이르는 것이 일반적이나, 교착상태에 이르기도 한다. 이러한 상황에 놓이더라도 소녀들에게 구제 방안이 없지는 않으니, 항소법원에서 매력을 어필하면 된다. 항소법원은 신경질적인 사진작가와 독재 성향의 패션 잡지 편집자가 주재한다. 항소법원은 언어적 판단이 아닌 시각적 판단기관으로서 오로지 매니큐어 상태만으로 판결을 내리는 곳이다. 항소법원의 판결은 확정판결이다. 그러나 최근 한 재판에서 판사들이 비크먼 플레이스* 거주자가 아닌 웨스트 70번대 거리에 사는 소녀의 손을 들어주었다는 사실이 드러났다. 판결은 번복되었고 이에 판사들도 당연히 안도했다. 이들 또한 '주소지는 성공의 지름길'이라는 지혜로운 옛말의 신봉자이기 때문이다.

* 뉴욕시 개발과정에 큰 영향을 미친 비크먼가의 이름을 딴 맨해튼 동쪽의 거리 이름. 고급 아파트가 많다.

디지털시계와 휴대용 계산기
: 새싹을 망친다

나는 어떤 면에서는 조숙했다고 할 수 있는 어린이였다. 세상에 나왔을 때부터 나의 시선은 의미심장했고, 우리 동네에서 처음으로 편찮다라는 단어를 문장에 활용한 어린이였다는 사실은 누구도 반박할 수 없다. 이 때문에 내 어린 시절이 즐거움의 소용돌이였다고 상상할 수도 있겠으나 꼭 그렇지만은 않았다. 휘파람 실력은 괜찮은 정도였을 뿐이고, 이날까지도 애완용 쥐에는 인도적 태도를 갖추기가 불가능하다. 그러나 더 큰 문제를 다루는 건 그때나 지금이나 가능하다. 그때도, 그리고 지금도, 나는 사소한 것들에 좌절한다.

나는 아홉 살 때까지 시계 보는 법을 몰랐다. 이 기술을 터득하기에는 유난히 높은 연령이다. 캘리포니아주 남부에서는 아닐 수도 있지만.

그러니 내가 시계를 볼 줄 몰라 부모님께서 속상해하셨던 것도 이해할 만하다. 그렇게 정열적으로 쏴대는 말대꾸 실력을 갖춘 아이라면 언젠가 시간 단위로 수임료를 청구하는 변호사가 필요하리라는 선견지명 때문이었다. 그뿐만 아니라 두 분의 끝 모를 지혜는 청구서 내용을 이렇게 쓸 확률 역시 극도로 낮을 것 또한 예견하였다. "에이전트와의 계약 내용 검토 상담, 150달러. 한 시간 삼십 분. 긴 바늘이 12, 짧은 바늘이 3에 있을 때부터 짧은 바늘이 4, 긴 바늘이 6에 있을 때까지."

내 미래의 안녕에 관한 두 분의 염려는 내게 시계 보는 법을 필사적으로 주입하려는 노력으로 이어졌으나, 가슴 아프게도 이는 내 이해력 밖이었다. 나는 부엌 식탁에 앉아 오트밀쿠키, 땅콩버터 뚜껑, 색 도화지에 크레용으로 그린 동그라미 등 정신이 혼미할 정도로 다양한 시계를 관찰하며 수많은 밤을 보냈다. 부모님께서는 말하자면 시계 보초가 되어—한 분이 다른 분께—번갈아가며 쉬는 시간을 주셨다. 두 분은 부지런하고도 참을성 있게, 또 친절하게 가르쳐주셨고, 나는 고개를 끄덕이며 집중하는 태도를 보였지만 속으로는 크리스마스는 기념하지도 않으면서 시계는 봐야 하는 세상의 불의에 분노가 들끓었다. 시간이 흘러도 내 무지가 꺾이지 않자 부모님께서는 나를 오락용으로 어디 빌려주든가, 둥글고 납작한 물체라면 신물이 나니 적어도 시계 말고 다른 것을 배우는 능력이 없는 아이랑 맞교환하는 건 어떨까 잠시나마 생각하셨다.

이모가 겨울방학이 시작하는 주에 날 데려가겠다 제안하며 외부의 도움이 개입되었다. 나는 절차에 따라 포킵시*로 보내져 이번에는 바나

* 뉴욕주의 한 도시.

나 밀크셰이크를 뇌물로 받으며 종이접시, 동그란 쿠션, 뒤집은 프라이팬 시계들로 고문당했다. 그 주가 끝나고 부모님께 돌아온 나는 이제 어린이가 아닌 다른 존재가 되어 있었다. 여전히 시계는 볼 줄 모르고, 믹서기를 하찮은 물건으로 여기는 집에 살면서 바나나 밀크셰이크에 중독된.

몇 개월 후, 나는 목욕중 갑자기 "유레카!"를 외쳤고, 길고 긴 시간 끝에 마침내 여덟시 이십분과 열두시 십분 후 같은 개념이 의미로 가득 차는 것을 느꼈다.

이렇게 어렵사리 얻은 지식의 필요성을 순순히 포기하는 일은 그 어떤 상황에서도 가당치 않음을 누가 봐도 분명히 알 것이다. 정말 그렇게 될 수 있다는 현실적인 위험이 있는 이유는 전적으로 디지털시계의 발명 때문이다. 난 내 인생 최고의 시간을 시계 보는 법을 익히는 데 소비했고 이제 와서 그만둘 생각도 없다. 당신도 그래서는 안 된다. 그 이유는 다음과 같다.

1. 일반 시계는 진짜 시간을 알려준다. 일곱시 반과 같은 시간이 진짜 시간이다.
2. 디지털시계는 가짜 시간을 알려준다. 아홉시 십칠분과 같은 시간은 가짜 시간이다.
3. 아홉시 십칠분이 가짜 시간인 이유는 아홉시 십칠분임을 알아야 할 사람은 지하철을 운행하는 사람들뿐이기 때문이다.
4. 나는 지하철을 운행하는 사람이 아니다.

5. 당신은 지하철을 운행하는 사람이 아니다.
6. 당신을 보지 않고도 이 사실을 알 수 있는 이유는 아홉시 십칠분임을 알아야 할 사람이라면 한눈파는 위험을 감수할 리가 없기 때문이다.
7. 진짜 시계 화면은 진짜 시계 화면 모양이다. 진짜 시계를 구성하는 요소, 즉 숫자와 시곗바늘, 분을 표시하는 짧은 단위선들을 모두 갖추어야 하기 때문이다.
8. 디지털시계는 아무 이유 없이 진짜 시계 화면 모양이다. 이는 어린이에게 불안한 영향을 미칠 수밖에 없다.

시간과 관련한 대중의 인식을 바로잡았으니, 용납할 수 없는 또다른 발명품으로 잠시 눈을 돌려보겠다.

휴대용 계산기: 나눗셈을 배우기까지 내가 삼 년이 걸렸으니 남들도 그래야 한다

1. 나눗셈 학습의 고통은 흡연 학습처럼 유년기 전통의 일부다. 솔직히 내가 보기에 이 둘은 밀접한 연관이 있다. 자력으로 두 자릿수 이상의 나눗셈을 할 수 없는 어린이는 담배를 피울 자격이 없다. 나처럼 착하고 아이를 무척 좋아하는 여자에게도 나름의 기준은 있다. 일단 종이와 연필부터 들고 내 앞에서 163을 12로 올바르게 나눌 수 있는지 만족스럽게 시연하지 못한 어린이에게는 나도 흡연을 가르

쳐준 적이 없다.

2. 휴대용 계산기는 저렴하지 않다. 일반적인 경우라면 부모들이 차라리 그 돈을 본인을 위해 쓰는 게 더 나을 것이다. 꼭 후손에게 낭비해야겠다면 담배 한 갑의 가격이 75센트를 초과하는 일은 드물다는 것을 명심하면 좋겠다.
3. 어린이는 고사하고 그 누가 어떤 상황에서든 17.3을 945.8로 나눌 수 있다면 그 사람은 비정상이다.
4. 휴대용 계산기는 어린이에게 모든 해답을 가졌다는 생각을 부추긴다. 만약 이러한 믿음이 실제로 힘을 얻는다면 어린이가 권력을 장악할 테고, 모든 가구가 지나치게 작아지리라는 것은 의심할 여지가 없다.

결론

개인적으로 나는 부모가 아니다. 하지만 두 어린이의 대모이고 곧 한 명 더 늘어날 것이다. 자연히 이들의 미래를 걱정할 수밖에 없다. 내가 이 세상을 지배했다면 이중 그 누구도 디지털시계나 휴대용 계산기처럼 요망한 기계에 눈길조차 줄 수 없으리라는 것에 당신의 신발을 걸어도 좋다. 하지만 애석하게도 세상을 지배하는 건 내가 아니다. 유감스럽게도 늘 그렇게 살았다. 대자녀는 있어도 대자연을 지배하진 못한다.

약한 소리에 민감한 핸드셋 전화기
: 따분한 이들을 위해

전화요금 고지서가 날아들면 대개들 언짢아하며 코웃음치고 넘기지만, 나는 종종 내 불쾌감이 다소간의 기대로 누그러지는 것을 느낀다. 한가한 수다에 비싼 돈을 들이며 그나마 남아 있는 실낱같은 젊음을 날려버렸음을 보여주는 서면 증거라 불쾌하긴 해도, 내가 긴 글을 극도로 사랑한다는 사실 앞에서는 달리 어쩔 수 없기 때문이다. 다행스러운 일이잖은가. 내가 받는 전화요금 고지서는 한 번에 훑어볼 수 있는 종류가 아니라, 넘기면서 읽어야 하니 말이다.

최근 고지서를 정독하던 중 두 가지 충격적인 항목이 내 주의를 즉각 사로잡았다. 첫번째는 해당 월의 대부분을 집밖에서 보냈음에도 비싼 시외전화 내역이 고지서를 두껍게 채우고 있었다는 것이다. 곰곰이 생각하다 이러한 이상 현상은 영화계와 긴밀한 관계를 유지하는 헤로인중독자가 내 집에 주기적으로 침입해 베벌리힐스에 전화를 걸었을 가능성을 기꺼이 인정한다면 쉽게 설명될 수 있다고 결론지었다. 나는 조금의 거리낌도 없이 이 가능성을 받아들였다. 내 관심의 두번째 대상은 고지서 8쪽 뒷면에서 발견한 안목 있는 전화 사용자를 위한 특별 전화기 목록이었다.

1. (송수화기에 다이얼 패드가 결합된) 트림라인 전화기
2. (다이얼 패드에 불이 들어오는 간편형) 공주 전화기
3. (전화 수신을 알리는) 차임벨
4. (전화 수신을 알리는) 신호 기기
5. (음량 조절) 핸드셋 전화기
6. (약한 소리에 민감한) 핸드셋 전화기

나는 잠시 차임벨에 추파를 던지고 신호기와의 주책없는 놀음에 시간을 허비하기도 했지만, 내 마음을 차지한 것은 약한 소리에 민감한 핸드셋 전화기였다.

나는 약한 소리에 민감한 핸드셋이 안타까운 사고로 성대를 다친 이들을 위해 만들어졌을 가능성을 잠시 검토해보았으나, 전화국에서 이러한 현실까지 반영할 능력이 있다는 생각은 이내 접었다. 그럴싸한 이론을 이리저리 궁리하다 다음과 같은 생각에 미쳤다.

약한 소리에 민감한 핸드셋은 따분한 이들, 즉 화술 분야에 약한 이들을 겨냥해 탄생했다. 이 기기는 따분한 이들의 답답한 발언을 민감하게 인식해 톡톡 튀는 재치로 변환한다. 의문의 여지 없이 진작 나

왔어야 할 발명품이다. 하지만 이게 가장 절실하게 필요한 이들이 그 유용성을 인식할 가능성은 상당히 희박하다. 그러니 약한 소리에 민감한 핸드셋은 주로 선물용으로 판매될 확률이 높다. 듣는 쪽이 가장 큰 수혜자이니 이 현상은 일정 부분 정당하다고도 할 수 있다. 발신자가 지루함을 유발하는 본인 성향을 수신자만큼이나 인지했다면, 당장 대화를 멈추고 외모에 집중했을 거라고 짐작하지 않을 수 없으니 말이다.

다양성이야말로 인생에 감칠맛을 더하는 양념이라고 믿어 의심치 않기에, 선택을 돕고자 여러 모델을 자세히 설명한 사려 깊은 카탈로그를 준비해보았다.

오스카 와일드

풍자를 담은 재담으로만 구성…… 그런다고 넘어갈 사람은 없지만 이 나라 어딘가에서는 큰 사랑을 받을 수 있음…… 이 나라 어딘가 다른 곳에서는 체포될 수 있음…… 성적자기결정권을 행사할 수 있는 성인에게 특히 인기 있는 제품…… 색깔은 노란색으로 단일.*

* 오스카 와일드는 자신의 희곡 『살로메』에 삽화를 그린 오브리 비어즐리가 창간한 퇴폐성 잡지 『더 옐로 북』의 애독자여서 1859년 남성과의 음란행위죄로 체포된 당시에도 노란색 표지의 이 잡지를 소지하고 있었다.

도러시 파커*

비아냥대기가 취향인 고객에게 안성맞춤…… 특히 자살을 주제로 한 재치 있는 발언에 효과적…… 지금 즉시 주문하면 사은품으로 멋진 원탁 제공.

고어 비달†

다소 비싼 감이 있으나 몇 시간이고 옆구리가 당길 만큼의 재미를 만끽할 수 있음…… 자가 수신 전환 기능 탑재…… 전화기 두 대가 필요한 것을 하나로 제공…… 남성은 물론 여성에게도 제격.

에벌린 워‡

사랑하는 이에게 짜릿함과 놀라움을 선사하세요…… 경멸의 극

---

* 미국의 시인이자 평론가. 신랄한 독설가로 명성을 떨쳤으며, 앨곤퀸호텔에서 동료 문인들과 원탁 모임을 가졌던 것으로 유명하다.

† 미국의 유명한 소설가이자 극작가, 여러 명언을 남긴 진보적인 정치사회 만평가로도 유명하다. 양성애자로 알려져 있으며 첫 소설 『도시와 기둥』은 미국 문학사상 처음으로 동성애를 긍정적으로 그렸다고 평가된다.

‡ 20세기 영국문학을 대표하는 풍자 작가. 첫번째 아내와 친구 존 헤이게이트의 불륜 사실을 알고 큰 충격과 배신감을 느껴 이 이야기를 『한 줌의 먼지』 등 본인 작품에서도 다루었다.

치…… 통렬함이 취향인 이들의 필수품.

알렉산더 포프*

영웅시격 애호가에게 탁월한 선택…… 특히 머리카락과 관련하여 상당한 재미를 줌.

* 18세기 영국 신고전주의 시기의 시인. 풍자 영웅시 『머리카락을 훔친 자』 등을 썼다.

도시 남성에게 나타나는 이성애 성향의 주요 원인 : 또하나의 터무니없는 이론

뉴욕의 이성애자 여성에게서 가장 흔하게 듣는 불평은 이성애자 남성의 씨가 말라가고 있다는 것이다. 혹시라도 이런 유의 대화를 듣게 된다면, 불평의 주인공을 소호에 있는 술집으로 안내해주길 권고하는 바다. 열정적인 신사들이 과도하게 넘쳐나는 이곳에서라면 그 많은 체크무늬 셔츠를 대체 누가 다 사는지 궁금해질 지경일 테니 말이다. 어째서 이 특정 지역에만 로널드 퍼뱅크*라는 이름에 어떤 의미도 부여하지 않는 젊은이들이 밀집해 있는지 의아할 수도 있다. 이러한 의문에는 오직 하나의 답변만 가능하다. 도시 남성에게 나타나는 이성애 성향은 대체로 예술가 집단의 인구과잉이 그 원인이라는 것이다. 이는 과학적 사실이다. 확신하는 이유는 아래와 같다.

* 오스카 와일드로부터 영향받은, 1910년대에 활약한 영국의 동성애자 소설가.

과학자들은 천장이 높고 실제 작동하는 벽난로가 있는 아파트에 거주하는 쥐 스무 마리의 습성을 오랫동안 관찰했다. 스무 마리 모두 예술가였다. 이러한 상황에서 일반적으로 그렇듯, 스무 마리 모두 동성애 성향을 지녔다. 이중 다섯 마리를 무작위로 선택해 가방에 넣어 웨스트브로드웨이에 위치한 로프트로 옮겼다. 이곳에 있던 아흔다섯 마리의 다른 쥐들 역시 건물 수위가 있는 빌딩이나 개조된 브라운스톤 건물 등 다수의 자연 서식지에서 무작위로 선택된 동성애자 예술가들이었다. 백 마리 쥐들은 모두 적합한 환경에 놓였을 경우 일반 범주를 벗어난 성적 특성에 끌리는 모습을 전혀 보이지 않았었다. 그렇지만 갤러리는 넘쳐나면서 괜찮은 식당은 찾기 힘든 동네에서의 생활에 맞닥뜨린 후, 걱정스러운 행동양식을 보이기 시작했다. 일단 작품활동을 그만두고 작품의 개념이란 것을 갖추기 시작했다. 이어서 건포도에 편중된 식단을 따르고 보다 저렴하지만 양은 많은 적포도주를 섭취하기까지 했다. 그리고 기어이 주 2회 뉴욕 시각예술학교로 출강을 단행하는 경향까지 나타내고야 말았다. 이렇게 돌이킬 수 없는 지경에 다다른 쥐들은 60년대 후반에 베닝턴컬리지에 다녔던 암컷 쥐들과 어울리기 시작했다.

자연의 질서를 건드린 과학자들이 그 결과에 겁먹은 것은 당연지사, 이들은 점점 높아지는 이성애의 물결을 저지하고자 쥐들의 가장 취약한 부분을 공략하기로 했다. 과학자들은 한때 가학, 피학 성향의 골수 애호가들이었던 소수의 무리를 선정해 허드슨강 선창으로 데려갔다. 그리고 소호에 오기 전까지만 해도 가장 아끼던 물품들을 어두운 강물에 던지며 지난날의 불꽃을 자극하려 했다. 가장 먼저 금속 장식의 검은 가죽모자를 대롱대롱 들고 있다가 물에 빠뜨렸다. 쥐들은 불안하게 꼬리를 흔들며 동요했지만 행동에 나서지는 않았다. 다음으로 험상궂은 박차가 달린 부츠 한 켤레가 등장했다. 여전히 아무 반응이 없었다. 마지막으로 과학자들은 길고 구불구불한 가죽채찍을 강에 던졌다. 몇몇이 선창가로 쪼르르 달려가는 모습이 이들의 사기를 드높였다. 하지만 본능도 길이 들면 약해지는 법. 과학자들은 가라앉는 채찍을 포기하는 쥐들을 무거운 마음과 패배에 젖은 눈길로 바라볼 뿐이었다.

내가 잠을
좋아하는 이유

내가 잠을 좋아하는 이유는 잠이란 즐겁고도 안전한 활동이기 때문이다. 더할 나위 없는 최고의 동반자와 함께하니 즐겁고, 깨어 있기에 끊임없이 겪어야 하는 꼴사나움으로부터 완벽에 가까운 보호를 제공해주니 안전하다 하겠다. 모르는 것에는 다칠 일도 없다. 잠이란 책임에서 해방된 죽음이다.

물론 다소 중독성이 있다는 위험도 있다. 많은 이들이 잠 없이는 살 수 없어하며 잠을 소유할 수만 있다면 무엇이든 마다하지 않을 것이다. 이러한 사람들은 목표 달성에 눈이 멀어 집과 단란한 가족, 심지어 출판사에서 정한 마감일까지도 도외시한다고 알려져 있다. 나 역시도 수면인이며, 아주 최근까지도 이 때문에 심한 죄책감에 시달렸음을 고백해야겠다. 그러다 해당 주제를 좀더 면밀히 고찰해보았고, 그 결과 죄책감에서 해방되었을 뿐 아니라 피로 부대의 일원으로서 자랑스러워지기까지 했다.

다른 이들도 바로 세웠던 머리를 자유롭게 누일 수 있도록 내 연구 결과를 공유하고 싶다. 그리하여 잠자는 이들에게 자부심을 함양하고자 간단한 입문과정을 마련해보았다.

프랜 리보위츠 수면학 강의

잠이란 후천적이기보다는 유전적인 특성이다. 수면인 부모를 두었다면 당신도 그럴 확률이 높다. 이는 절망이 아니라 오히려 자부심을 느껴야 할 지점이다. 가족뿐만 아니라 저명한 역사적 인물들이 수립한 유산을 공유하고 있으니 말이다. 다음의 목록으로 수면인들이 얼마나 다양한 분야에서 활약했는지 알 수 있다.

수면인이었던 저명한 역사적 인물

드와이트 D. 아이젠하워*

아이크(그를 열렬히 사모한 나라에서 부르던 애칭)를 골프 애호가로 기억하는 사람이 많지만, 그는 확실히 어렸을 때부터 수면인의 자질을 보였으며, 이 특성이 백악관까지 함께 입성했음은 의심의 여지가 없다. 잠을 향한 그 열의가 어찌나 강렬하던지 자고 있는 아이크와 깨어 있

* 미국의 34대 대통령.

는 아이크를 구분하는 것조차 여간 어려운 일이 아니었다.

윌리엄 셰익스피어

글 좀 쓴다는 동료들 사이에서 시인Bard이라는 별칭으로 불리던 셰익스피어는 분명 문학계에서 가장 탁월하고 왕성한 수면인이었다. 스트랫퍼드어폰에이번의 자택에 남아 있는 침대가 그 증거라고 할 수 있다. 작품 속에서도 여러 번 잠을 언급했고, 실제로 본인이 모든 수면을 직접 취했는지에 관해서는 의문점이 있으나(현재 학계에서는 프랜시스 베이컨 경*이 일부 수행했을 가능성에 중점을 두고 논의중이다), 그럼에도 윌리엄 셰익스피어를 주목할 만한 수면인으로 간주해도 별 문제될 건 없다고 할 수 있다.

e. e. 커밍스†

대부분 인정하듯 E. E. 커밍스가 수면인이었다는 증거는 빈약하다. 그러므로 아마 낮잠인이었으리라는 추측이 일반적이다.

저명한 역사적 인물 중에 수면인이 이렇게 많았다면 그들의 업적 또한 그만큼 대단했으리라는 것은 당연하다. 아래 목록에 그 업적의 일부를 모아보았다.

---

* 16~17세기 영국의 문인. 셰익스피어 작품의 숨은 원작자 중 하나로 언급된다.

† 1894~1962. 미국의 시인이자 화가. 생전 그의 작품 속에서도, 사후 출간작에서도 이름을 소문자로 표기하는 경향이 있었다.

수면인이 세계 문화에 기여한 업적

건축

언어

과학

바퀴

불

더 논하지 않겠다.

좋은 날씨는 좋은 동네를 좋아한다

한때는 기후란 저마다 특정 분야를 관장하는 수많은 신이 모여 결정한다는 믿음이 일반적이었다. 그러다 주요 종교들이 생겨나면서 기세가 한풀 꺾여 오직 단 하나의 신이 여기저기 바삐 돌아다닌다는 의견에 대다수가 동의하게 되었다. 여전히 위와 같은 견해를 고수하는 이들이 많지만, 이제는 구름의 형성과 기압, 풍속 등 여타 과학적 측면에 근간을 둔 기상 이론을 믿는 이들이 대부분이다. 마지막으로 날씨와 그 기능이, 커다란 유성 매직을 휘두르며 꿀 같은 목소리로 날씨를 소개하는 텔레비전 아나운서의 전담 영역이라고 믿는 무리도 있다. 그러니 우리에게는 날씨를 좌우하는 요소로 아래의 세 가지 기초 이론이 주어졌다고 하겠다.

A. 신

B. 자연

C. 목소리의 톤

이 세 이론은 가벼이 보면 서로 전혀 다른 성질로 보일 수 있다. 이는 물론 가볍게 본 사람의 잘못이다. 바로 이 가벼움—한때 우리 모두 그 매력에 푹 빠졌던, 강한 중독성에 천하태평인 그것—이야말로 성급한 판단을 촉구해 지나치게 자주 부정확한 결론에 이르게 하는 장본인이다. 보다 주의깊게 눈여겨본다면 상당히 놀라운 공통점을 틀림없이 발견할 수 있을 것이다. 이 세 이론 모두 한날 변덕에 그 기반을 두고 있다는 점이다. 신이 마음을 바꿀 수도 있고, 자연도 가던 길을 돌릴 수 있으며, 우리가 너무나 잘 알듯 목소리 역시 그 분위기가 변할 수 있기 때문이다.

그러므로 전반적으로 보았을 때 이 세상은 날씨를 기분파에 가깝게, 혹은 완전히 기분파로 여긴다고 할 수 있다. 종횡무진 비 내렸다 눈 내렸다 식혔다가 덥혔다가, 그리도 성숙한 존재가 어쩌면 어리석다고밖에 하지 못할 만큼 놀라울 정도로 널을 뛰는 마음에 좌우되니 말이다. 이 세상이 아무리 제멋대로 판단할지언정 적어도 나는 이렇게 불량한 논리에 엮이고 싶지 않으니 스스로 더욱 타당하다 믿는 이론을 정립해 보았다.

나는 자문했다. "날씨가 너나 나와 달라야 할 이유가 과연 무엇일까? 우린 결국 하나 아니던가?" 놀랍도록 명쾌한 질문과 마주하니 이렇게 답하지 아니할 수 없었다. "아무 이유 없지, 프랜. 아무 이유 없고말고."

대화가 이어졌다. "그렇군. 그럼 만약 날씨가 너나 나와 다를 것이 전혀 없다면, 너나 나와 똑같다는 뜻일 테니, 그 경우 우리를 조종하는 것이 그것 또한 조종함에 틀림이 없다는 결론이야." "반박 불가로군." 대가를 영접했다는 깨달음에 소스라치며 대답했다. 나는 물음을 이어갔다. "그렇다면 그게 무엇일까? 오직 하나, 돈이지. 맞아, 돈이야." "정말 때로는 정곡을 찌른다니까." 따뜻한 화답과 함께 나의 동지와 나는 손에 손을 잡고 가벼운 발걸음으로 나아갔다. 닐 다이아몬드의 노래 〈9월의 아침〉에 나올 법한 동작들이었지만, 전혀 보기 싫지 않았다.

겉만 번드레한 주장이라고 생각할지 모르겠으나, 날씨에 영향을 주는 것은 돈, 오직 돈뿐이라는 절대적으로 확실한 증거를 다음과 같이 제시한다.

1. 1975년 8월 13일 오후 세시, 8번 대로와 만나는 14번가의 기온은 34.4도, 습도는 85퍼센트였다. 정확히 같은 날짜에 정확히 같은 시간, 5번 대로와 만나는 73번가의 기온은 온화한 21.6도, 습도는 쾌적한 40퍼센트였다. 내가 그때 거기 있어서 안다.
2. 서턴플레이스에 비가 내린 기록은, 근처에서 촬영중인 고예산 영화 대본에 궂은 날씨라는 지문이 있을 때뿐이었다. 이 비는 전능한 할리우드 감독이 "컷!"을 외치는 순간 그쳤다.
3. 대대적으로 보도되었던 폭설 사태 당시 뉴욕 시장 존 린지가 퀸스에 제설차를 보내지 않은 이유는 본인이 그레이시스퀘어에 살기 때문이었다. 폭설 당일 그는 테라스에 누워 태양을 즐기고 있었다.

4. 부자들이 여름에 뉴욕을 떠나 사우샘프턴에 가는 이유는 그곳이 훨씬 시원해서라는 믿음이 널리 퍼져 있다. 이는 사실이 아니다. 실은 여름이 되면 시원한 날씨가 뉴욕을 떠나 사우샘프턴으로 이동하는 것이다. 푼돈 버는 작가들과 푸에르토리코인들이 가득한 뉴욕에 있고 싶지 않기 때문이다.
5. 일반적으로 뉴욕 동부의 날씨가 서부보다 더 좋다. 날씨도 이러한 상황에 대체로 만족했으나 센트럴파크 서쪽의 더 좋은 건물들을 문제삼았다. 주로 주제 파악 못하는 항공사 승무원들과 가죽제품점 주인들이 거주하는 이스트 70번대 거리의 몇몇 건물과 맞교환하는 방식으로 이 문제는 해결되었다. 이로써 샌리모와 다코타 아파트는 그 건축 형식에 걸맞은 날씨를 누리게 되었고, 항공사 승무원들과 가죽제품점 주인들은 아마도 '좋을 때만 친구'라는 단어의 의미를 누구보다 깊이 이해할 것이다.

식물
: 모든 악의 뿌리

그 명성이 결코 시시하지 않은 웹스터 대사전 개정판 속 식물의 두번째 정의는 다음과 같다. "자의로 이동할 수 없는 생물. 감각기관이 없으며 일반적으로 양분을 자체 생성한다……" 첫번째가 아닌 두번째 정의를 선택한 이유는, 극도로 희소한 경우를 제외하곤, 식물이란 실로 집안에 두어서는 안 되는 물건임을 다시는 증명할 일이 없도록 확실히 해두고픈 내 목적에 더 잘 들어맞아서다. 질서정연한 방식이 도움이 될 듯해 위에 언급된 정의를 세분하여 각각 따로 고찰하고자 한다. 시작해보자.

자의로 이동할 수 없는

여기서 우리는 '생물'이 별도 인간이라는 유형일 때 발생하는 문제에 직면한다. 별도 인간이란 쉽게 말해 본인이 아닌 다른 인간을 뜻한다.

이러한 속성을 지닌 생물은 의심의 여지 없이 도시에서든 시골에서든 자기 자리가 있으며, 보통 타이핑, 입맞춤, 그리고 재미있는 방식으로 대화하는 데 능숙하다. 그러나 짚고 넘어가자면, 자의로 움직이는 능력이야말로 이들이 해당 기능을 성공적으로 수행하기 위한 열쇠다. 직접 조작이 요구되면 이들의 매력은 상당 부분 떨어질 것이다.

앞서 나는 극도로 희소한 경우엔 식물을 받아들여도 된다는 주장을 진술한 바 있다. 이 극도로 희소한 경우란, 유용한 서비스를 제공한 별도 인간이 애정 표시로 이파리가 무성한 걸 내밀 때 발생한다. 이렇게 증정하는 식물을 거절하면 이 유대 관계는 끊어져버리고 말 것이 거의 확실하다. 그러므로, 비록 타인에게 이러한 증표로 부담을 지울 권리를 정확히 누구에게 줘야 할지는 물론 개인의 양심에 따른 결정이나, 다음을 명심함이 현명할 것이다. 대화는 시시하고, 입맞춤은 입맞춤일 뿐이지만, 원고 타이핑은 저절로 되지 않는다.

생물

거주 장소에 세간을 갖출 때는 최상의 아름다움과 안락함, 쓸모를 제공할 물건을 찾게 마련이다. 아름다움 분야에서는 으레 장 콕토의 그림, 명나라 화병, 오뷔송 융단과 같은 고정 품목에 끌린다. 안락함은 물론 이러한 물품을 소유할 수 있는 능력에 따라 보장된다. 쓸모는 해당 분야의 숙련된 전문가에게 맡기는 것이 최선이다.

그러니 이제 모두에게 명확한바 어떤 생물이든 오직 과거형이 되었을 때만 이곳에 들어설 수 있다.

달리 말해, 살아 있을 때는 살아 있는 것이었겠지만 죽어서는 멋진 흰색 리넨시트라도 되어 품위를 획득한 물건들이어야 주변에 둘 만하다는 말이다.

감각기관이 없으며

감각기관이 없다는 건 물론 의미심장한 눈빛도, 조롱 섞인 코웃음도, 취향의 모자람도 없음을 확실히 보장한다 하겠으나, 애석하게도 넋을 잃고 경청하는 능력도 없다는 것 또한 보장함을 잊지 마시라.

일반적으로 양분을 자체 생성한다

내가 보기에 이 서술문에는 아주 소량의 우쭐함이 담겨 있다. '일반적으로 양분을 자체 생성한다', 그래? 아, 잘나셨습니다. 나는 일반적으로 내 양분을 자체 생성하지 않으며, 이에 대해 조금도 미안하지 않다. 뉴욕은 온갖 종류의 식당이 즐비한 곳이고, 이들이 존재하는 데는 당연한 이유가 있다고 여기지 않을 수 없다. 게다가 광합성에 기반한 요리라는 개념을 귀하게 여기기란 쉽지 않다. 그러므로 난 보스턴 고사리가 풍기는 페투치니 알프레도 향을 아직 맡지 못했기에 '일반적으로 양분을 자체 생성한다'를 그 어떤 면에서도 중차대한 특징으로 간주하지 않는다. '일반적으로 돈을 자체 생성'하는 식물을 만나면 내게 연락해주시길.

화성
: 소소한 삶

그리 오래지 않은 과거에 미국이 무인 탐사선으로 화성 착륙에 성공했고, 주목적은 그곳에 누군가 살고 있진 않은지 확인하기 위해서였다. 아직 모든 결과를 취합하진 않았지만 이에 대한 답은 안타깝게도 긍정에 가깝다는 것이 거의 확실하다. 지구만이 삶이라는 현상에 고통받고 있으리라는 생각은 부질없다.

지금껏 이 외부인들의 외형과 관련해 추측이 파다했다. 이들 생명체는 너무나도 이질적인 나머지 이곳 지구에 살고 있는 우리는 봐도 못 알아보리라는 가능성에 기반한 추측들이 대부분이었다. 흥미로운 생각임은 분명하나, 흥미로운 생각이 전부 그렇듯 안타깝게도 이 또한 그 핵심엔 천박하기 짝이 없는 열망이 있다. 볼 만큼 본, 전부는 아니라 해도 최소 내가 관심 있는 만큼은 본 지구인으로서, 다음과 같은 불변의 진리가 머릿속에 떠오르는 것을 막을 수가 없다. 문제를 찾으려고 작정하면 어떻게든 찾게 돼 있다.

삶이 오직 물리적 형태로만 구현된다는 믿음하에 일반 대중—만년 총명함이라곤 부족한 부류—은 팔, 코, 목둘레 등에 골몰한 나머지 오직 극도로 피상적인 면에서만 평범한 인간과 다른 존재를 그려내고 있다. 과학자들—스타일과 근사함에 있어서는 일반 대중도 블룸즈버리 그룹*으로 만들어버리는 집단—은 주로 미생물, 가스, 액체 형태를 논하는 듯하다.

형체에 관한 이 같은 관심은 정말이지 불필요하다. 화성에도 당연히 삶이 있고, 만약 그 삶의 형태를 알아보지 못한다면 응당 그 기능으로라도 알아볼 수 있다. 우리 지역 특유의 삶과도 상통할 것이 분명한 기능인 짜증 유발의 의지 말이다.

삶이란 어떤 것인가를 이해하려면 우선 이보다 광범위한 질문인 삶이란 무엇인가부터 다루어야 하겠다. 이에 대해선 많은 이들이 앞서 꽤 다양한 답을 남겨두었다. 하여 하나하나 고찰해보지만 늘 그렇듯 실망하고 만다. 한 그릇 체리처럼 즐겁다?† 말만 번지르르하다. 카바레?‡ 이 동네에선 아니다. 현실? 그럴 리가. 정직하다?§ 뭐래.

이렇게 신중한 검토와 폐기로 이어지는 힘겨운 과정을 지나고 나서

* 20세기 초 영국의 작가, 지식인, 철학자, 예술가 들이 결성한 단체. 버지니아 울프, E. M. 포스터 등이 이 단체의 일원이었다.

† 미국 가수 주디 갈런드의 노래 제목.

‡ 미국 가수이자 배우 라이자 미넬리의 노래 제목.

§ 미국 시인 헨리 워즈워스 롱펠로의 시 「인생 찬가」에 나오는 구절.

야 결론에 도달할 수 있다. 삶이란 잠 못 이룰 때 하는 일이다. 그러니 우리가 문명이라 칭하는 것들은 소름 끼치도록 내리 이어진 불면의 밤에서 나온 잔해 더미일 뿐이다.

화성인의 불안감이 우리보다 덜하다고 믿을 이유는 전혀 없으므로(오히려 그쪽이 훨씬 더 심할 가능성이 매우 높다. 도심에서 그렇게나 한참 떨어진 외곽에 사는 이유로 불면증이 더욱 심해질 테니 말이다), 의심할 것도 없이 속속들이 불쾌한 군상일 것이다.

본 글의 취지상 화성인을 미생물로 간주하도록 하자. 미생물은 소형임을 부인할 수 없다. 즉 화성에 농구와 패션모델 따위는 존재하지 않는다는 뜻이다. 이러한 체격 미달을 짚고 넘어가는 이유는, 한 행성에서 선반 꼭대기에 손이 닿는 자가 전무하다는 게 참 당황스러워서 그렇다. 어쩌면 화성 전체를 하나로 상정해 면밀히 고찰하는 편이 이들을 이해하는 최선의 방법일지도 모르겠다.

화성

일반적으로 화성의 이름은 로마신화 속 전쟁의 신인 '마르스'에서 따왔다고 알려져 있다. 이는 잘못된 정보다. 원래는 예술성 풍부한 어느 로마 신사가 발견해 이 업적으로 마음에 둔 상대에게 환심을 사려 했다는 것이 극비에 부쳐진 사실이다. 이 로마인은 매력적이나 좀처럼 닿을 수 없는 스웨덴 친구에게 온통 마음을 빼앗겨 감언이설로 꾀려 했다. 엄청난 정치적 압박이 쏟아졌고, 그는 결국 어떤 행성에도 '라르스'

란 이름을 붙일 생각이 없다는 로마제국의 의중을 비로소 깨닫게 되었다. 보다시피 양자 간 합의가 이루어졌다.

지형과 자원

화성은 세번째로 작은 행성이어서 수집가들만 관심 있어한다. 황량한 바위투성이에 이렇다 할 해안지대도 없으니, 본 작가의 재정 능력으로 갈 수 있는 몇 안 되는 해변이라 하겠다. 택시 잡기는 불가능에 가깝고 방문마저도 그다지 권장하지 않는다.

천연자원은 오묘한 증기와 희한한 돌에 편중되어 있다.

민족과 직업 구성

화성인은 위에서 이미 언급했듯 미생물이다. 아무리 좋게 봐야 미생물 인간이고 그래봤자 미생물이다. 방문객들이 그들의 키를 놀리지 못하도록 말리는 게 이들이 주로 하는 일이다.

인구

엄청 가까이에서 들여다보기를 각오하지 않는 한 공식적으로 확인하기 어렵다.

교통

방문객을 감염시켜 그 사람이 다른 곳으로 가길 기대하는 방법이 가장 인기 있다.

주요 특산물

화성의 주요 특산물은 아주 작은 폴리에스테르 레저슈트와 미니어처 대학원 건물이다.

도시 구획 나누기
: 신지리학

소호(SoHo, *So*uth of *Ho*uston Street, 하우스턴가 남쪽)라는 명칭이 날린 강력한 충격에서 미처 벗어나지도 못했는데, 노호(NoHo, *No*rth of *Ho*uston Street, 하우스턴가 북쪽)의 잽싼 레프트훅이 내 감성을 강타했다. 피투성이일지언정 굴하지 않았으나, 잠시 방심하는 순간 트라이베카(TriBeCa, *Tri*angle *Be*low *Ca*nal Street, 커낼가 밑 삼각지)가 급습했고 그 소리를 듣자마자 티케이오 패를 당하고 말았다.

한동안 자리보전하며 충분한 시간을 갖고 이 문제를 면면이 숙고해보았다. 그렇다. 여기에 많은 생각을 투자한 끝에, 뉴욕을 이렇게 극도로 세세하게 나눠 이름을 붙이는 정신 나간 짓이 그 정점에 달하려면 아직 멀었다는 결론에 달했다. 끝이 보이지 않는 처참한 상황이다. 도시 구획광들이 마지막 작업을 끝냈음을 시사하는 그 어떤 사소한 징표도 없다. 미드타운처럼 애매한 용어는 더이상 충분치 않다는 것이 극명해졌다. 상황은 점점 더 심각해져 아마 이렇게 될 것이다.

노티프소셔

노티프소셔(NoTifSoSher, *N*orth of *Tif*fany's, *So*uth of the *Sher*ry-Netherland, 티파니 매장 북쪽, 셰리네덜란드호텔 남쪽)는 쇼핑객과 호텔 투숙객, 그리고 각계각층의 산책자가 즐겨 찾는 5번 대로에 면한 두 블록짜리 구역이다. 멋지게 진열된 장신구와 일방통행로라는 장점 덕분에 뉴욕에서 가장 매력적인 장소로 손꼽힌다. 퍼레이드 경로로서는 단연 왕이라 불릴 노티프소셔는 아일랜드인과 참전 용사에게도 사랑받는다. 택시 잡는 이들이라면 반드시 방문해야 할 곳.

비젤프스

거의 알려지지 않은 구역인 비젤프스(BeJelfth, *Be*tween *J*ane and Twe*lfth*, 제인가와 12번가 사이)는 웨스트 4번가에 기발하게도 자리한 블록이다. 택시 기사도 쩔쩔매는 비젤프스는 크기를 막론하고 모든 개들이 선호하는 만남의 장소다. 길모퉁이에 있는 고급 식료품점은 아찔할 만큼 하늘 높이 치솟는 가격으로, 짜릿함을 추구하는 이들이라면 백이면 백 만족할 진정한 성지다.

염치없음

오랫동안 수컷의 전우애를 다지는 보루였던 이곳은 동쪽으로는 크리스토퍼가가 시작되고 서쪽으로는 허드슨강에 둘러싸인, 그 모양도 독특한 지역이다. 확실히 색다른 매력이 진동하는 곳이긴 하나 결국 뻔한 성질에서는 조금도 벗어나지 않고, 앙증맞은 술집들과 거부할 수 없는 매력의 거대 트레일러트럭이 넘쳐나기에 찾기도 쉬운 곳이다. 이 구역을 자주 방문하는 사람이라면 이곳이 도시를 여는 관문이라고 자랑스럽게 말할 자격이 (그리고 결격 사유도) 충분하다.

꼭꼭 씹어먹을 생각거리, 꼭꼭 생각해볼 먹을거리

어빙 펜* 작품에 과도히 감화받은 파티 주최자들은 여름만 되면 이상해진다. 이들은 여름에 여는 파티라면 식사량이 깜짝 놀랄 만큼 빈약해도 된다고 생각한다. 이러한 가벼움은 코미디나 면셔츠, 마음과 관련해서야 물론 환영이지만, 저녁식사에 가미하기에는 적절치 않다.

이중 일부가 고급 패션업계와 관련있을지도 모른다는 점은 그리 놀랍지도 않다. 데버라 터브빌†의 카메라 앞에 서는 일을 고단한 업무라고 생각하는 사람이라면 파슬리가 육류 코스 요리에 적합하다는 의견을 가질 수도 있을 테니 말이다.

* 피사체에만 집중한, 간결하고도 강렬한 사진으로 유명한 미국의 사진작가.
† 피사체를 유령처럼 섬뜩하고 몽환적인 분위기로 연출한 미국의 사진작가.

투명할 정도로 얇게 썬 레몬은 장식용으로는 무척 훌륭하나, 단독 채소로는 인정할 수 없다.

*

차가운 수프는 상당히 까다로운 음식이어서 제대로 해내기가 어렵다. 대개는 '조금만 더 일찍 왔더라면 따뜻하게 먹을 수 있었을 텐데' 하는 인상을 남기곤 한다.

*

샐러드는 식사가 아니다. 스타일이다.

*

일식은 매우 예쁘고 일본에 잘 어울리는 요리임이 분명하다. 평균보다 작은 사람들이 대부분인 곳이니 말이다. 이러한 음식을 서양인들에게 먹일 작정이라면 좀더 양이 많은 음식을 곁들이길 조언한다. 감자튀김을 싫어하는 사람은 거의 없음을 유념해주시길.

*

채소는 흥미로운 재료이지만 양질의 고기와 함께 나오지 않을 경우 그 목적을 잃는다.

*

마름 열매는 음식에 들어가는 재료이지 그 자체로는 먹을 게 못된다.

*

청포도는 매력적인 과일이지만 사람들이 선호하는 후식은 겉에 크림을 바른 케이크다.

*

설탕 입힌 제비꽃은 모자란 이들의 네코 웨이퍼* 격이라 하겠다.

뉴욕에는 독신임이 확실한 이들을 주고객으로 삼는 식당이 몇 군데 있다. 이 식당들과 여름철 파티 주최자의 공통점은 차고 넘친다.

버스비 버클리†가 돈이 없었더라면 했을 법한 스타일로 재단장한 이런 식당이 근처에 하나 있다. 24시간 영업이어서 배고픈 트럭 기사에게 편리할 듯하다. 그는 포장 주문대로 가서 우렁차게 외칠 것이다. "오이수프 둘 아주 차갑게, 적포도주로 드레싱한 꽃상추 샐러드 하나, 생 아스파라거스 1인분에 홀랜데이즈소스 빼고요."

사프란은 아무데나 넣지 말아야, 아니 아예 넣지 말아야 한다. 본인이 이 향신료를 아무리 좋아한들, 소금을 대체할 다목적 재료라는 데 동의할 사람은 많지 않다.

*

미국에서 태어나 자신이 아는 뉴욕에서 일생을 보냈으며 외국으로 향하는 배나 비행기에 발조차 들여본 적 없는 사람이라면, 자몽을 뜻하는 몹시도 적절한 영어 단어가 있음에도 같은 의미의 프랑스어로 쓰

---

* 1840년대 첫 출시된 사탕. 이름은 웨하스(웨이퍼)지만 실제로는 사탕으로, 특유의 식감을 싫어하는 이들은 분필 같다고도 한다.

† 브로드웨이에서 활동한 영화감독이자 뮤지컬 안무가.

인 메뉴를 봤을 때 모름지기 분통이 터지고 눈앞이 캄캄해지게 마련이다.

*

물냉이는 샐러드나 샌드위치에 들어갔을 때는 풍미를 더해주지만, 햄버거 옆에 놓였다면 그저 성가시기만 할 뿐이다.

*

어떤 인간이 깜짝 선물을 싫어하겠느냐마는, 평범한 돼지 등심으로 알고 시킨 음식 속에 갑자기 아무런 경고도 없이 웬 말린 자두가 줄지어 나타나는 걸 보고도 싫어하지 않을 인간은 웬만해선 없다.

*

인류의 요리와 식사 역사는 수천 년에 달한다. 분명 이유가 있는 역사이니, 당신이 얇게 저민 감자에 신선한 라임즙을 첨가해야겠다면 이전엔 왜 그런 시도가 없었는지 충분히 심사숙고해보길 바란다.

기술혁신은 독서 습관뿐 아니라 식사 습관에도 막대한 피해를 입혔다. 요즘 음식은 불쾌하기 짝이 없는 형태여서 소화를 도우려면 코스 중간중간 담배를 피워줘야 한다.

소파보다 아늑한 빵덩어리라면 어쨌든 구미가 당길 수가 없다.

*

하인 문제가 이미 심각한 이때, 참치에게는 헬퍼*를 붙여주면서 작가에게는 여행가방을 직접 꾸리게 하는 사회라면 당장 우선순위를 재정비할 필요가 있다.

*

초콜릿은 아이스크림에는 훌륭하나 껌에서라면 비이성적이고 혼란을 초래하는 맛이다.

*

폴리에스테르 레저슈트와 똑같은 색깔의 아침식사 시리얼 때문에 늦잠이 미덕이 된다.

*

누군가 크림을 요청했을 때는 크림을 주거나, 해당 업소에서는 그 대신 식물성 기름과 암을 유발하는 줄임말들로 된 혼합물을 선호한다는 정보를 주어야 한다.

*

법적으로 이름에 식품이라는 단어를 붙여야 하는 치즈는 적포도주나 과일과는 어울리지 않는다.

가공식품은 물론 뼛속까지 혐오스럽지만, 건강식품 애호가를 맞닥뜨릴 경우엔 가공식품에도 어느 정도 가치를 부여할 수밖에 없다. 자연

* Tuna Helper. 치즈가 듬뿍 들어간 파스타 면. 참치 통조림은 따로 구매해야 한다.

식품의 열혈 추종자는 대개 과도한 정치적 명분을 내세우는 데 1등이라는 사실도 항시 마음에 새기자.

*

현미는 텁텁하고, 너무 질기고, 불쾌한 종교적 색채를 함축하고 있다.

*

교양 있는 성인은 저녁식사에서 사과주스를 마시지 않는다.

*

콩을 보고 반가워할 사람들은 오직 굶주린 이들과 자연재해 피해자들뿐이다.

*

영양가가 너무 풍부한 빵은 도끼로만 자를 수 있다.

*

껍질 벗긴 커다란 생당근은 부활절을 손꼽아 기다리며 토끼장에 사는 이들에게만 음식으로 인정된다.

음식은 일상에서 너무나 흔히 볼 수 있기에 시간을 들여 이를 더 넓은 의미에서 곰곰이 따져본 사람은 극히 드물다. 그러므로 그것이 사회에 끼치는 진정한 영향력을 이해하지 못한다.

음식은 식사시간이든 간식시간이든 다 좋다. 대략 모든 음료와도 잘 어울리고 샌드위치 재료로도 최고다.

*

음식이 있어야 식탁이나 의자 등 식사 공간 가구도 의미를 갖는다.

*

음식은 '마음'을 담은 선물을 꾸릴 때 그 구실을 톡톡히 한다.

*

음식은 좋은 식기를 사용할 핑계로 완벽하다.

*

음식은 균형 잡힌 식단에서 중요한 비중을 차지한다.

*

음식은 국제정치에서도 결정적인 역할을 한다. 음식이란 것이 없었다면 국가 간 저녁 만찬은 브리지게임으로 대체되고, 정치운동가들은 단식투쟁 대신 징징 짜기나 할 테니 말이다.

*

음식이 없어지면 인간의 진취성 또한 사라지는 치명적인 결과를 불러일으킬 수 있다. 노른자위가 될 기회를 인정하지 않는 사회에 야망이 설 자리는 없다.

*

음식이 없다면 인류 최악의 난제도 무의미해질 것이다. 닭이 먼저냐 달걀이 먼저냐의 순서가 부질없음을 깨닫게 될 테니 말이다.

*

만약 세상에 정말로 음식이 없다면 "나 지금 끊어야 되거든? 조만간 저녁이나 한번 먹자"라는 말로 특정 부류와의 통화를 끝맺기란 족히 불가능에 가까워질 것이다.

*

음식은 기독교를 구성하는 주요 요소다. 예수님이 5000명에게 베푸신 빵과 생선의 기적에 음식이 빠진다면? 그리고 최후의 만찬은? 음식이 없었다면 과연 효과가 있긴 했을까?

*

음식이란 게 존재하지 않았다면, 이름에 굴oyster이 포함된 오이스터만은 그냥 만이라 불렸을 것이고, 체호프는 작품에 '벚꽃 동산The Cherry Orchard' 대신 '일정한 간격으로 심은 아무 열매 없는 나무들'이라는 제목을 지었을 것이다.

예술

ARTS

예술

예술이라는 주제를 두고 하는 가장 맥빠지는 말은, 아마 삶이 예술을 모방한다는 말일 것이다. 좀더 일관되게 현실에 들어맞았더라면 분명 의지가 되는 문장이었으리라. 삶의 예술성은, 가장 필요로 하지 않을 때 절정에 달한다는 걸 파헤쳐보면 금세 알 수 있기 때문이다. 사실 삶이란 대개 기교를 모방한다고 할 수 있다. 우리네 삶이 마크라메 화분걸이보다 쇠라*의 작품과 더 닮아 있다고 그 누가 말할 수 있겠는가. 예술에 관해서라면, 삶은 무엇보다 그 틀을 모방하는 데 발군이다.

해당 문제를 더욱 깊이 탐구하고픈 마음에, 나와 생각을 같이하는 몇몇 이들을 모아 가장 최근 동향의 예술을 모방하는 길고 험난한 작업을 개시했다.

* 점묘화로 유명한 19세기 프랑스 화가.

개념예술

우리는 마룻바닥에 아무렇게나 앉아 콘크리트블록인 척해보았다. 셔츠 앞면에는 순차상 서로 아무 관련 없는 글자를 나열하여 붙였다. 누구도 우릴 이해하지 못했고 그저 감격해 바라만 보았다. 만족감이 전혀 없지는 않았다고 본다.

그래픽디자인

우리 중 일부는 대담하고 과감한 선으로 치장하고 나머지는 크고 분명해 읽기 쉬운 글자와 숫자로 치장했다. 색깔은 모두 깔끔하면서도 어린애 같은 밝은색이었다. 우리는 비행장 모양으로 정렬해 유용하면서도 활달해 보이려 했다. 비슷한 복장의 이들에게 더 많은 인기를 끌었다.

잡지 편집

대부분 그래픽디자인 예에서 입었던 것과 똑같은 옷을 입었으나, 이번에는 그 크기를 대폭 줄였다. 나머지 인원은 둘로 나눠 한쪽은 에어브러시 기법으로 색을 입힌 삽화로, 다른 쪽은 기사에서 맥락 없이 뽑아내어 확대한 인용구로 분장했다. 모두 독자의 눈을 최대한 사로잡을 수 있는 위치에 자리잡았다. 전부 한 페이지에 들어갈 수 있게 빽빽

이 모였고, 다수의 검은 테두리를 효과적으로 활용해 적당한 간격을 유지했다. 우리는 큰 성공을 거두었고, 예술감독에서 예술을 분리할 수는 있지만, 이미 그 방향으로 가고 있는 게 아니라면 감독 없는 예술은 불가능하다는 사실을 더할 나위 없이 깔끔하게 증명해냈다.

가구디자인

우리는 이 분야를 심도 있게 조사했고, 재미와 기능 모두를 추구하기로 했다. 거푸집으로 모양을 잡은 플라스틱과 튼튼한 직물, 그리고 두꺼운 나무상판 여러 개를 입고 거대한 빈백 의자, 고무보트, 강렬한 색대비가 날이 선 듯 날카로운 하드에지회화,* 뭉게구름 모양을 취했다. 그래픽디자인 시절을 다시 한번 떠올리며 평생 그 어느 때보다도 다목적 의식을 느꼈다.

건축

우리는 유리와 새롭고 가벼운 건축자재를 떠올렸다. 학교, 쇼핑센터, 사무용 건물, 공공임대주택, 고급 호화 아파트 단지가 된 각자의 모습을 상상했다. 사람들이 우리를 구분할 수 있게 적어도 몇 명쯤은 자진해서 간판을 상상하고 있길 바랐다.

---

* 기하학적 도형과 선명한 윤곽이 특징인 1960년대 미국 추상회화의 한 경향.

대중음악

일반 대중의 꿈과 희망을 정확히 반영하고자 반짝이 의상을 차려입었다. 승강기, 자동차, 비행기, 전화기를 비롯해 당신은 생각도 할 수 없는 모든 곳에 들어갔다. 우리는 지루한 이들에게 즐거운 소음을 선사해 문화를 장악했고 광적인 몰입을 자아냈다.

영화

삶은 일반적으로 오락물을 모방하지 않는다는 사실을 잘 알고 있기에 진지한 의도의 작품들만 엄선해 참고했다. 우리는 서정적으로 움직이며 극한의 감수성과 기술적 재량을 발휘했다. 탐구 주제는 사회의 매끈한 겉면 아래 도사리고 있는 폭력과 절망, 사회적 불의였다. 우리는 무척 조용했고 말도 거의 없었으며 대체로 남들과 교류하지도 않았다.

패션

우리 중 일부는 타인의 것을 지나치게 차용했다. 일부는 상상력이 과했다. 이런 말들 자체가 어리석다고 느꼈지만 좀더 의미를 부여해보기로 했다. 폴리에스테르의 우세함을 고려했을 때 쉬운 일은 아니었지만 먹혀들었다. 우리를 통해 자신들의 진정한 모습을 표출할 수 있다는 믿음 속에서, 대중은 우리를 가슴에 꼭 끌어안고 각자의 귀여운 개성을 가미했다.

기분 액세서리
: 따질 기분 아님

나는 정신상태와 관련한 취향이라면 대체로 혼수상태를 선호하는 사람이어서, 작금의 자의식 함양 열풍에 대해 인내심을 발휘하기가 쉽지 않다. 이미 내 기분이 어떤지는 지나치게 잘 알고 있으며, 가능하다면 알고 싶지 않다는 게 내 솔직한 심정이다. 본인의 기분이 어떤지 몰라 애먹는 남성 또는 여성은 얼마든지 내 기분을 대신 느껴도 좋다. 그러니 내가 기분 액세서리라는 개념에 전혀 매혹되지 않았다는 사실은 놀랄 일이 아니다. 부족한 인식능력을 광고 영역까지 확장한 운좋은 이들을 위해 설명하자면, 기분 액세서리는 열을 감지하는 돌을 통해 착용자의 기분을 알려주는 물건이다. 묘비에 돌담에, 돌들은 이미 할일이 많지 않나 생각하는 사람도 있겠지만, 돌은 이제 인간에게 '당신은 불안하다'고 알려주는 일까지 맡게 되었다. 또한 불안한 사람이라면 볼품없는 반지 없이도 자기 상태가 어떤지 알고도 남을 거라고 생각하는 사람도 있겠지만, 보아하니 그렇지가 않은 듯하다.

기분 액세서리는 목걸이, 반지, 시계, 팔찌 등 다양한 형태로 우리를 찾아온다. 하지만 어느 형태가 되었든, 현재 기분을 파악하는 것은 물론이고 앞으로 어떻게 변할지까지 알려주는 통찰력 있는 돌이 박혀 있다. 이 돌은 색을 변화시킴으로써 정보를 전달한다. 아래 내용은 한 광고에서 오직 심술만을 기준으로 내세워 발췌한 것이다.

색깔 변화로 알 수 있는 내면의 당신!

갈흑색(마노)—과로하셨네요.

황적색(호박)—긴장이 고조되어 불안까지 이를 수 있습니다.

황갈색(토파즈)—어딘가 안정되지 않고 마음이 산만하군요.

비취색—정상, 특별할 것 없는 일상입니다.

터키옥색—긴장이 풀리기 시작하며…… 감정이 일어납니다.

군청색(라피스)—편안합니다…… 지금이 가장 좋습니다…… 긴장을 푸세요…… 감정이 자유롭게 흐르기 시작합니다.

연청색(사파이어)—기운이 넘쳐 흐릅니다…… 행복합니다…… 내면의 강렬한 감정과 열정에 집중하세요. 최고의 경지입니다.

본인의 심리상태와 관련해 팔찌의 의견이 필요하다고 느끼는 사람이라면 이미 훨씬 더 많은 일들에 혼란스러워하고 있으리라 쉽게 짐작할 수 있다. 이런 경우 감정만 알려주는 액세서리로는 충분치 않다. '내가 긴장했나?'보다 훨씬 더 복잡한 의문에 포위돼 괴로워하며 해답을 필요로 하는 사람이기 때문이다. 이런 사람은 한껏 장식된 자기 손목을 보며 이런 질문을 해볼 수 있어야 한다. "나 키 커? 작아? 원래 금발이야? 남자야? 여자야? 느릅나무야? 나 집 있어? 농담을 알아들어? 남들이 성공하면 배 아파해?"

그러니 기분 액세서리라는 것이 있으려면 더욱 세부적인 기능을 갖춰야 한다. 이러한 제품의 출시를 앞당기고자 다음을 제안한다.

프랜 리보위츠가 알려드립니다

색깔 변화로 알 수 있는 더욱 분명한 자아의 진실!

불그스름한 베이지—당신은 재미없는 아메리칸인디언입니다…… 본인에게나, 다른 아메리칸인디언에게나 큰 관심을 끌진 못합니다.

베이지를 띤 빨강—당신은 재미없는 백인입니다…… 흥미로운 면이라곤 전혀 없어서 본인도 무척 수치스러워하죠…… 부끄러워할 줄 안다고 해서 성격이 좋다고는 할 수 없습니다…… 이 사실은 앞으로도 변하지 않아요.

라벤더색—당신은 동성애자거나 집안 타일 색깔에 맞춘 화장실 깔개입니다…… 차라리 화장실 깔개가 되겠다고 결정할 경우, 동성애자였다면 〈데이비드 서스카인드 쇼〉에 출연했을지도 모른다는 사실을 명심하세요.

가로 줄무늬—당신은 극도로 마른 사람이고 이 사실에 과민하게 반응합니다…… 최저의 경지입니다.

물라토—당신 부모 중 한 명이 흑인으로 변하고 있습니다…… 이미 양쪽 모두 흑인이라면 둘 중 하나가 백인이 되어가고 있습니다.

불규칙한 잔주름—조금씩 나이들어가고 있습니다…… 앞으로도 계속될 것입니다.

탄 암갈색—당신은 예술가가 되어가고 있습니다…… 한스 홀바인* 2세일 가능성도 있습니다. 최고의 경지입니다.

* 16세기 독일 르네상스를 대표하는 화가.

사진 그리고/또는 글귀가 박힌 옷 : 그래, 또 불만이다

여기서 나는 단지 루이뷔통 가방이나 구찌 지갑, 에르메스 스카프만을 말하는 게 아니다. 지나치게 비싸기만 하고 품질은 의심스러운 장신구에 자신의 이름과 머리글자를 휘황찬란하게 박는 디자이너들 그리고/또는 회사들이야 당연히 취향이 후져서 그러는 거다. 이런 사소한 일 때문에 옆길로 새지는 않겠다. 내가 얘기하려는 건 더 심각한 문제들이다. 아르데코를 흉내낸, 중간 크기의 범선 무늬가 반복되는 오픈넥 셔츠. 방수되는 파스텔로 매릴린 먼로의 죽음을 묘사한 청바지. 누군가(이왕이면 둘이서) 깔아놓고 모노폴리게임을 할 수도 있을 듯한 원피스. 조그만 분홍색 동물이 말풍선으로 유아들에게 양치질하라고 알려주는 멜빵바지. 착용자가 불법적인 성적 취향이 있음을 선언하는 티셔츠. 기타 등등.

사진 그리고/또는 글귀가 박힌 옷이 현시대에만 나타난 건 아니지만, 오늘날의 전반적인 사태를 보여주는 불쾌한 지표이긴 하다. 여기서 전반적인 사태란, 옷을 통해 본인의 개성을 표현하도록 장려하는 전반적인 사태를 말한다. 솔직히 말하자면 난 대다수의 사람들이 가장 가까운 수역에 대거 행진해 들어간다 해도 불행해하지 않을 사람이나, 그럴 수는 없으니 다들 적어도 외투를 통해서 얘기하려는 시도만은 멈췄으면 한다. 현실적으로 생각하자. 사람들이 당신 말도 듣고 싶어하지 않는데, 당신 스웨터 말을 듣고 싶어할 이유가 뭐란 말인가?

우리가 옷을 입는 이유는 크게 두 가지다. 첫째, 몸매의 결점을 가리기 위해서. 평균적인 사람이라면 적어도 열일곱 개의 결점 정도는 갖고 있다. 둘째, 귀여워 보이고 싶어서. 적어도 이건 기분좋은 이유다. 깔끔하고 아무 무늬 없는 단색이 다소 심심하다면 줄무늬나 체크무늬 또는—여름이고 소녀라면—작은 물방울무늬로 포인트를 줘도 좋다. 선택지가 너무 적다고 생각하는 사람이 있다면 이 물음에 답해주길 바란다. 만약 인간이 버터 스카치 아이스크림선디 무늬가 박힌 코트를 입고 돌아다니는 게 신의 의도였다면, 왜 신 자신은 검소한 셔츠를 입었을까?

소호
: 예술 씨의 부재

소호는 진짜 있는 장소다. 물리적으로 존재하니 진짜 있는 장소다. 예술 씨는 진짜 사람이 아니다. 물리적으로 존재하지 않으니 진짜 사람이 아니다. 그렇지만 나는 소호를 논함에 있어 예술 씨를 배제하지 않을 것이다. 이러한 문제에서 가장 신뢰하고 마음을 터놓을 수 있는 조언자이자 친구이기 때문이다. 말쑥하고 아담한 예술 씨는 어쩌면 조금은 꼬였다고도 할 수 있다. 태도만으로 그의 모든 특징을 설명할 수는 없다고들 하지만, 여기서 논할 다른 부류들에 비하면 장담컨대 숨통이 탁 트일 만한 반가운 존재다.

소호는 맨해튼 시내의 한 구역으로, 예술 씨와는 눈곱만큼의 공통점도 없다는 사실부터 언급해야겠다. 몇 년 전까지만 해도 소호는 창고 시설과 조명 제조업체가 대부분이었던 모호한 지구였다. 당시엔 소호라고 불리지 않았다. 어떤 이름으로도 불리지 않았다. 스티로폼과 반짝이로 크리스마스트리 장식을 만들거나 총천연색의 신축성 좋은 펠트 장식을 만드는 사람들만 가는 곳이었다. 당신이 이 직업군의 사람들을 어떻게 생각하든 나는 무척 좋은 분들이라고 믿는다. 본인의 선택으로 이런 물건을 만드는 것이 아님은 물론 맨해튼의 애매한 구역을 소호라고 부르고 다니지도 않기 때문이다. 표면상 하우스턴가 남쪽*S*outh of *H*ouston Street이어서 소호라고 부른다고는 하나, 이 이름을 생각해낸 사람이 1967년 당시 한 명 이상의 너무 많은 영국 사진작가들과 어울렸던 사람이란 게 밝혀져도 내겐 전혀 놀랍지 않을 것 같다. 오늘날의 소호가 있기까지는 물론 여러 가지 보기 싫은 것들의 조합 탓도 있지만, 단연 최고봉은 거대 예술의 도래였다. 거대 예술이 등장하기 전까지 화가들은 신이 엄연히 의도한 대로 다락방이나 마구간을 개조해 살면서 합당한 크기의 그림을 그렸다. 합당한 크기의 그림이란 소파 위에 손쉽게 걸 수 있는 크기를 말한다. 소파 위에 손쉽게 걸 수 없는 그림이라면 그 화가는 분명 붓에 비해 꿈이 너무 큰 것이며, 바로 이런 종류의 그림 때문에 예술 씨의 표정이 만성적으로 일그러졌다. 그러나 화가들만이 문제가 아니다. 현대 조각가들, 혹은 예술 씨가 으레 부르는 표현으로 그 쪼다들도 상당 부분 책임을 져야 한다. 진흙과 대리석이 퇴장하고 다 부서진 트레일러트럭이 입장했을 때도 거대 예술은 여전히 남아 있었다.

어느 날, 한 거대 예술가가 약 278제곱미터에 달하는 공간에 설치돼 있던 재봉틀과 천 쪼가리 뭉치를 싹 들어내고, 이곳에 거주하면서 작품 활동도 할 수 있게 화장실과 부엌을 두어야겠다고 마음먹었다. 곧 다른 거대 예술가들도 이 대열에 합류했고, 거대 변호사, 거대 점주, 거대 부자 어린이들까지 합세했다. 이윽고 소호란 것이 생겨났고, 나무마룻바닥, 사람들이 말 거는 화초, 실내 그네, 방대한 규모의 레코드 컬렉션, 등산화, 개념예술가, 비디오아트 모임, 예술 서점, 예술 식료품점, 예술 식당, 예술 바, 예술 갤러리와 홀치기로 날염한 비옷, 마크라메 화분걸이, 아르데코 샐러드 접시를 파는 가게들이 이곳을 제대로 휩쓸었다.

오늘날의 소호가 탄생한 이래, 예술 감상하러 소호에 가자는 전화 한 통 받지 않지 않고 토요일 오후를 무사히 날 수 있는 이들은 뉴욕에서 오직 흑인민족주의 단체들뿐이다. 해당 모임에 속하지 않는 나나 예술 씨로서는, 종종 강경하게 표현해오는 이러한 제안에 굴복한 경우가 극히 드물며, 또 그 드문 경우에서조차 정중한 태도 따위는 갖춘 적이 없다는 사실에 상당한 긍지를 느낀다.

저번주 토요일이 마침 그런 경우였고, 우리가 본 장면을 아래 소개한다.

1번 미술관

아마 전국의 어느 진보적 어린이집에서든 환영받는 교사가 되었을 한 소녀가 그 대신 도자기 흙으로 신발, 장화, 여행가방, 허리띠 등의 가죽제품을 그대로 재현해내는 일에 뛰어들었다. 목표를 이루었음에는 의문의 여지가 없다. 다들 물체를 손끝으로 튕겨보아 그 울리는 소리를 들어야만 본인이 튕긴 것이 가죽이 아닌 도자기 흙이라는 사실을 믿을 수 있었으니 말이다. 물론 "뭘 그렇게까지?"라고 야유를 내뱉으며 장갑에 성냥을 그어 향기 나는 외국산 담배에 불을 붙이는 예술 씨는 모른 척해도 좋다.

2번 미술관

윤리의식 문제로 보이스카우트 입단을 거절당했음이 분명한 한 청년이 반질반질한 참나무 바닥에 돌무더기를 여러 개 배치했다. 그는 이어서 다수의 청소년기 자작나무를 살해해 애매한 원형으로 구부려 벽에 걸었다. 이 모든 게 천 단위를 족히 웃도는 가격에 판매되고 있었다. "우선 이 따위 물건들을 실제로 갖고 싶어한단 게 어떤 건지부터 상상해봐야겠군." 예술 씨가 비꼬며 말했다. "그다음엔 도끼 한 자루와 손수레면 아침나절 동안 혼자 이걸 다 만들고도 화초에 말 걸 시간이 남는단 걸 어째서 깨닫지들 못하는지 상상해보고."

3번 미술관

절친한 친구 사이인 두 소년이 북아프리카로 여행을 떠났다. 그곳에서 컬러사진으로 그릇, 하늘, 파이프, 동물, 물, 그리고 서로를 찍었다. 이들은 광택제를 바른 합판에 붙인 사진 아래 난해하리만치 간결하고 짧은 설명을 적어 알파벳순—A는 재Ash, B는 화창하게 맑은 날Bright sunny day 등—으로 배열했다. 이 결과물을 본 예술 씨가 본인과 주변 사람들에게 신체적 피해를 입히지 못하도록 물리적으로 그를 제재해야 했음을 고백해야겠다.

4번 미술관

마땅한 이유로 영화관에서 외로운 어린 시절을 보낸 누군가가 40년대 영화의 스틸사진을 다량 손에 넣어 배우들의 얼굴을 잘라내고 직접 색을 입혀, 대형으로 인쇄한 할리우드와 라스베이거스 사진엽서에 붙였다. "정도가 지나치군." 정신을 차린 예술 씨가 사납게 말했다. "깡그리 감옥에 넣어버려야지."

5번부터 16번 미술관

주유소, 냉장고, 체리파이 조각, 예술품 수집가, 식당, 59년식 쉐보레 자동차와 지중해풍 식당 가구가 2.5미터×3.5미터 규격에 담겨 있는 극사실주의 표현물.

현재 예술 씨와 나는 흑인민족주의 단체에 가입할 방법을 모색중이다. 그동안 둘 다 전화선을 뽑아두었다.

색깔
: 선을 긋자

색깔에도 당연히 미덕이 없지만은 않다. 모양만으론 충분치 않으니, 일정량의 색을 지녀야 각각의 사물을 분간해낼 수 있는 것이다. 잠깐 쉬려고 담배에 손을 뻗었는데 펜이 잡히는 바람에 몇 시간에 걸쳐 따분한 노동을 이어가야 한다면 곤란할 테니 말이다. 그렇긴 하지만, 단순 구별을 위한 색도에서 도대체 라임색 같은 개념은 어떤 연관이 있다는 건지, 몹시 석연치 않다.

얌전하고, 공손하고, 지나치게 요란 떨지 않는다면, 장담컨대 나도 색깔을 전적으로 거부하진 않는다. 이렇게 확실히 밝히는 이유는, 색깔이 생각을 전달하고 인간성의 비밀을 풀 열쇠를 제공한다고 믿는 최근의 유행 때문이다. 이런 것들이 너무 널리 퍼져버렸고, 나는 빛을 흡수하는 사물의 능력에 휘둘리기를 절대적으로, 또 명백히 거부하는 바다. 의미심장한 색깔이라니, 이보다 더 정떨어질 순 없다. 그야말로 정신

사납고, 부적절하며, 칙칙하기 그지없는 열망으로 점철된 개념이다.

시급한 상황임을 감안하면, 순수한 미적 고찰은 그만큼이나 심각한 철학 오류 문제와 동급으로 연결되어야 한다. 너무 오랫동안 방치해왔다. 진작 찬란한 음색으로 이목을 끌어야 했을 문제다.

원색

가장 뻔뻔하게 남용되는 것이 원색이다. 주요 용의자들은 두 부류로 나뉜다.

첫번째는 그래픽디자이너들이다. 이들은 원색이 기운을 북돋우는 과감한 색깔이라 믿으며, 마음껏 우울해도 되는 공간에까지 이 색깔들을 연거푸 사용함으로써 믿음을 행동으로 실천한다. 실제로 빨강, 노랑, 파랑은 학교와 공항, 암 병동에 이르기까지 너무 광범위하게 사용되었다. 만약 교과서나 여행가방을 소지하지 않은 사람이 이와 같이 꾸며진 장소에 있게 됐을 경우 뛰어내리겠다고 결심한들 과잉행동으로 몰아가서는 안 된다.

두번째는 무슨 원색을 택하는지에 따라 각각 열정의 기운, 어린이의 순수함, 또는 평정심을 전파하고자, 과히 거슬리는 노력을 하는 사람들이다. 물론 여기서 해당 색깔을 알맞게 사용하는 이들은 문제되지 않는다. 혼자 신나서 정신 나가면 될 것을 그마저도 능력이 부족해 남의 정신까지 나가게 하는 이들이 문제다.

빨강

빨강은 불의 색깔이라는 이유로 종종 열정과 연결된다. 이를 진지하게 받아들이는 사람이라면, 세상엔 방화란 것도 존재함을 떠올릴 필요가 있다.

노랑

노란색을 지나치게 사모하는 이들은 어린이의 순수함과 해맑은 낙관주의를 조장하려고 한다. 주의 표지판과 법조인들이 즐겨 쓰는 노트가 이 색깔인 이유와는 전혀 걸맞지 않은 요소들이니, 길을 건널 때는 양쪽을 잘 살피길 바란다.

파랑

물은 차분하고 평화로운 원소이며, 파랑은 물의 색깔이기에 평정심을 상징한다고 한다. 이 색조의 신봉자들을 상대할 땐, 물은 상어가 가장 좋아하는 환경이기도 하며 백이면 백 익사의 원인임을 기억하는 것이 좋겠다.

이차색

이차색—초록, 주황, 보라—은 단지 변주일 뿐이다. 이 색들도 원색과 마찬가지로 각각의 자리가 있으며, 자연에서도 쉽게 찾을 수 있다고 한다.

그럼에도 나는 색깔에 관해서라면 전혀 열의가 생기지 않는다. 색깔이 없다면 이 세상이 무척 단조로워질 거라고 주장하는 이들이 분명 있지만, 한편으로는 적어도 조화를 깨는 일은 없을 거라고 주장하는 이들도 있다.

사운드 오브 뮤직
: 작작 해라

뮤직과 뮤잭*은, 내가 몸소 그 차이를 찾아 나서지 않았을 경우, 오직 철자만 다를 뿐임을 미리 말해두고 싶다. 파블로 카살스†가 우리집 맞은편에서 문을 열어놓고 연습을 하든, 승강기에 갇혀 있는데 천장에서 〈파슬리, 세이지, 로즈메리, 타임〉‡을 떠들어대든 내게는 모두 똑같다. 표현이 거칠다고? 그럴지도. 하지만 현재 우리가 사는 세상이 점잖지만은 않지 않나. 그리고 한때는 현실이었던 이 끝나지 않는 멜로디에 점잖아지지도 않는다.

음악이 자기 분수를 잘 알던 때가 있었다. 지금은 아니다. 이는 음악

---

* Muzak. 주로 탑승객의 불안 해소를 위한 승강기 배경 음악, 식당이나 상점 등에서 재생하는 음악을 제공하던 회사 이름 또는 그 음악.

† 에스파냐 출신의 첼리스트이자 지휘자.

‡ 사이먼 앤드 가펑클이 1966년에 발표한 노래.

의 잘못이 아닐 수도 있다. 나쁜 무리와 어울리면서 상식적인 예의를 잃었을지도 모른다. 이 가능성을 기꺼이 고려할 용의가 있다. 심지어 친히 도와줄 용의도 있다. 음악이 매무새를 가다듬고 사회 주류를 떠날 수 있게 정신을 차리도록 내 역할을 다하고 싶다. 가장 먼저 음악에는 두 종류가 있음을 음악 스스로 이해해야 한다—좋은 음악과 나쁜 음악. 좋은 음악은 내가 듣고 싶은 음악이다. 나쁜 음악은 내가 듣고 싶지 않은 음악이다.

음악이 자신의 오류를 보다 명료하게 볼 수 있도록 다음의 내용을 준비했다. 당신이 음악이고 아래 목록 어딘가에 해당한다면, 당신은 나쁜 음악이다.

1. 다른 사람의 라디오 시계 속 음악

때때로 다른 사람의 집에서 밤을 보내는 날이 있다. 상대는 주로 나보다 합리적인 분야에서 일하기 때문에 특정 시간에 기상해야 한다. 이 상대가 나 모르게 가전제품을 조작해 스티비 원더 노래에 깨는 경우가 종종 있다. 이럴 때 나는 스티비 원더가 날 깨우길 바랐다면 스티비 원더랑 잤을 거라고 알려준다. 그러나 나는 스티비 원더가 날 깨우기를 원치 않고, 그렇기에 신이 자명종을 만드셨다. 내가 옳다는 걸 상대가 깨달을 때도 있다. 아닐 때도 있다. 그래서 신이 여러 상대를 만드셨다.

2. 누군가의 업무용 전화기 보류 버튼 속 음악

나는 그 어떤 상황에서도 보류 버튼을 좋아하지 않는다. 하지만 나는 이성적인 여성이다. 현실을 인정할 수 있다. 사실을 받아들일 수 있다. 받아들일 수 없는 것은 그 음악이다. 음악에 좋은 음악과 나쁜 음악이 있는 것처럼, 보류 버튼에도 좋은 보류 버튼과 나쁜 보류 버튼이 있다. 좋은 보류 버튼은 통화를 조용히 보류하는 버튼이다. 나쁜 보류 버튼은 통화를 음악으로 보류하는 버튼이다. 난 내 통화가 조용히 보류되는 게 좋다. 원래 이게 옳은 방식이다. '영원한 평화를 유지하라'는 신의 의도가 바로 여기 담겼다. '조용히'라고 덧붙였다면 더 좋았을 테지만, 그 정도는 알아들을 줄 아셨던 거다.

3. 길거리 음악

지난 몇 년간 길거리에서 음악을 연주하는 사람의 수가 꾸준히 증가해왔다. 지난 몇 년간 악성질환의 수도 꾸준히 증가해왔다. 이 두 사실이 서로 관련이 있을까? 의문을 자아낸다. 하지만 관련없다 할지라도—앞서 얘기했듯 확신할 순 없다—길거리 음악의 폐해는 분명하다. 최소한 혼란을 주는 것만큼은 확실하기 때문이다. 5번 대로를 걷다가 요한 슈트라우스 왈츠 현악사중주를 듣게 되리라고 예상하는 사람은 없다. 5번 대로를 걷는 사람이라면 자동차 소리를 예상한다. 만약 실제로 5번 대로를 걷다가 요한 슈트라우스 왈츠 현악사중주가 들린다면 5번 대로를 걷는 게 아니라 어쩐지 그 옛날 빈에 왔다는 상상을 하며 착란을 일으킬 가능성이 있다. 혹시라도 그 옛날 빈에 있다는 상상을 하게 되면 그 옛날 빈에선 찰스주르당이 세일하지 않음을 깨닫고 상당히 불쾌해질 확률이 높다. 나는 이러한 이유로 5번 대로를 걸을 때 자동차 소리가 들리길 바란다.

4. 영화음악

뮤지컬 얘기가 아니다. 뮤지컬은 '다수의 음악 포함. 싫으면 보지 말든가'라는 말로 경고를 해주는 영화다. 내가 얘기하는 것은, 이러한 공손함도 없이 아무것도 모르는 이들을 불러들여 원치 않은 음악 세례를 퍼붓고 공격하는 일반 영화들이다. 주요 용의자들은 두 부류로 나뉜다. 흑인 영화와 50년대를 배경으로 한 영화다. 이 두 종류의 영화는 모두 똑같은 착각을 앓고 있다. 영화는 영화여야 함을 모른다. 이 부류는 영화란 사진을 곁들인 음반이라고 생각하며, 신이 음반에 사진을 넣고 싶었다면 텔레비전은 발명하지도 않았으리란 것을 이해하지 못했다.

5. 식당, 슈퍼마켓, 호텔 로비, 공항 등 공공장소 속 음악

음악을 들으러 위에 언급된 장소에 가는 게 아니다. 각 장소의 목적에 합당한 이유로 가는 것이다. 보스턴행 비행기를 기다리는 동안 〈칼잡이 맥〉*을 듣는 일에 내가 느끼는 흥미는, 샌즈호텔의 전망 좋은 곳에 앉은 사람이 열여섯 가지 코티지치즈 중 하나를 골라야 하는 상황에서 느끼는 흥미 정도만도 못하다. 모든 일이 한꺼번에 일어나도록 할 의도였다면 신께서 탁상달력을 만드셨을 리 없다.

맺는말

어떤 이들은 혼잣말한다. 어떤 이들은 혼자 노래한다. 둘 중 한쪽이 더 낫다고 할 수 있을까? 신께서는 모든 인간을 동등하게 만들지 않으셨나? 그렇다, 신께서는 모두를 동등하게 만드셨다. 오직 일부에게만 그들만의 언어를 만들 능력을 주셨을 뿐.

---

* Mack the Knife. 1928년 베르톨트 브레히트와 쿠르트 바일이 독일에서 처음 발표한 후 1950년대부터 미국에서 여러 가수를 거치며 인기를 끈 노래.

죽음을 그리는 손

이 시대에 보다 주목해야 할 흐름으로는 아마 인질극을 수반한 건물 점유를 꼽을 수 있겠다. 이러한 행위의 주범들은 정치 보복과 사회 불의, 그리고 텔레비전에 자기가 어떻게 나올지 너무 보고 싶은 열망에 자극받은 경우가 대부분이다. 무모하고 의욕적인 대담한 족속으로, 방송 분량 균등 할당제*의 진정한 수혜자다.

뉴스에서 꾸준히 보도되기는 하지만, 예술계에서는 이런 사건이 대개 무시되었다. 시각적 영향력이 부족하니 예술계와는 동떨어진 일로 생각해 별로 개의치 않았던 것이다. 그러나 과감한 지엽적 색깔과 강렬한 인상의 공간 장악력으로 예술계를 뒤흔드는 사건들이 거듭 발생해,

* 방송국에서 특정 정당에 광고 시간 등을 할애할 경우 반대 진영에도 비슷한 방송 시간을 주어야 한다는 미국의 보도 규칙.

이 안일함은 가차없이 산산조각나고 말았다.

사건 번호 1—"무제" (휴지 쪼가리에 휘발유)

무리에서 추방된 입체파 작가 몇몇이 워싱턴 D. C. 국회의사당의 돔 구역을 점령하곤 도시 전체를 기본 도형으로 해체하지 않으면 불을 지르겠다고 협박했다. 세 명의 악사를 인질로 잡은 이들은 요구를 들어주지 않을 시 바이올리니스트에게 총을 겨누고, 이 무리를 이끄는 브라크 X의 말을 그대로 옮기자면, "불타는 돔을 바라보며 연주하게" 하겠다고 언론에 공표했다.

위기에 빠진 정부 관료들은 이 같은 비극을 피하고자 밤새 논의를 했고, 다음날 아침 평화적 합의를 중재할 추상표현주의 예술가 한 명을 파견해 협상에 돌입했다. 이 추상표현주의 예술가는 오랫동안 대중의 눈을 속여온 교묘한 인사로, 협상에 꽤 진척을 보이는 듯했으나 주제를 보는 통찰력이 없다는 브라크 X의 비난에 부딪혔다. 이 때문에 몇 시간가량 난항을 겪었으나, 입체파를 제거하고픈 마음으로 똘똘 뭉친 추상표현주의 예술가는 이 말도 안 되는 계획을 포기하면 무사히 빠져나가게 해주겠다는 약속으로 마침내 브라크 X를 진정시키는 데 성공했다. 궁지에 몰렸음을 깨달은 브라크 X는 이 제안을 받아들였고, 입체파는 면과 각을 유지하며 예술사 속의 그들 자리로 다시 이송되었다.

하지만 경찰은 이 결과에 만족하지 못했고, 작전 지휘 담당은 한 인터뷰에서 날이 선 듯 날카로운 목소리로 이렇게 말했다. "다섯 살 먹은 우리 딸도 저것보단 잘할 겁니다." 이 발언은 대중의 상상력을 사로잡아 이내 자경단이 결성되었다. 그날 밤 늦은 시각, 총살 집행대에 색출되어 컬러필드 한복판에 세워진 추상표현주의 예술가는 이들이 흩뿌리는 총알에 화를 당하며 변덕스러운 취향의 또다른 희생자가 되고 말았다.

사건 번호 2—"기관단총을 든 소녀"

'겨냥하는 여성'으로 알려진 페미니스트 단체가 남성 재현예술가들을 인질로 잡고 왜 여성을 그릴 때 가슴을 그렸는지 설명하라고 요구했다. 남자들은 여성에겐 가슴이 있으니 가슴 있는 여성을 그렸다고 답하면서 틀에 박히길 두려워한다고 페미니스트들을 비난했다. 타당성을 즉시 간파한 여성들은 심심한 사과를 전하며 청색 시기라 깊은 우울감에 빠져 있었다고 해명했다.

사건 번호 3—"형태는 기능을 따른다"*

'바우하우스 폭파단'으로 알려진 혁명 테러 조직이 피사의 사탑을 폭파해 죽음의 기계로 만들겠다고 협박하자, 온 세계의 이목이 이탈리아의 어느 작은 마을에 집중되었다. 바우하우스 폭파단은 어수선함을 피

---

* 건축가 루이스 헨리 설리번의 말.

하고자 인질은 잡지 않았지만, 대신 목적을 달성할 때까지 매시 정각에 오로지 장식 목적으로만 제작된 물건을 하나씩 처분할 것을 요구했다. 그 목적이 무엇인지는 알려주지 않았다. 작업중인 다른 테러 집단이 없다는 증거 없이는 비밀로 유지하겠다고 고집했기 때문이다. 이 역사적 건물을 잃을지도 모른다는 두려움에 당국에서는 전적으로 이들의 요구에 동의했다. 수많은 트럭에 실린 자질구레한 장식품이 마을 광장에 도착했다. 폭파단의 지휘 아래 수많은 도자기 인형, 기발한 벽 장식, 쓸데없는 화병 등이 미지의 목적을 위해 희생되었다.

시간이 흘러도 테러리스트들은 범행 목적을 밝히길 거부했다. 군중의 불안감은 나날이 더해갔고 폭동이 일어날 조짐이 보이자 경찰은 마침내 행동계획을 수립했다. 한 요원이 녹슨 듯한 갈색에 골이 넓은 코듀로이 팬츠와 검정 터틀넥스웨터를 입고 폭파단 내부로 잠입하는 데 성공했다. 오래지 않아 도착한 정찰 보고에 따르면 이들의 무기는 경찰이 상상한 것과는 달리 지나치게 부족해 보이는 폭탄 하나뿐이었다. 폭파단의 무장 상태가 최소한에 불과하다는 사실에 깜짝 놀란 경찰은 이렇게 어리석은 행동을 한 이유가 무엇인지 잠입 요원에게 질문했다. 사탑 안에서 오랜 시간을 보낸 그는 그저 태연한 눈빛으로 이렇게 말했다. "적을수록 좋으니까요."*

마음이 놓인 경찰은 건물 안으로 진입해 적들을 쉽게 소탕했다. 연행된 바우하우스 폭파단은 그들의 목적은 정당했노라는 입장을 맹렬

* Less is more. 건축가 미스 반데어로에의 구호.

히 고수하며 자유롭게 발언했다. 그저 피사의 사탑을 바로잡고 싶었을 뿐이라고 했다. 왜 이렇게 극단적인 방법을 택했는지 묻는 질문에는 "이제 다신 안 합니다!"라고 외쳤다. 그리고 기울고 있는 이 건물을 향해 반박할 수 없는 최후의 직격탄을 날렸다. 피사의 사탑은 예전에도 그랬듯 앞으로도 계속해서 뻔뻔하게 비대칭일 것이라고.

사건 번호 4—"감초 먹는 안락의자와 토스터"

'현대미술관MOMA'이라고 알려진 작지만 조화롭지 않은 한 무리의 다다 추종자들이 모두 바지를 떨쳐입고 시카고 외곽으로 떨쳐나섰다. 이들은 법에 좀더 흥미로운 병치를 추가할 것을 대통령에게 요구했다. 대통령이 답하기도 전에 어느 유명한 소비자 권익옹호 변호사가 찻잔에 멸종위기종의 생가죽을 덧댄 혐의로 현대미술관 무리를 고소했다.* 상원 위원회에 소환된 다다이스트들은 앞으로는 인조 모피만 사용하거나 아예 사용하지 않겠다고 합의하도록 종용당했다. 현대미술관 구성원들은 못 박힌 다리미†가 의도했던 본래의 재치가 이미 합성섬유 때문에 급격히 빛을 잃게 되었다며 이러한 규제에 고개를 쳐들고 불만을 표했다. 돌이켜보니 상원의 규제는 다다이스트들에게 박물관에 전시될 만한 그들만의 양식이 생겼음을 깨닫게 하는 전화위복이었다. 이

* 스위스 초현실주의 미술가 메레 오펜하임의 작품 〈모피로 덮인 찻잔〉(1936)을 암시하는 설명.

† 미국의 다다이스트 만 레이의 작품 〈선물〉(1921)을 암시하는 설명.

에 따라 이들의 사기가 진작되었고 다들 호탕하게 웃으며 일은 마무리 되었다.

사건 번호 5—“　　　　”

공포를 자아내는 수(둘)의 개념예술가들이 맨해튼 시내를 점거했고, 아무도 이를 알아차리지 못하자 어쩔 수 없이 북쪽으로 자리를 옮겼다. 그곳에서 그들은 168개의 비디오테이프를 인질로 잡고 있음을 알리는 형태로 돌멩이를 나열했고, 사람들이 이 짓을 관심받아 마땅한 일로 상상해주길 요구했다. 어떠한 반응의 기미도 없자 이들은 성공을 마음 깊이 자축하며 이 행위를 끝도 없이 반복했다.

문자

LETTERS

문자

현재 문자세계에 만연한 양상으로 말미암아, 이제는 책 때문에 어린 소녀가 인생을 망칠 수도 있게 됐다. 사실, 현재 문자세계에 만연한 양상으로 말미암아, 이제는 책 때문에 어린 소년이 인생을 망칠 수도 있게 됐다.

물론 책만 위험한 건 아니다. 이제는 잡지도 길이가 더 짧을 때만 책보다 안전한 지경이 됐다. 하지만 잡지에서 책으로 이어지는 경우가 너무나도 잦으니, 신중한 이들이라면 이를 문학의 격한 애무로 여겨야 할 것이다.

이는 관련된 모든 사람이 염두에 두어야 할 내용이며, 보다 덜 위험한 간행물 환경을 조성할 목적으로 파멸을 초래하는 읽기 그리고/또는 쓰기를 피할 수 있게 다음과 같은 조언을 제시한다.

여성 서적

의대에 진학해 산부인과를 전공하라. 오래지 않아 환상이 깨지면서 여성 성기의 문학적 가능성은 다소 과장된 감이 있음을 깨달을 것이다.

*

여자에게도 남자와 동등한 선택권이 주어져야 한다고 주장하는 여자라면 건장하고 과묵한 유형이 되는 선택을 고려하는 것이 좋겠다.

*

고등학교 때 인기가 없었다는 것이 책을 낼 사유는 아니다.

*

고등학교 때 인기가 많았다면 거기서 만족해야 한다. 이 경험을 독자들과 나누지는 마라.

*

당신의 성적 환상이 정말로 남들까지 관심 가질 일이라면, 그건 더 이상 환상이 아니다.

*

문학 애호가라면 그 어떤 셰익스피어 작품에도 **적극적 자기주장**이라는 표현이 단 한 번도 등장하지 않음을 알아두는 것이 좋겠다.

*

아직 몇몇 주제는 식탁에서 다루기에 부적절하며, 식사하는 동안 책을 읽는 사람도 많다는 것을 명심하기 바란다.

시

자살을 숙고해온 경력만으로도 시인의 자질을 보여주는 증거가 충분하다고 생각한다면, 말보다는 행동이 더 중요함을 상기하길 바란다.

*

일반적으로, 번뜩 스치는 통찰을 붙들어매두려는 행위는 비인간적이다.

*

공짜 점심free lunch*이란 대공황기Depression에 술집 주인들이 생각해낸 방법이다. 자유시free verse 또한 주로 우울depression할 때 탄생한다. 당신에게 이런 일이 생긴다면 술을 마심으로써 그 싹을 잘라내도록 해보자.

*

만약 로스앤젤레스의 한 중고차 시장에서 일몰을 바라보던 중 문득 이 광경과 인류의 숙명에 유사성이 있다는 생각이 든다면, 절대, 그 어떤 상황에서라도 이를 글로 쓰지 마라.

특별한 관심사를 다룬 잡지

여자라는 상태는 성전환을 꿈꾸는 남자에게만 특별한 관심사다. 진

* 더 많은 술을 팔려고 서비스로 차려낸 간단한 식사.

짜 여자들에겐 풋볼을 안 해도 되는 좋은 핑계일 뿐이다.

*

특별한 관심사를 다루는 잡지사에서 광고와 구독자 유치로 이윤이 날 정도라면, 그 관심사가 그리 특별하지 않음을 깨달아야 한다.

*

뉴욕에서 가장 좋은 솜털 이불이나 가장 맛있는 탄두리치킨 요리에 관한 정보를 교환하는 일은, 어린이와 지식인의 순수함이 더럽혀지지 않도록 성적자기결정권을 행사할 수 있는 성인들의 사적 대화에서만 허용해야 한다.

*

중장비와의 성행위는 특별한 관심사가 아니다. 성격적 결함이다.

자기 개발서

현실화라는 단어는 없다. 내면화라는 단어도 없다. 이 영역에서 화로 끝나는 단어가 적절한 경우는 변화뿐이다.

*

욕조에서 탄생 당시를 되새김으로써 정신 건강을 도모할 수 있는 경우는, 애초에 가능하다 해도 드물다.

*

이 세상에서 성공하고 싶다면 책이 아닌 변호사를 알아보라.

*

부와 권력은 독서보다는 혈통으로 얻어질 확률이 훨씬 높다.

*

때때로 한 사람의 성격이 표정에 드러나기도 하지만 그리 믿을 것은 못 된다. 이러한 가능성이 발생하기 한참 전에 표정이 먼저 성격을 드러내기 때문이다.

글쓰기
: 평생의 업

흔히 상상하는 것과 달리, 글로 먹고사는 일에도 단점이 전혀 없지는 않다. 그중 제일은 실제로 앉아서 글을 쓰라는 불쾌한 요구를 자주 받는다는 점이다. 이 직업에만 국한된 요구이기에 작가는 지금도, 앞으로도 영원히 남들과는 다른 삶을 살 것을 거듭 인식하게 되니 심기가 불편해진다. 업종 특성상 워낙 유쾌하지 않고, 공정하지 않으며, 일반인들에게 낯설기까지 하니, 현실 세상에서 작가란 언어 세상에서의 에스페란토와 같다고 하겠다. 재밌지만 그다지 재밌지는 않은 존재. 상황이 이렇다보니, 관련된 모든 이들이 작가의 이질성은 선천적임을 받아들이고, 작가는 맹인 나라의 애꾸눈이며 본인도 이 사실을 그리 달가워하지 않는다는 것을 모두가 단호히 인정할 때가 되었다고 느낀다.

이에 따라 우리에게 꼭 필요한 연민을 불러일으키길 바라는 마음으로 다음의 내용을 마련했다. 1번부터 5번까지는 부모들, 뒤따르는 설명은 피학 성향이 있는 이들을 위한 설명이다. 그 반대일 수도 있다.

내 아이가 작가인지 확인하는 방법

아래 중 하나 또는 그 이상에 해당할 경우 당신의 아이는 작가다. 솔직하게 임하길 권한다. 아무리 외면한들 암울한 현실이 달라지진 않는다.

1. 출산 전

A. 낮에는 산만해서 태아가 일을 못하니 밤에 입덧을 한다.

B. 전화응답과 타이핑 서비스를 향한 욕구가 강해진다.

C. 담당의가 복부에 청진기를 대면 변명이 들린다.

2. **출산**

A. 결말 때문에 몹시 고민이 많았기에 최소 삼 주는 늦게 나온다.

B. 아기가 모든 일을 마지막 순간까지 미루고 더 흥미로운 배열로 발가락을 기르느라 말도 안 되는 시간을 소비하는 탓에, 진통을 스물일곱 시간이나 겪어야 한다.

C. 의사가 때리는 손길에도 아기가 전혀 놀라지 않는다.

D. 쌍둥이는 너무 뻔하다고 아기가 거부해서 틀림없이 혼자 태어날 것이다.

3. 영아기

A. 아기가 젖과 젖병을 모두 거부하고 끊을 준비를 하며 레몬 넣은 페리에만 마신다.

B. 태어난 직후부터 밤새 깨지 않고 잔다. 낮에도 깨지 않고 잔다.

C. 생후 약 나흘 뒤 뱉는 첫 단어는 '다음주'다.

D. 젖니가 난다는 핑계로 옹알이하는 법을 배우지 않는다.

E. 엄지는 너무 식상하다는 믿음이 확고해 검지를 빤다.

4. 유아기

A. 곰 인형은 독창성이 없다며 거부한다.

B. 알파벳 블록을 다른 사람들의 이름을 놀리는 데 써먹는다.

C. 외롭다고 느끼면 엄마에게 동생 대신 수제자를 낳아달라고 조른다.

D. 세 살이 되면 자신을 삼부작으로 여긴다.

E. 엄마는 편집이 과하다는 반발을 살지 모른다는 두려움에 거실 벽에 붙인 아이의 크레용 작품을 떼지 못한다.

F. 잠자리에서 책을 읽어주면 문체를 비꼬는 발언을 한다.

5. 아동기

A. 일곱 살이 되면 개명을 고려한다. 성전환도 고려한다.

B. 자기 이름을 못 들어본 아이들이 있을 걸 알기에 여름 캠프 참가를 내켜하지 않는다.

C. 교사에게 숙제를 하다가 막혀서 다 못 했다고 한다.

D. 절대 쓸 일이 없다는 걸 알기 때문에 친근한 안부 편지 쓰는 법을 배우기를 거절한다.

E. 영화 판권 계약을 염두에 두고 '내가 여름방학에 한 일'이라는 작문 제목을 훨씬 간단하게 '방학'으로 바꾸자고 고집부린다.

F. 뼛속 깊이 건강염려증이어서 수두 증세가 나병이라고 확신한다.

G. 핼러윈에는 해럴드 액턴*으로 분장하고 사탕을 받으러 나간다.

이 불행한 어린이가 사춘기에 접어들 무렵이면 작가라는 운명을 극복하고—납치 피해자라든가 하는—더 이목을 끄는 무언가가 될 리는 이미 없다고 봐야 한다. 그렇다면 청소년기라는 어려운 시기를 맞이한 이 아이가 호의적인 환경에서 적절한 교육을 받도록 하는 것이 관건이다. 이러한 이유로 이 청소년 작가가 그의 딜레마에 맞춘 교육을 제공하는 학교인 쓰자고등학교에서 수학할 것을 강력히 추천한다. 쓰자고에는 같은 부류의 학생들이 모인다. 감사해할 줄 모르는 것들 말이다. 과목은 학생의 필요에 따라 다양하게 개설된다. 애초부터 글러먹기, 로스앤젤레스 피하고 또 피하기, 각성 보충학습, 잡지 편집자: 이유는?, 교묘한 문장 쓰기 고급과정. 모든 수업은 차라리 학생이 되고픈 시기심 많은 교사들이 담당한다. 교과 외 과정도 다양하다(예를 들면 학생

* 이탈리아 출신의 영국 소설가이자 미학자, 딜레탕트. 중국을 여행했던 그는 종종 정장 대신 중국 전통 의상을 입곤 했다.

들이 벌목꾼, 도박 사기꾼, 양치기, 성인물 제작자 등 다채로운 임시직의 기본기를 재미있게 습득할 수 있는 책날개 약력 읽기 동호회가 있다). 화술 동호회인 '비유회'는 그 영향력도 대단하다. 우등생들끼리 열띤 논쟁도 벌이고, 사랑스러운 마스코트 재닛 플래너*는 모두에게 인기가 높다.

학생 연감—<경멸>—이 졸업식에 맞춰 완성되는 일은 드물지만, 그래도 쓰자고에서의 학창 시절을 담은 소중한 추억의 징표다. 야심 가득한 비만 여성이 관리하는 학교 식당은 어처구니없이 부풀린 가격에 변변찮은 이탈리아 음식을 제공한다. 매주 강당에서 열리는 학생 회의인 '비숫회'는 학교의 기상을 드높인다. 다른 학생들에 비해 뒤처지는 이른바 '유령'들은 과외지도도 받을 수 있다. 졸업 혹은 퇴학(토크쇼에서 풀기 좋은 일화가 되므로 상업적 성공을 노리는 학생들은 퇴학을 상으로 여겨 더 선호한다)과 함께 세상에 발자취를 남길 준비가 된 작가가 탄생한다.

모든 작가의 말로는 똑같으니 이다음 단계나 실제 작가의 삶을 더 자세히 다룰 필요는 없다. 결국 죽거나 노작가 요양원 신세가 된다. 장래에 이러한 시설에 들어가게 되리라는 생각은 모든 작가를 두려움에 떨게 하는데, 여기엔 그만한 이유가 있다. 노작가에게 부정적 비평 기사를 슬쩍 찔러주는 가학적 관행이 만연해, 부족한 찬사로 사망한 피해

* 파리 좌안에서 활동한 당대 신진 예술가들을 예리한 묘사와 재치 있는 비유법으로 소개하는 칼럼을 『뉴요커』에 오랫동안 연재했다.

자가 한둘이 아니라는 사실이 최근 밝혀져 물의를 빚었기 때문이다.

애석하게도 아름다운 그림은 아니지만 그리 정확한 그림도 아니다. 하지만 이 말에 고무되진 말도록. 아닌 걸 모아봤자 쓸 데도 없다.

숨가쁜 추적

최근 『뉴욕 포스트』에 로스앤젤레스 지역에서 수천 명의 소년을 상대로 성 학대 및 성 착취가 행해졌다는 기사가 실렸다. 확인된 사실은 거의 없지만 경찰에서 추산한 바는 다음과 같다.

> 로스앤젤레스 지역에서 성적으로 착취당하는 14세 미만 소년은 3000명 이상이다.
>
> 이 지역 성인 남성 최소 2000명 이상이 14세 미만 소년에게 지대한 관심을 보인다.
>
> 약 1만 5000명의 성인 남성에게 성적으로 이용당하는 14세에서 17세 사이의 청소년은 2만 5000명 이상이다.

추정에 불과한 목록에 이렇게 큰 숫자가 나타나니 물론 놀랍기도 했고, 대체 이런 수치가 어디서 나왔는지 궁금해졌다. 경찰이 실제로 돌아다니면서 숫자를 세는 모습은 상상하기 어려운 관계로 그 대신 다음을 상상해보았다.

밝히는 색 연구

내 친구 셜록 홈스앤드가든스*와 함께했던 흥미진진하고도 고된 수많은 모험을 돌이켜보면, '밝히는 색 연구'라고 부르고픈 일화보다 더 당혹스러운(혹은 더 재미있는) 일은 떠오르지 않는다. 물론 '1966년 돔 페리뇽 사건'도 나름의 고난이 있었고, '배스커빌 가문의 아프간하운드'도 결코 쉽지 않았으며, '베이커가街 극한 특공대'도 식은 죽 먹기는 아니었지만, 내가 이제부터 할 이야기에 비하면 아무것도 아니다.

우선 내 소개부터 하겠다. 나는 존 왓슨 박사다. 하지만 홈스앤드가든스는 종종 '친구여'라고만 부른다. 이스트 60번대 거리(홀스턴 바로 근처)에 작은 진료실을 차린 정식 의사로, 의사로서의 본업과 홈스앤드가든스와의 협업을 통해 '존 왓슨 박사라면 시체가 어디 묻혔는지 정확히 알 것'이라는 인정을 받아 인기가 무척 많다고 할 수 있다. 물론

---

* 셜록 홈스와 1922년 창간된 가정 월간지 〈Better Homes and Gardens〉를 패러디한 이름으로, 이하 홈스 시리즈 제목 역시 패러디한 것이다. 일례로 '밝히는 색 연구A Study in Harlots'는 홈스 시리즈의 첫 작품 「주홍색 연구A Study in Scarlet」를 변주한 것.

홈스앤드가든스와 내가 수년간 베이커가 221-B번지에 거주했던 것이 사실이나, 파운드화의 급락과 터무니없는 세금 때문에 믹과 리즈를 비롯한 우리 친구들도 그랬듯 런던을 떠나야 했다. 우리는 맨해튼의 파크가와 매디슨가 사이(홀스턴 바로 근처)의 환상적인 위치에 거처를 마련했고, 우리 이야기는 여기서부터 시작이다.

12월 초 어느 날의 기분좋은 아침 열한시경, 나는 우아하게 꾸민 복층 펜트하우스의 계단을 따라 아래층으로 내려갔다. 나보다 일찍 일어나는 홈스앤드가든스는 이미 아침식사를 마치고 다마스크 천으로 덧싼 고풍스러운 레카미에 의자에 누워 눈을 감고 있었다. 최근 알게 된 무척 매력적인 청년 에드워드가 홈스앤드가든스의 바이올린을 대신 연주하고 있었다. 홈스앤드가든스도 예전에는 자신의 바이올린을 직접 연주했지만 그건 우리가 성공하기 전의 이야기다. 홈스앤드가든스는 나른하게 손을 뻗어 인사했다. 손목 주변으로 고급스러운 재단의 생로랑 실크셔츠 소매가 기품 있게 접혀 있었다. 홈스앤드가든스가 말했다. “왓슨, 친구여. 빌 블래스의 새로운 시트 컬렉션을 축하하는 칵테일파티를 시작으로 패션계 유명인들과 펄에서 저녁식사를 한 뒤 일레인에서는 유명 작가와 브랜디를 마시고, 레진으로 옮겨 어느 유명인의 여식과 춤추고 난 후 다시 시내에서 낯선 사람과 또 한번 춤추며 긴 저녁을 보내서 그런지 조금 지쳐 보이는군.” 나는 루이 16세식 암체어에 몸을 떨구며 의문에 찬 눈으로 홈스앤드가든스를 바라보았다. 오랜 세월 함께 지냈으나 그의 탁월한 추리력은 매번 감탄을 자아냈다. “어떻게 알았지?” 평정을 되찾자마자 그에게 물었다. “어제 자네가 『루오모 보그』 촬영 때문에 바빠서 종일 마주치지도 못했고 내 일과를 말할 기회도 없었는데." "이 정도는 기본이지, 친구여. 처음 행사 네 개는 오늘 아침 『워먼스 웨어 데일리』에서 읽었고, 마지막은 자네가 입은 암청색 재키로저스 외투가 눈부시게 흰 그 비옐라 스웨터 위로 평소보다 부드럽게 떨어지는 것으로 보아, 다소 구하기 힘든 제품인 자네의 펜디 지갑이 없다는 걸 암시하잖나." 나의 손은 다급히 외투 안주머니로 향했지만 헛된 짓임을 알고 있었다. 홈스앤드가든스는 절대 틀리는 법이 없었다. "저런, 저런. 왓슨, 친구여. 그렇다고 초조해할 것 없어. 순간의 쾌락과 맞바꾸기에 지갑이 아깝긴 해도, 내 이야기를 들으면 그 손해를 잊을 수 있을걸세. 오늘 아침 '한정판'이 메시지를 남겨 몹시 민감한 문제에 내 도움이 필요하니 가장 빠른 비행기를 타고 로스앤젤레스로 와달라더군."

한정판은 흥미로운 친구였다. 조상을 상당히 숭배하는 경향(타인의 조상. 본인에겐 이렇다 할 조상이 없다)이 있긴 해도 홈스앤드가든스의 오랜 지인이었다. 그와 로스앤젤레스경찰서의 관계는 공식적 업무 관계는 아니었다. 그는 사법경찰관도 아니었고, 범죄 해결 열성팬도 아니었다. 정말 솔직히 말하자면 제복에 대한 유별난 사랑꾼이었을 뿐. 그의 결점이 무엇이든 한정판은 법의 옳은 편에 서 있는 인물이었고, 과거에도 홈스앤드가든스의 도움을 받은 적이 있었다.

"짐을 꾸리도록 해, 친구여." 홈스앤드가든스가 코카인 병에 손을 뻗으며 말했다. "몇 줄만 빨고 즉시 출발하자고." 나는 재빨리 서둘렀고 곧 747 여객기의 일등석에 편안히 앉아 있었다. 몸매에 맞지 않는 바지

정장을 입은 젊은 여성이 음료 주문을 받으러 왔다. 이 여성을 유심히, 그러나 괄시하는 눈빛으로 바라보던 홈스앤드가든스가 말했다. "스톨리치나야 보드카 스트레이트. 홍보 책임자 만나러 가기 전에 마신 위스키 사워 다섯 잔과 3번 대로 근처 이스트 70번대 거리에 있는 그 사람 집에서 나오면서 마주친 영업부장과 피운 다량의 싸구려 대마초 때문에 힘들어하는 게 눈이 보이는군." 승무원은 믿을 수 없다는 듯 숨도 제대로 못 쉬면서 더듬더듬 말을 이어갔다. "손님, 그걸 어떻게…… 어떻게……?"

"기본이지." 그는 태연히 말했다. "승무원들은 다 똑같아."

나는 감탄하며 혀를 내둘렀다. 홈스앤드가든스는 몸을 돌려 내게 말했다. "자, 친구여. 상황을 관찰하는 나를 관찰할 준비를 할 수 있게 한정판이 해준 얘기를 해주지. 로스앤젤레스 경찰의 한 경감이, 누굴 말하는지 알겠지만, 미성년자 동성 성행위 추문과 관련된 이들의 숫자를 어림잡아 언론에 전달하고 있는 모양이야. 한정판 생각에는(그럴 만한 이유도 있어) 상황이 과장된 듯하다더군. 그 경감 허풍 심한 거 알잖나. 그래서 더욱 심도 있게 이 문제를 조사해달라고 내게 부탁한 거야. 숫자라면 또 내 명성이 워낙 자자하니까." "그렇고말고." 나도 동의했다. "적임자를 제대로 골랐군." 홈스앤드가든스는 파이프에 불을 붙였고 나는 자리에 기대앉아 잡지를 읽었다. 영화가 시작도 하기 전에 홈스앤드가든스가 결말을 말해버려서("지난주에 시사회에서 봤거든" 하며 의기양양하게 내게 말했다) 앙심을 품은 일부 승객들이 벌인 사소한 난동을 제외하면 도착할 때까지 무난한 비행이었다. 소동도 곧 진정되었고,

목적지에 예정대로 도착했다.

한정판이 꼭 맞춘 듯한 차와 기사를 보내 호텔까지 쾌적하게 이동할 수 있었다. 베벌리힐스호텔은 최근 몇 년간 그 고유한 매력을 다소 잃었지만, 홈스앤드가든스는 이곳의 호출 서비스에 상당한 애착이 있고 나는 그 특유의 분홍 메모지라면 사족을 못 쓴다.

우리가 방갈로(홀스턴에서는 꽤 멀지만 본관 바로 근처)에 자리를 잡자마자 한정판이 나타났다. "나의 셜, 나의 친구여." 우리를 뛸 듯이 반기며 양쪽 뺨에 입을 맞추고 말했다. "당장 나와 함께 출발하자고. 더는 경감을 두고 봐줄 수가 없거든. 수치가 나날이 부푸는데다 믿을 만한 소식통에 따르면 곧 로나 배럿에게까지 전화할 기세라던걸."

"저런, 저런, 한정판." 홈스앤드가든스가 잘라 말했다. "물론 그런 일이 있어서는 안 되지. 하지만 그 전화를 로나가 받아주기는 할 것 같은가?" 이 말에 모두 동의했고 나는 홈스앤드가든스의 예리한 지각에 또 한번 감탄했다.

우리 셋은 함께 차에 올랐다. 홈스앤드가든스는 좀더 또렷이 보기 위해서라며 조수석에 앉기를 택했으나 그가 또렷이 보려는 것 중엔 카페오레색 피부가 멋진, 한정판의 기사 후안이 빠지지 않았으리라고 짐작한다. 어쨌든 홈스앤드가든스의 관심사는 다양하니까.

우리는 여러 지역을 대대적으로 두루 둘러보았다. 홈스앤드가든스가 무엇 하나 빼놓지 않고 살펴보느라 여념이 없는 동안, 한정판이 유명 연예인들의 집을 알려주었다. 조사를 마친 후에는 다 같이 미스터차우 중식당으로 향했고, 열렬한 환대를 받았다.

한정판과 나는 기대에 찬 눈빛으로 홈스앤드가든스를 바라보았으나, 그는 그저 우리의 눈길을 피하기만 했다. 처음으로 내 룸메이트에게 약간의 의심이 들며 마음이 무거워졌다고 고백해야겠다. 그러나 홈스앤드가든스가 즉시 웃음을 띠며 이렇게 말해 기분이 풀어졌다. "저기 봐, 라이자야. 정말 멋진걸." 나는 몸을 돌렸고 우리 쪽으로 반갑게 손을 흔드는 유명 연예인의 모습을 보고 기뻤다. 서로 고개인사를 나눈 후 다시 홈스앤드가든스에게 집중했고, 그제야 홈스앤드가든스는 우리에게 말할 준비가 된 듯했다.

"정말이지 퍽 간단한 문제야. 실은 몇 년 전 언젠가 프레타포르테 패션쇼에서 발생했던 메이크업 아티스트 실종 사건이 떠오르기도 해. 메이크업 아티스트 한 명이 사라졌다는 건 모두 알고 있었어. 하지만 그게 누구인지는 몰랐단 말이야. 다들 상상할 수 있다시피, 모두 초조함에 떨고 있던 그때 내가 이런 제안을 했지. 모델들 얼굴을 자세히 살펴본 후 참담할 정도로 광대뼈 윤곽을 살리지 못한 화장을 찾아 그 담당자가 누구였는지 알아내면 사라진 아티스트의 이름이 밝혀질 거라고. 그때부터 사라진 젊은이를 발견하기까지 걸린 시간은 찰나에 불과했지. 자, 지금 우리 손에 놓인 사건은 말이지, 관련 지역이 최고급 동네가 아니어서 무척 운이 좋다고 해야겠어. 예를 들어 벨에어 같은 곳에서 발생한 사건이었다면 가사를 돕는 인력이 무척 많았을 테니 문제가 되었을 거야. 그렇지만 브렌트우드 등지와 관련한 일이니 내 역할도 크게 필요없었어. 이미 눈치챘는지 모르지만, 친구들이여, 난 주변 경관을 무척 주의깊게 관찰했고 정확히 내가 예상했던 것을 봤어. 형편없는 손질을 필요로 하는 웃자란 잔디밭이 아주 많았지. 또한 며칠이나 쓰레기를 내놓지 않은 집도 많았고 신문 배달이 끊긴 지도 꽤 됐다는 걸 알아챌 수 있었어. 이렇게 많은 집안일과 시간제 노동이 행해지지 않은 이유는 하나, 딱 하나뿐이야. 이 지역은 미성년자 소년 부족 문제를 겪고 있었어. 단지 방치된 작업량을 세보았을 뿐이고, 이제 집계된 정확한 수치를 알려주지.

로스앤젤레스 지역에서 성적으로 착취당하는 14세 미만 어린이는 1582명이다. 정확히는 1584명이지만 그중 둘은 영화배우여서 애석하게도 불법이 아니다.

이 지역 성인 남성 최소 1만 명이 14세 미만 소년을 졸졸 따라다니지만, 실제로는 1183명만이 성공한다.

약 1만 4000명의 성인 남성이 성적으로 이용해먹는 14세에서 17세 사이의 청소년은 8000명(고를 여지도 별로 없을 듯)이지만, 14세에서 17세 사이라고 우기는 무척 꾀 많은 청소년 1만 9500명이 그보다 더 심하게 이용해먹는 성인 남성은 2만 8561명이다.

홈스앤드가든스는 흡족한 얼굴로 기대앉았고 한정판과 나는 찬사를 아끼지 않았다. 홈스앤드가든스의 존경스러운 능력이 다시 한번 승리를 거두었고, 우리는 식당으로 향하는 길에 크리스 크리스토퍼슨을 무시하는 바브라 스트라이샌드와 존 피터스를 보았다.*

* 순서대로 각각 1976년 리메이크 영화 〈스타 탄생〉의 남성 주연배우, 여성 주연배우, 제작자다. 바브라 스트라이샌드와 존 피터스는 부부였고, 제작 당시 세 사람 간의 갈등 관계가 불거지며 화제를 모았다.

CB냐, 아니냐
: '아니다'가 정답이다

어느 일요일 저녁, 우리를 초대했던 이가 기사에게 우릴 다시 뉴욕으로 데려다주라고 지시하는 말을 듣고 나는 열렬한 성원을 보냈다. 대중교통이란 헤르페스 2형을 피할 때와 똑같은 열의를 갖고 피해야 한다는 게 내 지론이기 때문이다. 내 미미한 재력과 넓은 인맥을 고려해보건대, 난 대체로 이 둘 모두를 성공적으로 피해왔다고 해야겠다. 그러니 차 뒷좌석에 편히 자리잡은 나의 기분은 무척이나 좋았다. 그러곤 동행인들에게 정다운 미소를 지으며 담배에 불을 붙인 후 그 자리에 없는 사람들의 재미난 습관에 관해 열성적으로 토론했다. 이러한 상황에서, 기사가 중얼거리던 말에 별다른 악의는 없다고 순진하게 믿으며 처음에는 그다지 주의를 기울이지 않았음은 당연하다고 할 수 있다. 대화가 소강상태에 접어들어 침묵이 생기고 나서야 비로소 본격적으로 그 말을 엿들을 틈이 생겼고, 누군가 중얼거리며 답하고 있음을 알게 되었다. 동승한 이들을 유심히 살펴보았지만 숨겨진 복화술 능력이 있는 사람은 아무도 없다는 결론에 이르자 한결 마음이 놓였다. 기사에게 이렇게 복잡한 재능이 있을 리는 만무했다. 호기심에 사로잡힌 나는 기사에게 대놓고 해명을 요구했다. 기사는 집주인의 차에 얼마 전 설치한 시민밴드CB, Citizen's Band 라디오로 대화를 하는 중이라고 했다. 내가 들은 중얼중얼 소리는 약 25킬로미터 거리에 있는 한 트럭 기사의 목소리였던 것이다. 이 재담으로 뭘 얻으려는지 묻자 그는 날씨나 교통 상황, 과속 단속 차량 등의 정보를 주고받는다고 했다.

나는 창밖을 바라보았다. 별이 빛나는 맑은 9월 밤이었다. 도로에는 차가 빽빽했다. 근방에 과속을 단속하는 경찰이 있다면 아마 신문이나 읽고 있을 게 뻔했다. 기사에게 이러한 의견을 전달하자 그는 전방 25킬로미터 상황을 파악하는 게 목적이라고 답했다. 이에 나는 일요일 밤 뉴욕 방향의 메리트 파크웨이에 있으니 앞으로 볼 광경이라고 해봐야 점점 대도시에 가까워지는 풍경을 제외하면 현재 이곳과 정확히 일치할 거라고 했다. 기사는 내 의견을 무시하고 다시 중얼중얼하기 시작했다. 내가 트럭 기사에게 밀린 건 이번이 처음도 아니다. 하는 수 없이 다시 등을 기대고 앉아 무미건조할 게 뻔한 대화를 들어보려고 했다. 하지만 내 귀에 들린 것은 예상과는 달리 알아들을 수 없는 대화였다. 아무 의미 없어 보이는 암호를 쓰고 있었기 때문이다. 열성 동호인들만 사용하는 특수어인 CB 은어였다. CB 라디오를 처음으로 접한 순간이었으니 그저 싫은 티만 냈던 내 반응에 정당성은 있었다고 본다. 그땐 아무것도 몰랐다. 그후 일 년 이상이 흘렀다. 이젠 많은 것을 안다. 충격적이기도 하고, 무섭기도 하고, 물론 반감도 든다.

처음에는 오스카 와일드와 앨프리드 더글러스 경이 CB 은어로 교환하는 서신을 써봄으로써 나의 반감을 표현할 계획이었다. 부단한 노력에도 결실은 미미했다. 소통수단으로서의 CB 은어는 도저히 구제가 불가능할 만큼 거칠었기 때문이다. 미국 인구에서 남성 동성애자와 여성을 배제하면 사실상 CB 은어가 영어라고 해도 무방할 것이다.

나는 위의 주제를 철저히 조사했기에 이렇게 발언할 자격이 충분하다. CB 은어에 관해서라면 거의 유창하다고 자신 있게 주장할 수 있다. 나로서도 놀랍다. 어린 시절 프랑스어 교사를 상당수 만났지만 종국에는 모두 패배를 선언하며 내겐 언어적 귀가 없다고 단정했던 기억이 있기 때문이다. 어쩌면 그럴지도 모른다. 하지만 상관없다. 은어에서라면 귀가 하나하고도 절반쯤은 있다고 판명되었으니 말이다. 문제는 내 언어능력이 전혀 아니었다. 난 최선을 다했다. 더글러스 경의 CB '핸들'(별명)은 '네 입에 미끼'로, 와일드 씨는 '덥석 문다'로 설정해 부러움을 살 만한 대칭을 완성해냈다. 이들이 실제로 주고받은 무수한 서신도 섭렵했다. CB 사전도 파고들었다. 전문을 번역해보았다. 일부만도 번역해보았다. 각주도 시도해보았다. 소용없었다. CB 은어는 결국 주로 4중 추돌, 과속 단속, 기어 변경, 커피 마시러 잠시 정차 등에만 관련된 제한적 언어다. 와일드 씨와 더글러스 경의 생각은 다른 세상에 있었다. 예를 들자면 '금박'이나 '나르키소스' '태평함' '꿀색 머리의 소년'을 표현하는 CB 은어는 없다. 아무리 완벽한 재담이라도 침대를 '코골이 선반'으로 표현하는 언어로 옮겼을 때는 힘이 빠지고 만다.

다행히 나는 불굴의 의지를 가진 사람이라 내 불쾌감을 기꺼이 다른 방식으로 표현해보고자 한다.

시민이라는 단어는 광신적이라고밖에 해석될 수 없는, 민주주의를 향한 집착을 암시한다. 이유가 전혀 없지는 않다. CB 세상으로의 문은 남녀노소 모두에게 열려 있으니. '모두'를 강조하고 싶다. 장담컨대 메이시백화점에 들어가는 게 더 어렵다.

*

평균적인(이 표현이 이렇게 잘 어울리는 이들을 찾기도 힘들다) CB 애호가에게는 그 장비가 취미다. 취미란 물론, 개인한테 곧바로 큰 이득을 가져다주진 않는 만큼, 다른 소모적 흥미와 열정과 마찬가지로 가증스러운 것이다.

*

CB 라디오는 공동의 유대감을 담보로 한다. 소유주의 요청시 바로 현금으로 전환되지 않는 담보는 교양과 품위가 심각하게 결핍되어 있다고 할 수 있다.

*

CB 은어는 한편으로는 너무 다채롭고 또 한편으로는 펄그레이 같은 단어에 해당하는 용어가 부족하다.

*

시민밴드 라디오는 각계각층의 사람을 폭넓게 만날 기회를 준다. 이 각계각층의 사람 중엔 개념예술가와 세탁소 주인, 살아 있는 시인들도 포함됨을 잊어서는 안 된다.

*

CB를 통한 소통은 대부분 실제적 정보로 구성된다. 그러므로 교양 있는 화술가가 관심 가질 만한 건 못 된다.

'레이디'라는 단어
: 단 오 분이라도
말 섞고 싶지 않은 사람을
묘사할 때 주로 사용

지금까지 오랜 세월에 걸쳐, 여자 친구가 있는 사람들은 여자 친구를 여자 친구라고 불렀다. 힙이라는 꼴사나운 스타일의 도래와 함께, 사람들은 아무 잘못 없는 흑인 재즈 음악가들이 쓰던 올드 레이디라는 단어를 훔쳐 여자 친구를 지칭하는 데 쓰기 시작했다. 그후 여성해방운동이 나타나면서 올드가 성차별적이라고 느낀 이들이 많았나보다. 이들은 여자 친구를 '레이디'라고 부르기 시작했다.

내가 레이디라는 단어에 전적으로 반대한다는 인상을 줄까 우려되어 올바르게 쓰인 경우에는 무척 괜찮은 단어라고 생각한다는 점을 서둘러 말해두고자 한다. 이 단어가 올바르게 쓰인 경우는 다음과 같다.

A. 영국 귀족의 특정 여성 구성원을 지칭할 때.

B. 백화점 속옷 판매대에 서 있는 여성을 지칭할 때. 단, 세일즈라는

단어를 앞에 붙여야 함.

C. 여성 성별을 가진 사람에게 그의 행동이 더는 정상적이지 않다는 사실을 일깨울 때. 예를 들면, "이봐요, 레이디. 당신 혹시 미쳤어요?"

D. 몸을 쉽게 허락하는 여자와 그렇지 않은 여자를 구분할 때. 쉽게 허락하는 여자는 싸구려다. 그렇지 않으면 레이디다. 그러나 이 용례는 무척이나 구식이다. 남자들은 몸을 허락하지 않으려는 여자를 만났다고 해서 레이디를 찾았다고 성급히 결론 내려서는 안 된다. 아마 레즈비언일 것이다.

편지 배달

신문을 몹시 싫어하는 사람으로서 나는 대체로 타인의 무작위적 발언에서 정보를 얻는다. 그러니 내 정보의 출처는 완전무결함과는 거리가 멀다. 그렇지만 고유의 엉뚱한 매력이 없다고는 할 수 없으니 가볍게 여겨서도 안 된다. 예를 들어, 최근 미국 우편국에서 배달 일정을 주 삼일로 축소하는 방안을 검토중이라는 정보를 접했다. 정보원은 그의 모친과 각별한 사이니 믿을 만하다. 소식을 접한 직후 나는 충격과 경악에 휩싸였으나, 곧 우리 동네에서는 일주일에 세 번 우편물을 받는 것도 드물고 희귀하다는 사실을 기억해냈다. 왜 이 지역의 우편 업무가 나머지 지역보다 이렇게나 앞서 있는지 궁금해졌고 은밀히 조사에 착수해보기로 했다.

　내가 사는 동네는 그리니치빌리지에 있다. 이곳은 흥미로운 예술적 특징으로 유명하다. 이는 동네 분위기와 거주자들은 물론 지역 공무원들에게서도 발견된다. 우편 공무원은 하나같이 감정 기복이 풍년이라 박자 감각만 뒷받침되었더라면 비극 오페라 작곡가로 성공했을 거라고 생각하게 된다. 철저한 조사 끝에, 이러한 현상은 우연이 아니라 우체국이 고객에게 좀더 가까이 다가가고자 신중하게 계획한 노력의 일환임이 밝혀졌다. 그리니치빌리지 우체국은 지구상 그 어느 곳에서도 웨스트사이드 시내만큼 인간 평등이 잘 구현된 곳은 없다는 명제에 충실한, 독립된 기관이다. 그리하여 우체국 사무실은 깔끔한 바우하우스풍의 영향이 엿보인다. 이곳의 우체부는 연방정부보다는 개인의 욕구에 더 충실해야 한다. 근무복은 재단 상태와 원단을 기준으로 선택한다. 기관의 공식 이념은 그리니치빌리지 부칙을 추가해 다음과 같이 수정했다. "눈이 오나 비가 오나 폭염에도 어둠에도 지정된 배달 일정을 마치지 못하는 일은 없어야 한다. 그러나, 감수성이 모욕당했다거나 아픈 기억, 우체부의 슬럼프, 선약이 있는 경우에 한해 배달을 무기한 중단할 수 있다. 인생이란 그런 것이다." 이 내용을 면밀히 검토하면 아래와 같은 진실이 드러난다.

감수성 모욕

지정된 배달 경로에 다음이 포함된 경우 감수성 모욕으로 인정된다.

1. 불쾌한 비율의 건축물
2. 과도한 수의 개념예술가. 공식적으로 여기서 '과도한 수'란 '사망한 경우 둘, 살아 있는 경우 하나'를 뜻한다.
3. 깨어 있는 음악가

4. 잔뜩 멋부려 꾸민 애완동물
5. 해외의 독특한 전통 음식을 전문으로 하는 이색 식당

아픈 기억

다음과 같은 일을 겪었던 구역으로 우편물을 배달해야 할 경우 우체부의 아픈 기억을 자극할 수 있다.

1. 감정적으로는 만족했으나 신체적으로는 심각한 부상을 남긴 성관계 경험
2. 준비과정에서 주의가 부족했던 새우카레를 섭취한 경험
3. 무시당한 경험

우체부의 슬럼프

우체부의 슬럼프는 놀라울 만큼 주기적으로, 예민한 우체부들을 괴롭히는 악성질환이다. 그 증상은 다음과 같다.

1. 완벽주의에 가로막혀 정확한 주소를 찾지 못하고, 앞으로도 정확한 주소—항상 내 안에 잠재한다고 믿었던 결정적 주소—를 절대 손에 넣을 수 없으리라는 믿음
2. 우편번호가 우편에 있는 사람들 번호라는 의심의 목소리가 끊이지 않아 자꾸 오른쪽으로만 가려는 경향
3. 번아웃을 확신함. 신속하게 배달을 끝마치던 과거의 영예는 모두 옛말이라 믿음

선약

그리니치빌리지의 우체부는 여유로운 근무시간을 위해 최선을 다하지만, 도시 생활의 살인적 속도에는 면역이 되지 않아 일정이 꽤 빡빡해지는 경우가 잦다. '주운 사람이 임자'라는 격언을 굳게 믿는 사람이어서 타인의 사교 및 업무 일정에 맞추느라 혼란의 소용돌이에 갇히는 일이 있는 것도 놀랍지 않다. 슬쩍 엿본 그의 일정표 한쪽에 적힌 내용은 다음과 같다.

4월 6일 화요일

10:30—이사회 회의, 포드 재단

12:00—네덜란드어 번역 계약과 관련한 에이전트와의 논의

1:00—점심, 라코트바스크 프랑스 식당—앵커 바버라 월터스

3:30—유엔안전보장이사회 현주소 논의

6:00—500 클럽에서 열리는 기성복 패션쇼—스티븐 버로스

8:00—파라마운트 시사회

10:00—오르시니에서 업무상 저녁—조너스 소크 박사

작가 파업
: 오싹한 예언

대도시라면 의사, 환경미화원, 소방관, 경찰의 파업과 시위로 곤란을 겪는 일이 드물지 않다. 공공안전을 걱정하는 이들은 틈만 나면 도시를 불타는 쓰레기와 감염 위험이 있는 살인자들로 가득하다고 상상하기 때문에 대중적 항의 행위가 끊이지 않는다. 그렇지만 길거리 쓰레기, 침실의 불꽃, 도주중인 살인자, 폐에 생긴 얼룩 등은 그저 물리적으로 불편할 뿐이다. 이보다 훨씬 더 심각한 조업 중단도 발생할 수 있으며, 기존의 불편을 맞닥뜨린 정치인과 시민들이라면 '난장판이 따로 없지만 작가 파업이 아니라서 얼마나 다행인지, 원'이라고 생각하며 위안을 받을 수도 있을 것이다. 트럭 기사 노조 파업도 작가 파업에 비하면 정말이지 새 발의 피도 안 되니까.

뉴욕의 어느 비 오는 일요일 오후를 상상해보길 바란다. 도시 전역의 작가들이 침대에서 각자의 베개 밑에 머리를 파묻고 있다. 키도, 체격도, 인종, 종교, 신념도 모두 다르지만 공통점이 하나 있으니, 바로 징징거리고 있다는 것. 혼자 징징대는 이들도 있다. 옆에 있는 누군가에게 그러기도 한다. 이건 조금도 중요하지 않다. 이들이 동시에 몸을 돌려 전화기로 손을 뻗는다. 몇 초도 채 지나지 않아 뉴욕의 모든 작가가 뉴욕의 다른 작가와 대화를 시작한다. 대화 주제는 글 안 쓰기다. 누가 동성애자가 아닌지 다음으로, 뉴욕 작가들 사이에서 가장 인기 만점인 토론 주제다. 보통 이 주제는 여러 변형이 가능하며 반응도 그때그때 다르다.

이 주제의 변형 1

글이 안 써진다. 다른 작가에게 전화한다. 상대도 글이 안 써진단다. 잘됐다. 이제 글 안 쓰기에 관해 두 시간가량 얘기하다가 만나서 새벽 네시까지 저녁을 먹는다.

이 주제의 변형 2

글이 안 써진다. 다른 작가에게 전화한다. 상대는 글을 쓰고 있다. 이거야말로 크나큰 비극이다. 상대는 자신이 글을 쓰고 있음은 물론, 지금 쓰고 있는 그게 아마 평생의 역작인 것 같다는 사실이 전해질 만큼만 시간을 투자해 대화한다. 이 상황에서 자살 말고 할 수 있는 일은 록 뮤지션에게 전화하는 것뿐이다. 그러면 다시 똑똑해진 기분이 들며 글 안 쓰는 일을 계속할 수 있다.

이 주제의 변형 3

글을 쓰고 있다. 다른 작가가 전화해 글을 안 쓰고 있다는 이야기를 꺼내려 한다. 당신은 쓰고 있다고 일러준다. 피학 성향의 상대는 지금 쓰는 게 무엇인지 알고자 한다. 겸손을 떨며 말하자면 뭐랄까, 막연하게나마 『이상적인 남편』*을 연상시키는 글인데 그보다는 좀더 재밌는 정도라고 설명한다. 다음날 열린 그의 장례식에서 당신은 어마어마한 품위와 고상함을 갖추어 행동한다.

이 주제의 변형들은 더 있지만 대충 감을 잡았으리라 생각한다. 그런데 어느 일요일 오후에 일이 발생한다. 뉴욕시의 모든 작가가 글을 쓰지 않는다. 글 안 쓰는 작가들 사이에 이 소식이 퍼지자 모두가 엄청난 안도감과 안녕을 느낀다. 이 달콤한 순간만큼은 뉴욕의 모든 작가가 서로를 좋아한다. 글을 쓸 수 있는 사람이 아무도 없다면, 이는 당연히 작가의 잘못일 수 없다. 이건 그들의 잘못이다. 작가들이 연합한다. 시市를 상대로 앙갚음할 것이다. 글 안 쓰며 침대에 누워 있기를 더는 자기 집에서 사적으로 행하지 않을 것이다. 공개적으로 안 쓸 것이다. 파업

* 오스카 와일드의 1895년 극작품.

에 돌입한다. 앨곤퀸호텔* 로비에 자리잡고 농성하며 거기서 안 쓰기로 한다.

시간이 좀 걸리긴 했지만 약 일 년 반이 지난 후 사람들은 더이상 읽을 게 없음을 깨닫기 시작한다. 일단 텅 빈 신문 가판대가 눈에 들어온다. 이어서 텔레비전 뉴스에도 보도된다. 아직까진 텔레비전에서 뉴스를 방송한다. 대체로 립싱크와 애드리브다. 사람들이 짜증내기 시작한다. 시에서 나설 것을 촉구한다. 시에서는 작가들과 협상할 전담반을 꾸린다. 이들은 소방관과 의사, 환경미화원, 경찰이다. 작가들은 협상을 거부한다. 무릎 꿇은 시를 향한 이들의 대답은? "에이전트 통해서 얘기하죠." 에이전트 무리는 영화 판권을 팔 방법을 찾을 때까지 협상을 거부한다. 파업은 계속된다. 시위 장소의 내부 출입이 허용된 적십자가 인세 보고서와 카푸치노를 나눠준다. 상황은 점점 절박해진다. 전국의 모든 성인이 버스 정류장에 앉아 공기놀이를 한다. 『피플』 잡지 과월호가 파크버넷 경매소†에서 믿을 수 없는 가격에 팔려나간다. 도서관 사서들이 뇌물을 챙기기 시작하면서, 천장은 비닐로 누빔 처리가 되고 차창은 책장 모양인 라벤더색 캐딜락을 모는 모습이 발견된다. 『뉴요커』 과월호를 소지한 이들이 모여 조합을 구성한다. 이들은 영업시간 후에만 운영하는 회원 전용 책방 술집을 개업했으나, 도널드 바셀미‡

---

* 도러시 파커 등 유명 문인, 영화인들이 모여 '앨곤퀸 원탁 모임'을 했던 뉴욕 맨해튼의 역사적인 호텔.

† 1937년에서 1964년까지 운영된 미국 최대 규모의 경매장.

‡ 미국의 포스트모던을 이끈 작가로 『죽은 아버지』 『백설공주』 등을 썼다.

의 글은 전 국민과 공유해야 한다고 믿는 한 급진 단체의 폭탄에 폭파당한다.

마침내 주방위군까지 동원되었다. 중무장한 군인 수백 명이 앨곤퀸에 도착했다. 이들은 따갑게 날아드는 빈정거림 앞에서 후퇴할 수밖에 없었다.

작가들은 대표를 뽑지 않기로 했지만 실세로 꼽히는 사람이 생겨났다. 『중력의 무지개』* 하드커버본을 소지하고 있다는 점이 그 영향력의 근거가 되었고, 이를 완독했다고도 알려져 있다. 사실 이 사람은 시위대에 잠입해 파업을 끝낼 목적으로 시에서 위장 파견한 근로 협상 전문가다. 이 음흉한 인물은, 다른 작가들은 몰래 글을 쓰고 있으며 파업이 끝나면 출간할 수 있게 원고 작업을 마칠 거라고, 눈에 띄지 않게 작가들을 설득했다. 그의 임무는 성공적이었다. 작가들은 앨곤퀸을 떠나 집에서 글 안 쓰기 상태를 재개했다. 속았다는 사실과 그자가 누구였는지를 깨닫고는 부족한 통찰력을 탓하며 거의 자살 직전까지 갈 뻔했다. 그러니 모두 이를 교훈으로 삼도록 하자. 책만 보고 겉을 판단하지 마라.†

* 최고의 포스트모더니즘 작가 중 하나로 꼽히는 토머스 핀천의 1973년 소설.

† 관용구 '겉모습만으로 판단하지 마라Never judge a book by its cover'를 Never judge a cover by its book으로 치환해서 한 말장난.

몇 단어에 관한
몇 마디

민주주의는 흥미로운, 기특하다고까지 할 수 있는 개념이며, 따분한 공산주의나 지나치게 짜릿한 파시즘과 비교하면 의문의 여지 없이 가장 구미가 당기는 형태의 정부라고 할 수 있다. 그렇다고 결점이 없다는 말은 아니다. 그중 제일은 모든 사람은 동등하게 태어났다는 믿음을 부추기는 개탄스러운 경향이다. 대다수의 경우 주변을 한번 쓱 훑어만 봐도 전혀 그렇지 않다는 걸 확인할 수 있건만, 아직도 무조건적으로 확신하는 이들이 많다.

여기서 심각한 문제는, 이들이 양도 불가능한 권리로서의 표현의 자유를 무척 개인적 관점으로 본다는 것이다. **자유**라는 단어를 그리 폭넓게 해석하지만 않았더라도, 또는 **표현**이라는 단어를 그리 좁게만 해석하지 않았더라도 그 자체로는 견딜 만한 일이었을 텐데 말이다.

이 평등광들이 민주주의 고유의 특징 중 하나가 공적 영역과 사적 영역의 구분이라는 사실을 떠올리기만 했더라도 상황은 좀더 나아질 수 있었다. 건국의 아버지들이 이 두 영역을 구분할 때 여러 가지를 염두에 두었겠지만, 표현력 좋은 이들이 타인의 대화를 듣고 기분 상할 가능성을 방지하려는 게 주안점이었음은 분명하다.

현재의 권리장전은 상상의 여지가 지나치게 많은 관계로, 분별력과 책임감을 갖춘 시민이 나서서 표현의 자유가 정확히 무엇인지 자세하게 설명해야 할 확실한 필요가 있다. 나는 그 누구 못지않게 시민의식을 갖춘 사람으로서 이 도전을 기꺼이 받아들이려 한다. 혹시라도 누군가 나를 비이성적이고 위험한 독재 충동이 있는 사람으로 여기지 않도록, 과도한 표현의 자유를 제한하려는 내 욕구는 식당과 공항, 길거리, 호텔 로비, 공원, 백화점과 같은 공공장소에만 적용됨을 확실히 밝힌다. 성적자기결정권을 행사할 수 있는 성인들이 사적으로 나누는 구두 소통은, 그들에게도 아마 그렇겠지만, 나한테도 하등 중요한 게 아니다. 나는 오직 외부의 영향에 쉽게 좌우되는 젊은이들과 까다로운 노년층이 부적절한 언어 사용에 유린당하지 않게 보호하고픈 마음이다. 이러한 맥락에서, 공공장소에서 사용될 경우 명시된 용례로만 써야 하는 단어의 목록을 준비했다.

1. 아트—이 단어는 오직 두 경우에만 공공장소에서 쓸 수 있다.

A. 별명—이 경우 끝에 ie를 붙여 Artie의 형태가 되도록 한다.

B. 런던 이스트엔드 토박이가 신체 필수 장기 '하트'를 발음하는 경우. "Blimy, I feel poorly—must be my bleedin' 'art."

2. 사랑—사랑이라는 단어는 무생물이나 결코 손에 넣을 수 없는 대상을 지칭할 때만 공공장소에서 쓸 수 있다.

A. "나 조개소스 링귀니 사랑하잖아"라는 문장은 항상 허용된다.

B. "나 트루먼 커포티 사랑하잖아"는 화자가 그를 개인적으로 알지 못하는 경우에 한해 허용된다. 만약 개인적으로 아는 사이라면 요즘 같은 때 그런 감정을 표현할 마음이 들 확률이 상당히 낮아질 것이다.

3. 인연—교양 있는 화술가는 가족 구성원과의 관계를 묘사할 때만 이 단어를 사용한다.

4. 횡격막—이 단어는 신체의 흉곽 부위를 지칭할 때 의사들만 사용해야 한다는 것이 공공 예절이다. 가수들은 안 된다.

5. Ms.—현명한 이들이라면 아래 경우를 제외하고 이 단어 사용을 전적으로 피한다.

A. 계속되는 원고에 정신없이 시달리며 원고manuscript라는 단어를 꼭 줄여야 할 필요를 느낀 출판계 구성원들은 서면상으로 이 단어를 쓸 수 있다.

B. 미국 남부 및 남서부 지역 토박이의 억양으로 발음하는 miss. "I sho do ms. that purty little gal."

6. 솔직히—다음 문장에서처럼 극도의 혐오감을 표현하는 경우에 한한다면 공공장소에서 써도 무방하다. "솔직히 도러시 요즘 진짜 눈꼴사나워 죽겠어. 분명히 에스트*에 가입했을 거야."

7. 내면화—(꼭 사용해야겠다면) 과거에는 순수했던 의대생한테 내면

의 의사가 발현되어 그가 병들고 약한 이들을 위협하는 존재로 변해가는 과정을 묘사하는 경우에 한해 써도 된다.

8. **페어**—공정함fair이 아닌 축제fair 같은 행사를 언급할 때만 써야 한다. 공정함의 의미로 쓰는 것은 불쾌할뿐더러 쓸모도 없음을 강조하고 싶다.

9. **적극적으로 주장하다**—이 단어를 공공장소에서 발언할 수 있는 경우란, 두 가지 맛을 한번에 내는 사탕이라고 적극적으로 주장하는 광고뿐임을 기억해두는 게 신상에 좋을 것이다.

---

* Erhard Seminars Training의 약자. 89쪽 각주 참조.

무소식이 좋다

누군가는 기둥 건축양식, 누군가는 논리를 꼽겠지만, 내게 있어 그리스 문화의 최고봉은 나쁜 소식을 전하는 이를 죽이는 풍습이다. 여기에 좋은 소식을 전하는 이까지 더한다면 완벽에 견줄 수 있는 풍습이 탄생한다. 어느 문화에 접목해도, 우리 문화에서라면 특히 환영받을 만하다는 사실을 짚고 넘어가야겠다. 물론 많은 사람들이—중요하고, 정보성이 있고, 심지어 흥미롭다는 생각에—뉴스를 좋아한다는 건 잘 알고 있다. 이들에게 내가 할 말은 이것뿐이다. 당신은 뭘 모른다. 퉁명스럽게 말 한번 휙 던지고 끝내려는 마음은 없다. 전혀. 얼마든지 더 자세하게 설명해줄 용의가 충분히 있다. 그 방식에서 무엇이 잘못됐는지 소상히 이해할 수 있도록, 여러분이 주장하는 각 특성을 살펴보자.

중요하다

중요하다 같은 개념을 논할 때는 이런 질문을 던져보는 게 좋다. "누구에게?" 이렇게 하면 더 직접적으로 문제를 공략할 수 있다. 물음과 거의 동시에 이 '누구'가 아무래도 우리는 아님을 알 수 있다. 다음과 같은 자가 진단을 통해 이 결론에 다다를 수 있다.

1. 출근 전 주머니에 숫자 장식이 있는 화려한 색상의 블레이저 재킷을 입는가?
2. 위와 같은 옷을 착용한 후 곡선으로 된 긴 카운터에 앉아 전직 운동선수 및 소수집단 여성들과 농담을 주고받는가?
3. 카메라를 바라보며 권위적이지만 따뜻한 어조로 매력 없는 사람들의 재미없는 이야기를 들려주고자 주기적으로 해당 대화를 끊는 사람인가?
4. 나의 동료 중 엄마 옷차림을 하고 위험한 가정용품을 사는 일을 밥 먹듯 하는 사람이 적어도 한 명은 있는가?

위 질문에 모두 아니오라고 대답했다면, 중요하다는 뉴스에 붙을 적절한 수식어가 아님에 다들 동의할 수 있을 것이다. 물론 당신이 자전거를 타고 신문을 배달하는 일로 생계를 꾸린다면 뉴스가 중요하겠지만, 그건 오직 당신에 한해서다.

정보성이 있다

엄밀히 말해 정말로 정보를 전달하는 경우에 한해, 뉴스에 정보성이 있는 것은 사실이다. 그러므로 아래와 같은 질문을 던져봐야 한다.

1. 내가 원하는 소식인가?
2. 내게 필요한 소식인가?
3. 내가 그 소식을 듣고 뭘 어쩌란 말인가?

1번 질문의 답

아니다. 유전적 장애가 있는 사이언톨로지* 신도가 석궁으로 4H클럽† 텍사스 지부 부회장을 살해하려 하고 누군가 이 사실을 알고 있다 해도 그 사람 혼자만 간직했으면 좋겠다.

2번 질문의 답

아니다. 정신질환을 앓고 있는 실직한 대장장이 셋이 납 페인트 발명가의 딸을 납치해 마린 카운티의 모든 주민이 말을 한 필씩 받기 전까지 딸에게 『비행 공포』‡를 소리내어 읽어주겠다고 협박한다는 소식

---

* 초월적 존재를 부정하고 인간의 영혼이나 정신을 과학기술로 치유할 수 있다고 믿는 신흥종교.

† 다양한 분야의 체험을 통해 청소년 리더십을 함양하는 비영리단체.

‡ 에리카 종의 1973년 소설로, 네 번의 결혼과 거침없는 성적 상상 등으로 격렬한 페미

을 아는 게, 내가 더 좋은 동네에 더 넓고 저렴한 집을 찾는 데 어떤 도움을 줄 수 있는지 도저히 모르겠다.

3번 질문의 답

나로서는 상상할 수도 없다.

흥미롭다

이 주제를 조사하는 과정에서 상당량의 텔레비전 뉴스를 보았고 신문도 몇 개 읽어보았다. 한 번도 웃지 않았다.

공정성을 위해 내가 참아줄 만한 두 가지 소식의 경우를 소개하고자 한다. 하나는 존재한다. 다른 하나는 존재하지 않는다. 존재하는 소식은 자연히 존재하지 않는 소식만큼 참을 만하진 않다. 이것이 아마 '현실'의 정의로는 현존하는 최고일 것이다.

라디오 뉴스

라디오로 전달하는 뉴스는 참아줄 수 있다. 뉴스가 전달되는 동안에는 디스크자키가 입을 다물어야 한다는 사실 때문이다.

니즘 논쟁을 불러일으킨 작품.

개인 맞춤형 뉴스

월터 크롱카이트*가 화면에 등장한다. 무게감이 있으면서도 기분좋은 시선으로 당신을 응시한다. 진실의 입꼬리에 희미한 미소가 조용히 어른거린다. 이제 시작한다. "안녕하십니까, 프랜. 오늘 당신이 소파에 누워 영국판 『보그』 과월호를 다시 읽으며 페리에를 마시는 동안 책이 저절로 완성됐습니다. 어느 모로 보나 완벽하다고 할 수 있습니다. 『뉴욕 타임스 북 리뷰』에 친분이 있는 소식통에 따르면 '무척 인상적이고, 눈부신 재치가 가득해 성공은 따놓은 당상'이라고 하더군요. 명망 있는 한 할리우드 관계자가—네, 프랜. 오직 당신을 위해 찾아냈습니다—영화 판권을 두고 벌어지는 살인적인 입찰 경쟁을 보도해, 위험할 만큼 고가로 거래된 선례를 남기지나 않을지 우려하는 이들이 많습니다. 다시 지역 소식으로 돌아와, 영화배우 로런 바콜이 오늘 오후 당신과 집을 맞바꾸고 싶다고 발표하는 기자회견을 열었고, 뉴욕의 모든 개념예술가가 동베를린으로 이주한다는 정보가 믿을 만한 전문가에 의해 유출되었습니다. 프랜, 그럼 오늘 소식은 여기까지입니다. 더 좋은 소식으로 내일 저녁 다시 뵙겠습니다."

* '미국에서 가장 신뢰받는 공인'으로 불린 언론인. 오랫동안 미국 CBS 뉴스 앵커로 활약했다.

사회 탐구

SOCIAL STUDIES

사람

PEOPLE

사람

사람(내 생각으로는 항상 과도한 관심을 끌어온 무리)은 자주 눈송이에 비유되곤 한다. 이러한 비유는 똑같은 사람은 없다는 개별성을 의미한다. 이것이 사실이 아님은 무척이나 명백하다. 사람은, 현재의 가치상승률에도 불구하고—아니, 특별히 현재의 가치상승률을 고려하면—그냥 널리고 널린 흔한 것들이다. 또한, 다급히 덧붙이자면, 눈송이와의 유일한 공통점은 며칠 따뜻하게 지내고 나면 으레 그렇듯 개탄스레 진창이 돼버린다는 점뿐이라고 할 수 있다.

이게 특별히 대중의 정서에 부합한다고 할 순 없겠지만 그렇다고 딱히 새롭지도 않다는 걸 나 또한 알고 있다. 그러나 이를 입증하기 위해 상세히 기록된 서면 증거를 제시하기로는 이 글이 최초일 것이다. 달리 말하면, 모두들 사람에 관해 얘기하지만 실제로 구체적인 행동에 나서는 사람은 없다.

내가 하려는 구체적인 행동은 극히 드문 사례를 제외하곤 사람이란 대체로 다 똑같다고 지적하는 것이다. 하는 말도 모두 똑같고, 이름도 똑같고, 헤어스타일도 똑같다. 이는 현대의 현상이 아니라 역사 전체에서 언제나 진실이었다. 다음과 같은 순서에 따라 분명히 확인할 수 있다.

1. 사람들이 하는 말

아래는 아득한 옛날부터 일반 대중이 해온 일상 대화의 완벽한 무삭제 기록이다.

a. 안녕, 잘 지내?
b. 나 안 그랬어.
c. 잘됐네, 이제 내 기분 알겠지.
d. 먼저 해도 될까요? 이거 딱 하나면 되는데.

2. 사람들의 이름

시대별로 차이는 있으나 어느 시기든 동시대에는 대체로 모두 같은 이름으로 불린다. 조가 제니퍼가 되었을 뿐이다. 여러 의미로 말이다.

3. 사람들의 헤어스타일

다행히도 머리 모양은 그 가능성이 무궁무진하진 않다. 스포츠 방송 진행자나 미용사에게는 새로운 소식일 수 있겠지만 그럼에도 사실이다. 그 증거는 압도적으로 확실하며 아래 목록이 이를 증명한다.

헤어스타일이 거의 똑같거나 과거에 거의 똑같았던 사람들

a. 빅토르 위고와 세라 콜드웰*

b. 윌리엄 워즈워스와 프랭크 로이드 라이트

c. W. B. 예이츠와 데이비드 호크니

d. 장 콕토와 일라이 월락†

e. 요한 아우구스트 스트린드베리와 캐서린 헵번

f. 파블로 피카소와 나의 외할아버지 필립 스플레이버

위 내용은 모두 사실이다. 못 믿겠다면 직접 찾아봐도 좋다.

이제 기본 학습을 마쳤으니 아마 이런 궁금증이 생길 것이다. "그럼 대체 어떤 면에서 사람들이 다르다는 거지?" 이 질문에는 두 가지 답이 있다. 우선 발 크기가 모두 다르다. 유일하기까지 하다. 똑같이 생긴 두 발은 없다. 아마 벌써 눈치챘다시피 본인의 두 발도 다르다. 모든 인간의 발은 아무도 따라 할 수 없는 고유의 크기와 독특한 모양, 소소한 개성을 갖췄다. 그 무엇보다 발이야말로 눈송이와 같다. 당신을 당신답게 하고 그 누구의 발과도 비슷하지 않다.

* 미국의 오페라 작곡가이자 오페라단 단장.

† 〈황야의 7인〉〈석양의 무법자〉 등에 출연한 미국의 유명 배우.

나를 구분하고 남들과의 차별성을 보여주는 두번째 특징은, 전 세계 사람은 모두 각자 선호하는 특별한 달걀 요리 방식이 있다는 점이다. 달걀을 먹을 때는 모두 자기만의 독특한 기호와 개별 취향이 있다. 그러니 달걀을 어떻게 요리한 게 좋은지 누가 묻는다면 주저 없이 말하자. 어차피 한 번 사는 인생이다.

지금까지 위에 언급한 상황은 그야말로 착잡하기 그지없다고 아마 이쯤에서 많은 이들이 생각할 것 같다. 이런 궁금증이 생길지도 모른다. 좋아하는 달걀 요리법은 똑같더라도 대화가 좀더 다양했더라면 훨씬 살기 좋지 않았을까? 그렇다. 그럼 틀림없이 훨씬 살기 좋았을 것이다. 이 문제를 해결할 방법이 하나 있긴 하지만 공동의 노력을 최대한 발휘했을 때만 가능하다. 바로 이것이다. 여러분 모두가 좋아하는 단 하나의 보편적 달걀 요리법을 결정한다면, 내가 대화의 흥을 북돋우기에 관한 간단한 강의를 제공하겠다. 발 크기가 이렇게 가지각색인 집단이 그런 결정을 내리기란 어려울 것임을 물론 알고 있지만, 적어도 노력해보겠다고 약속한다면 나 또한 최선을 다해보겠다.

대화에 관한 더 광범위하고 복잡한 문제를 본격적으로 다루기에 앞서, 과한 노력이라는 주제에 관해 간략히 짚고 넘어가는 것이 좋겠다.

과한 노력

대화계의 과잉 성취자는 실력으로 노력을 능가하는 사람이다. 가능은 하지만 매력은 없다.

*

독창적 생각이란 원죄와도 같다. 둘 다 당신이 태어나기도 전에, 당신은 만날 수조차 없는 이들에게 일어난 일이다.

더 광범위하고 복잡한 문제

위대한 사람은 생각을 논하고, 평범한 사람은 물건을 논하며, 시시한 사람은 포도주를 논한다.

*

예의 있는 대화에 실제로 예의와 대화가 있는 경우는 드물다.

*

속내를 까 보이는 일의 매력은 이 말에서 연상되는 장면이 주는 매력과 정확히 일치한다.

*

절대 저녁식사 자리에서 이름을 던지며 인맥을 과시하지 마라. 파리 들어간 수프보다 나쁜 게 연예인 들어간 수프다.

*

"단도직입적으로 말해도 돼?"라는 질문에 적절한 단 하나의 답변은 "응, 단도 있으면"이다.

*

건강해 보인다는 말은 칭찬이 아니다. 다른 의사의 이차 소견이다.

*

진심으로 집중한 듯 보이는 일이란 사람을 톱으로 갈랐다가 다시 붙이는 일과 같다. 거울을 이용하지 않고는 거의 불가능하다.

*

말하기의 반대는 듣기가 아니다. 말하기의 반대는 기다리기다.

백만장자와 결혼하지 않는 법 : 가난을 탐내는 구혼자를 위한 길잡이

최근 그리스 선박왕의 상속녀와 직업도 없는 러시아 공산주의자가 결혼하면서, 어쩌면 우리가 유행의 시작을 목도하고 있는지도 모른다는 추측이 생겨났다. 하류계급—단지 운이 조금 없는 정도부터 진짜 가난한 자까지—으로 눈높이를 낮추는 게, 곧 진짜 부자들 사이에서 연애의 새바람이 될 가능성이 없지 않다. 정말 그렇다면 좀더 부유한 우리 형제들한테는 어김없이 실용적인 조언과 세심한 안내가 필요할 것이다. 그리하여 아래와 같은 입문과정을 제안해본다.

1. 가난한 이들이 모여드는 곳

종래의 친분 쌓기 방식으로는 접근할 수 없기에 가난한 사람을 만나는 것 자체부터가 문제다. 가난한 사람은 당신의 형제와 함께 대입을 준비하지도 않았고, 전담 중개인과 경주마 조합을 결성한 적도 없으며, 도빌 승마 대회에서 당신에게 품위 있게 굴복한 적도 없기 때문이다. 콜럼버스의 신대륙 발견 이전 시기의 장신구를 좋아하는 당신의 미적 취향과 취향이 겹치지도 않고, 요리사 놀리기가 취미였던 어린 시절이나 그슈타드의 땅값에 관한 지식과 관련해서도 마찬가지다. 그러니 가난한 사람을 어쩌다 우연히 마주치는 일이란 있을 법하지 않다. 능동적으로 찾아 나서야 한다. 가난한 사람을 찾고자 한다면, 그의 습관과 일과를 항시 마음에 새기고 있어야 한다.

a. 대중교통체계의 핵심 중추는 바로 가난한 자들이다. 어딘가로 이동해야 할 때 그들은 주로 버스와 지하철에서 느낄 수 있는 생생한 동질감을 애용한다. 이 방법을 택한다면, 어색하고도 쓸데없이 지하철을 손짓해 부르거나 버스 기사를 '기장님'이라고 불렀다가는 신분이 들통날 수 있으니 특별히 주의하라.
b. 가난한 사람은 개인 용무를 대부분 직접 처리한다. 그러므로 식료품 구매, 옷 세탁, 장비 구입, 처방약 타기, 공병 반납 등을 하는 모습을 종종 보게 된다. 이러한 업무는 도시 전역에 위치한 곳에서 처리할 수 있고 대중 모두에게 열려 있으니, 원한다면 당신도 대중에 속할 수 있다.
c. 일반적으로, 가난한 사람은 여름과 겨울을 같은 곳에서 보낸다.
d. 극도로 가난한 사람인 경우를 제외하고(예를 들어 보조금 수령자라거나), 가난한 사람은 매일 낮 혹은 밤의 상당 시간을 일터에서

보낸다. 일이란 어느 곳에든 존재할 수 있다. 가게, 사무실, 식당, 가정집, 공항이나 택시 운전석 등. 마지막 예시는 아닐 수도 있지만 모두 당신도 손쉽게 접근할 수 있는 장소들이다. 가장 중요한 첫 접촉을 시도할 기회를 주니 종종 유리하게 활용해볼 수 있는 조건이라 하겠다.

2. 가난한 이들과의 장벽 없애기

가난한 사람에게 접근할 때, 본인과 좀더 비슷한 수준의 사람한테 접근할 때 쓰는 방법을 활용해보는 것도 물론 가능하다. 매력, 재치, 요령, 직접적인 눈맞춤, 인간적 온기, 상대의 속깊은 감정에 관심 있는 척 가장하기 등이 관계를 형성하는 데 도움이 될 수 있다. 그러나 이러한 전략에 위험이 없는 건 아니다. 이것들 모두 오해의 소지가 있으며 무엇보다 즉시 결과를 기대할 순 없기 때문이다. 안타깝게도, 가난한 사람들은 가난할 뿐 아니라 사람이기도 한지라 괴팍하다. 이들도 기분이 안 좋을 때가 있고, 아픈 곳이 있으며, 가시를 세울 때가 있다. 그러니 위에 언급한 방법 앞에서 이들이 보이는 반응은 어쩌면 과격하고 기대했던 바가 아닐 수도 있다. 하지만 낙심하지 말 것. 바로 여기서 부자로서의 지위를 최적으로 활용할 수 있으며, 이는 가난한 사람과 더욱 친밀한 사이로 발전하는 데 거의 즉각적인 성공을 보장해주기도 한다.

가난한 사람에게 값비싼 선물을 하면 된다. 자동차, 집, 컬러텔레비전, 식탁 등 좋은 물건으로. 가난한 사람은 예외 없이 이런 물건을 좋아한다. 이중 하나를 선물하면 적어도 대화를 해줄 만큼은 당신을 좋아하게 될 것이 확실하다.

3. 가난한 사람에게 하지 말아야 할 말

어렵게 다진 기반을 잃고 싶지 않다면 이 단계에서 가장 각별히 주의해야 한다. 가장 주의력 있고 성실한 이들마저 가난한 사람과 실제로 대화를 나누면서는 흔들리곤 하기 때문이다.

호화로운 선물에 누그러진 가난한 사람은 마음이 넓어지고 어쩌면 상냥해지기까지 할 것이 분명하다. 그러나 아직 결정적으로 온전히 당신의 것은 아니다. 그의 심기를 크게 자극해 지금까지의 모든 노력이 허사가 될 가능성이 여전하기 때문이다. 부주의한 발언, 때에 맞지 않는 질문, 어울리지 않는 비유 등 가난한 사람에게 모욕감을 줘서 완전히 소원해질 수도 있다. 전력을 다해 반드시 피해야 하는 종류의 예시를 아래 정리했다.

a. 진입로 막고 있는 저 파란색 다임러 당신 차예요?
b. ……그러니 결국엔 항상 지분을 더 많이 가진 주주를 탓하겠죠.
c. 정오쯤 전화할게요. 깨어 있을 시간인가요?
d. 당신이 뭔데 그래요? 루셔스 비비*라도 되나?

* 보스턴 상류층 출신 미국 작가이자 언론인. 호화로운 생활과 다양한 고급 취미를 누린

e. 저 말 절대 믿지 마요. 웨이터들이 돈을 얼마나 많이 버는데.

f. 와, 유니폼이네요. 정말 좋은 생각이에요.

4. 가난한 사람들이 쓰는 주요 단어

세일—소매업종의 일반적인 행사로, 가격을 낮춰 상품을 판매한다. 항해를 뜻하는 세일sail과 헷갈려서는 안 된다. 이 단어 또한 어떤 경우든 가난한 사람에게 사용해서는 안 되는 좋은 예다.

미트로프—경이로울 정도로 거친 질감의 파테pâté. 뜨겁게 먹기도 한다.

과로—몸을 가누기 힘들 정도의 피로와 탈진으로 지친 상태. 시차증과 비슷하다.

월세—돈 낭비. 사는 게 훨씬 싸다.

30년대 엘리트 사교계의 일원으로, 뉴욕 최고급 클럽과 카페를 섭렵하며 일명 '카페 소사이어티'의 삶을 『헤럴드 트리뷴』에 기고했다. '카페 소사이어티'라는 명칭을 처음 사용한 인물이기도 하다.

가장 탐욕적인 네 가지 사건
: 호소력 미달

앤절라 드 G

꽉 재해 현장 같던 이스트리버 조합 아파트에는 이제 침묵만이 감돈다. 심하게 훼손된 나무마룻바닥은 방수포로 어수선하고, 어두운 레일 조명 아래로 페인트 묻은 사다리들이 해골처럼 서 있다. 선택받지 못한 색조의 회색이 벽 아래 슬프게 얼룩져 있다. 라임색과 칠흑 같은 검은색이 우악스럽게 뒤섞인 황량한 원단 샘플이, 폐허라고 불러 마땅한 고풍스러운 레카미에 의자에 아무렇게나 널브러져 있다. 이제는 침묵만이 감돈다. 그렇다. 지금은. 하지만 이 휑한 진창의 거주자인 앤절라 드 G에게 잠깐의 이 고요는 너무나도 짧은 막간에 불과하다. 통째로 뒤집혀버린 세상의 소중한 평온 한 조각. 혼란과 의심의 세상. 공포와 암울의 세상. 절망의 세상.

앤절라 드 G는 리모델링중이다.

그녀의 야윈 몸에 비해 너무 큰 헐렁한 커피색 스웨터 안으로 작은 체구가 조용히 웅크리고 있다. 스웨터가 어찌나 몸에 안 맞고 커다란지 입은 사람의 목소리도 겨우 들릴 정도다. 아쉽지만 이 스웨터는 재단 상태가 아무리 끔찍해도, 색이 아무리 안 어울려도, 일상생활에 아무리 부적합해도 거절하기가 어려웠을 옷이다.

디자이너가 준 선물이었다.

하지만 창밖의 차디찬 검은 강물 너머 암울한 퀸스*를 바라보는 앤절라 드 G는 자기의 차림새를 의식하지 못하는 모양이다. 현재의 위기가, 주위를 둘러싼 침울함이 너무나도 거대하니, 옷 따위야 더이상 문제될 게 거의—실로 거의—없으니 말이다.

앤절라 드 G가 말할 때면 누구든 그 목소리 안에서 벌어지는 갈등에 즉시 놀란다. 절망을 장황히 쏟아내는 그녀의 목소리는 작지만, 고뇌의 아우성은 크다. 사회복지 업계에 종사하는 우리들에겐 너무도 익숙한 일이다. 물론 익숙할지라도 가슴이 찢어진다. 앤절라 드 G의 고통은 진짜이기에, 그 짐이 무척이나 무겁기에. 그래서 귀기울이고, 그래서 듣는다. 모든 걸 듣는다. 도배업자와 건축업자의 격한 싸움, 조명 디자이너의 오만함, 지각한 일꾼, 어설픈 페인트공. 시급 1.5배, 2배, 이제껏 법정공휴일을 고려하지 않았다는 충격. 그렇게 귀기울이고, 듣고, 물론 미미하지만 할 수 있는 만큼 한다. 큰 도움이 되지 못함을, 이러

---

* 뉴욕의 다섯 자치구 중 가장 동부에 있는 지역.

한 상황에 대처하는 능력이 처절히 부족함을 너무도 잘 알기에, 망설이면서도 결국엔 차가운 위로뿐인 것을 건넨다. 나무마룻바닥을 탁월하게 시공하는 누군가의 이름. 조합에 가입하지 않은 뉴어크 배관공의 숫자. 자기 분야를 제대로 알고 일하는 가구 장식 전문가를 언젠가는 찾을 수 있을 것이라는 희망. 그렇게라도 해본다. 노력하면서 본심을 감춘다. 그러나 그래봤자 더 많은 것이 필요하리란 걸 알고 있다. 외부의 도움이 필요하리란 걸. 그것도 절실하게.

앤절라 드 G는 리모델링중이다.

제발 도와주실 분?

레너드 S

레너드 S는 혼자다. 정말 혼자다. 철저하게 혼자다. 그렇다. 레너드 S는 지금 혼자 있다. 늘 이렇지는 않았다. 한때는 달랐다. 무척 달랐다. 사실 어젯밤까지도. 하지만 이제 모든 것이 변했다. 그 시간은 다 끝났다. 오늘 아침 잠에서 깨어났을 때, 레너드 S가 오랫동안 두려워하던 비극이 정면으로 들이닥쳤기 때문이다. 그렇다. 크리스토퍼 R가, 사랑스럽고 다정하며 몸매도 아름다웠던 크리스토퍼 R가 떠났고, 레너드 S는 혼자였다. 그러나 크리스토퍼 R는 혼자가 아니었다. 그는 레너드 S의 현금 전부, 옷 절반, 휴대용 컬러텔레비전과 훌륭한 앵그르 그림과 함께였다.

레너드 S는 크리스토퍼 R가 이제 행복하길 바란다.

그가 레너드 S를 대하던 방식에 행복하길. 거짓말과 속임수, 기만에 행복하길. 레너드 S를 등쳐먹던 방법—그의 인맥과 신용카드 번호, 폴스튜어트 고객 계정을 이용한 것—에 행복하길. 철없는 오만에 행복하길. 형언할 수 없는 건방에 행복하길, 훌륭한 앵그르 그림에 행복하길.

레너드 S는 행복하지 않다. 우울하다. 지겹고 피곤하다. 머리가 아프다. 환상이 깨졌다. 믿음이 배신당했다. 출근도 하기 싫다. 차갑고 무정한 도시를 살아가는 수백만의 다른 남자들처럼 그 또한 부서지고 말았다. 견딜 수 없을 만큼 바닥까지 떨어졌다. 어둠이 차오른다. 오늘은 도저히 집에 있을 수가 없다.

끔찍한 고통 속에서 입을 연 레너드 S를 차마 못 보겠다. 레너드 S는 크리스토퍼 R를 사랑했다. 소중히 품었고, 아꼈으며, 응원했다. 자기만 바라본다고 생각했다. 점잖다고, 다르다고 생각했다. 남들과는 다른 줄 알았다. 티머시 M, 존 H, 로드니 W, 데이비드 T, 알렉산더 J, 매슈 C, 벤저민 P, 조지프 K와는 다른 줄 알았다. 로널드 B, 앤서니 L, 칼 P와는 다른 줄 알았다. 하지만 착각이었다. 단단히 착각했다.

이제야 깨달았다.

그동안 눈이 멀었었나보다. 미쳤었나보다. 정신이 나갔던 게 분명하다.

전화가 울린다.

레너드 S가 통화를 끝냈고 다시 한번 비극이 닥친 게 분명해 보인다. 술을 한 잔 따른다. 손이 떨린다. 두 눈은 비통함으로 가득찼다. 말하기도 힘들어하지만 천천히 참담한 이야기를 푼다. 이중 배신이었다. 남아 있던 일말의 믿음마저 그를 철저히 저버렸다. 크리스토퍼 R가 로스앤젤레스로 가고 있다. 레너드 S의 마음과 함께. 레너드 S의 현금 전부와 옷 절반과 함께. 레너드 S의 휴대용 컬러텔레비전과 함께. 레너드 S의 훌륭한 앵그르 그림과 함께.

그리고 레너드 S의 비서인 마이클 F와 함께.

이제 자긴 다 됐다고 한다. 끝났다고 한다. 아무것도, 아무 의미도 없다고 한다. 그 어느 것도. 하지만 아직 희망이 있을 수도 있다. 당신의 도움이면 될 수도 있다. 어떤 도움이든 완벽하게 비밀에 부쳐진다. 익명성이 철저히 보장된다. 감히 당신의 성姓을 밝히지 않을 것이다.

앨런 T 부부

한때 이곳엔 웃음이 있었다. 음악도 있었다. 파티. 축하. 출장 연회도 있었다.

재미까지.

하지만 이제 벨에어에 위치한 이 튜더풍 주택에는 긴장만 감돈다. 이 집에 사는 이들은 몹시 지쳤다. 불안하다. 최선을 다하고는 있지만 압박을 견딜 수가 없고, 믿기 힘든 요구들뿐이다. 잘못된 판단. 계산 착오. 실패한 계약의 참담한 결과에 몸부림친다.

이들은 대중을 잘못 읽었다.

이런 미래가 불가능해 보이던 때도 있었다. 앨런 T 부부가 잘나가던 때도 있었다. 이 지역에서 가장 영리하고 예리한 제작과 기획. 탄탄한 실력, 흔들림 없고, 실수도 없고. 재방송료, 영화 수입, 순수익이 아닌 총수익에 따른 지분. 이 모든 게 앨런 T 부부의 것이었다. 이 두 사람이 미국의 최신 흐름을 읽고 있었다. 때와 장소를 정확히 아는 부부. 필요한 것을 정확하게. 미국이 불만에 찬 젊은층을 원한다면 불만에 찬 젊은층을. 흑인 착취를. 아련한 향수를. 남성의 유대를. 주술을. 이들은 모든 흐름 하나하나를 예견했다. 예감은 적중했다. 몇 번이고 거듭해서. 인맥이 있었다. 존경이 있었다. 권력이 있었다. 동시에 리스한 최신형 메르세데스 네 대가 있었다. 초콜릿색. 황백색. 은회색. 어두운 적갈색. 스튜디오에서 금액까지 모두 지불하며 제공한 것이다.

그러다 모든 게 무너져내리기 시작했다. 여기서 실수, 저기서 착오. 처음엔 작은 것들이었다. 너무 섣부른 대중 공개. 스무 살짜리 감독에게 감당 못할 예산 배정. 음주 문제가 있는 편집자 기용. 귀여운 신인에게 과도하게 큰 배역 할당. 혹평. 자동차극장.

가장 먼저 적갈색을 떠나보냈다. 다음에는 황백색. 앨런 T 부부가 겪는 절망을 진심으로 이해하는 사람은 거의 없다. 이들은 상처 입은 사슴, 영혼을 좀먹는 질병의 희생자와도 같다. 부부는 서로를 바라보며 애잔한 침묵 속에 앉아 있다. 이제 시간문제라는 걸 안다. 다음 차례는 은회색이다. 그러다 초콜릿색마저 떠나갈 것이다. 자신을, 그리고 서로를 책망한다. 한때 자부심 가득했던 이 부부는 이 역경이 그들의 결함으로만 보이기에 더욱 견디기가 어렵다. 스스로 초래한 가혹한 참상.

앨런 T 부부는 공상 과학의 유행을 예상하지 못했다.

어쩌다 그렇게 됐는지는 도저히 상상할 수 없다. 징조는 이미 명백했다. 페이퍼백 소설이 날개 돋친 듯 팔려나가고, 미래광들의 대규모 행사, 만화책에 장난감까지. 임박한 유행이었다. 금광이었다. 돈줄이었다. 완전히 새로운 판이었다. 그때 이들은 어디 있었나? 자문하던 부부의 답변에는 비탄과 자기혐오가 소름 끼치게 뒤엉켜 있었다. 그들은 악마에게 홀린 어느 요크셔테리어에 관한 시시껄렁한 영화를 찍는 야외 촬영장에 있었다. 어제의 신문, 2월을 맞은 1월의 『플레이보이』 모델.

도움의 손길을 내밀어주실 분? 앨런 T 부부를 도와주실 분? 시도라도 해주길 부탁한다. 그 어떤 제안이라도 좋다. 거절하지 않을 것이다. 그럴 수나 있을까?

킴벌리 M

킴벌리 M은 공항 터미널에 홀로 서 있다. 우두커니 홀로. 빙빙 돌고 도는 수하물 벨트를 바라보며. 소용없다는 걸 안다. 벌써 몇 시간이 흘렀다. 기다렸다. 모두에게 물어봤다. 담당자, 지상 안내원, 당혹감에 눈에 뵈는 게 없어 심지어 승무원에게까지. 희망을 품어보았으나 결국 짓밟히고 말았다. 수하물이 사라졌음을 이젠 안다. 일곱 개 모두. 할머니가 주신 선물 일곱 개 모두. 모두 루이비통. 전통 있는 그것. 진짜배기 그것.

그땐 아직 가죽이었는데.

이런 일이 자신에게 일어나다니 정말이지 믿을 수가 없다. 곧 깨어날 무서운 악몽이 틀림없다. 진짜일 리 없다. 하지만 비행 지연과 비행 취소를 안내하는 기계적인 목소리를 들으며 킴벌리 M은 이게 환상도, 꿈도 아니라란 걸 알고 있다. 항공사에서 정말로 짐을 분실했다. 어디에 있을지 감도 안 잡힌다. 실수로 누가 가져갔나? 택시에 실려 시내로 가고 있을까? 클리블랜드로? 홍콩을 경유하고 있나? 영영 모를 것이다.

사라졌다, 소니아리키엘 스웨터가. 가장 아끼는 겐조 셔츠가. 새로 장만한 클리니크 화장품 세트가. 모프리종 신발이. 찰스주르당 부츠가. 주소록이. 그렇다. 주소록이 사라졌다. 사라졌다. 사라지고 말았다.

킴벌리 M은 공항 터미널에 홀로 서 있다. 우두커니 홀로. 빙빙 돌고 도는 수하물 벨트를 바라보며.

킴벌리 M은 수하물을 분실했다. 당신 것을 조금 나눠줘도 괜찮을 것이다.

누가 가장 탐욕스러운가!

부모 생활 지침

제목으로 알 수 있듯, 이 글은 인간을 재생산해본 이들을 대상으로 한다. 내 글을 읽는 독자에게 익숙한 재생산reproduction은 몹시 최근에 제작된 루이 15세풍 복제reproduction 장식장뿐임을 모르는 건 아니지만, 그럼에도 말하지 않고는 넘어갈 수 없는 특정 요소들이 있다고 생각한다. 물론 나는 자녀가 없지만, 어린이 양육이라는 주제에 관해선 상당히 확고한 의견을 갖춘 편이라고 할 수 있기 때문이다. 그 이유는 다양하다. 현란하다고까지 하겠다. 인류의 미래를 진심으로 염려하는 마음부터 단순히 미관상의 멸시까지.

일반적인 추측보다 훨씬 덜 지독한 사람으로서 나는 어린이들의 행동에 따른 책임을 전적으로 그들에게만 묻지는 않는다. 전반적으로 보았을 때 이 책임은 윗사람이 져야 한다. 그러므로, 아는 것이 힘이 되게 하려는 노력의 일환으로, 아래의 의견을 제시한다.

부모로서 당신의 책임은 생각하는 것처럼 대단하지 않다. 이 세상에 차세대 질병 정복의 주인공이나 영화계 대스타를 공급할 필요는 없다. 형용사와 명사를 구분할 줄 아는 아이로만 성장해도 완전한 성공을 거두었다고 여겨도 된다.

*

어린이에게는 딱히 돈이 필요하지 않다. 월세를 낼 필요도, 메일그램[*]을 보낼 필요도 없으니 말이다. 그러니 어린이의 용돈은 껌을 사거나 가끔 담배 한 갑을 살 만큼이면 넉넉하다. 본인 명의의 예금계좌 그리고/또는 세금 감면 수단이 있는 어린이는 만만한 녀석으로 성장하지 않을 것이다.

*

어린이에게 식탁 예절을 엄격히 지도하지 않는 것은 그 어린이의 앞날에 무심한 것이다. 리넨냅킨으로 해군 제독 모자를 만드는 사람을 사회가 열렬히 찾아줄 리 없다.

*

'아역배우'라는 말은 불필요하다. 괜히 더 보태서는 안 된다.

*

진짜 미용실에서 진짜 미용사에게 아이의 머리를 맡기지 마라. 아직

---

* 우체국에서 전자 방식으로 메시지를 수신 후 실제 우편물로 배달하는 방식. 전보보다 훨씬 더 긴 내용을 빠르게 전하는 장점이 있었다.

경멸에 노출되기엔 키가 너무 작다.

*

비 오는 날 아이에게 뭘 하고 싶은지 묻지 마라. 장담컨대 아이가 하고 싶어하는 일은 당신이 보고 싶어하지 않는 일일 것이다.

*

교육 방송은 완전히 폐지해야 한다. 이는 비합리적 기대감으로 이어질 뿐이고, 알파벳 글자가 책에서 뛰어나와 파란색 닭들과 함께 춤추지 않는다는 사실을 깨달았을 때 실망감만 줄 것이다.

*

진심으로 아이가 미래에 대비할 수 있게 가르치고 싶다면 뺄셈이 아닌 공제를 가르쳐라.

*

누가 봐도 성경에서 따온 게 명백한 이름은 무슨 수를 써서든 피하라. 가진 패를 모두 보여주기에 이만한 방법도 없다.

*

아이가 자라서 타키 183*이 되길 바라는 게 아니라면 벽에 글씨를 써도 된다고 하는 진보 성향의 학교에 보내지 마라.

*

아이에게 꼭 무언가를 가르쳐야 한다면 운전학원에 보내라. 아이가

---

* TAKI 183. 1960년대와 1970년대에 뉴욕에서 활동한 그라피티아티스트.

스트라디바리우스 바이올린[*]보다는 닷선 자동차를 소유할 가능성이 훨씬 높다.

*

어린이가 입은 디자이너 의상은 성인이 입은 방한복과 같다. 성공적으로 소화하는 수가 극히 드물다.

*

절대로 아이가 당신의 이름을 부르도록 허락해서는 안 된다. 아직 그 정도로 오래 알진 않았다.

*

당신이 게오르게 발란친[†]의 어머니가 아니라면 아이에게 예술적 표현을 장려하지 마라.

*

아이한테 정치적 의견을 얻으려 하지 마라. 딱히 더 아는 것도 없다.

*

아이에게 술을 섞는 일을 허락해서는 안 된다. 부적절한 행동이고 아이들은 베르무트[‡]를 너무 많이 쓴다.

*

아이방 가구를 아이에게 직접 고르게 하는 행위는 키우는 개에게 수

---

* 17세기부터 18세기까지 이탈리아 바이올린 제작자 스트라디바리 일가가 제작한 바이올린.

† 제정러시아 태생의 미국 무용가. 신고전주의 발레의 창시자로 일컬어진다.

‡ 알코올성 음료의 하나.

의사를 직접 고르게 하는 것과 같다.

*

아이가 이성을 잃을 가능성이 있다면 텔레비전을 너무 많이 본다는 뜻이다.

*

어린이들과는 성에 대해 토론할 필요가 없다. 어차피 거기서 거기다.

*

절대로 극적인 효과를 기대하며 어린이에게 총을 겨누지 마라. 무슨 뜻인지 모를 거다.

*

아이가 밥값을 내는 경우에만 저녁으로 뭘 먹고 싶은지 물어라.

청소년에게 전하는 조언

인생에서 사춘기만큼 관련된 모든 사람에게 불쾌하고, 보기 싫고, 더할 나위 없이 구미가 당기지 않는 기간도 아마 없을 것이다. 마주치는 거의 모두에게 기분 나쁜 영향을 주는 것은 맞지만, 이 야만적 충격을 가장 크게 받는 사람은 그 누구보다 사춘기를 맞은 청소년 본인이다. 십이 년간 한결같이 귀엽기만 하던 시기를 막 끝냈으니, 받아들이기 힘든 외모가 초래할 혹독한 결과를 감당할 준비가 전혀 되어 있지 않다. 인생의 열세번째 해에 접어듦과 거의 동시에 통통하던 작은 꼬마는 뚱뚱한 소녀가 되고, 이전까지 '나이에 비해 작다'는 말만 듣던 소년은 작은 키가 현실임을 깨닫는다.

신체적 아름다움이라는 문제가 심각하긴 하지만, 방심하던 청소년을 괴롭히는 것은 이뿐만이 아니다. 철학, 정신, 사회, 법적인 면까지, 진정 무수한 난관이 매일 그의 앞을 막아선다. 당연히 혼란스러운 이 청소년은 거의 언제나 끝나지 않는 고통 속에 빠져 있다. 아무렴 안타깝고 애처롭기까지 한 일이다. 상황이 이런데도 힘겨워하는 청춘들을 향한 연민이 부족함을 발견할 수 있다. 이러한 동정심 기근의 원인은 분명 과도한 활기로만 동족을 상대하는 청소년의 고집스러운 태도에 있다. 간단히 말해 이 사람은 그 어느 것도 본인 혼자 간직하지 못하는 나이다. 충동이 아무리 사소해도, 감정이 아무리 원초적이어도, 청소년은 그 무엇에서든 주변과 공유해야겠다는 욕구를 느낀다.

이러한 행동은 자연스럽게 주변 사람들을 떨어져나가게 한다. 그런 목적으로 하는 행동임에도, 악감정을 듬뿍 담은 반응이 튀어나오는 건 어쩔 수 없다.

그리하여, 더 폭넓은 이해를 도모할 수 없다면 적어도 더 점잖은 행동을 장려하고자 아래와 같은 조언을 준비했다.

신체적 매력이 부족해 주변과 잘 어울리지 못하는 것 같다면, 그 어떤 상황에서든 독특한 개성을 키워서 이를 벗어나볼 시도를 하지 마라. 독특한 개성은 성인이라면 못 봐줄 일이다. 청소년이라면 종종 법으로 처벌받을 때도 있다.

*

아침식사 자리에서 선글라스 착용이 사회적으로 용인되는 경우는 법적으로 맹인이거나 개기일식 중 실외에서 아침식사를 할 때뿐이다.

*

당신의 정치적 견해가 부모와 극도로 상반된다면, 그러한 감정을 말로 표현하는 것이 물론 헌법상 명시된 자유이긴 하지만, 입안 가득 음식을 넣은 채로 말하는 것은 부적절한 행동임을 명심하기 바란다. 억압의 주체가 구워준 갈비구이가 담긴 입으로는 특히 그렇다.

*

말하기 전에 생각하고, 생각하기 전에 읽어라. 혼자 지어내지 않은 것을 생각해볼 기회가 된다. 나이와 상관없이 현명한 행동이지만, 짜증스러운 결론을 내릴 위험이 가장 큰 나이인 열일곱 살이라면 특히 그렇다.

*

학교의 진학 상담 선생님이 그분의 역량을 최대로 발휘했다면 여태 고등학교에 있지는 않았으리라는 사실에서 위안을 얻어보도록 하자.

*

청소년 시절은 수많은 위험으로 가득한 시기지만, 영화를 중요한 예술의 형태로 여기는 경향이야말로 가장 위험하다. 만약 현재 이런 의견을 갖고 있거나 곧 그렇게 될 것이라면 차마 봐주기 힘든 허세로 몇 년을 낭비하지 않도록 이 질문을 던지고자 한다. 만약 영화가(아마 벌써 '무비'가 아닌 '필름'이라고 부를 듯한데) 정말 그렇게 대단하고 진지한 예술이라면 오렌지맛 탄산음료와 젤리를 파는 데서 보여준다는 게 조금이라도 가당키나 하다고 생각하는가?

*

살면서 섹스라는 주제에 가장 많은 시간과 관심을 할애하는 시기가 바로 이때다. 이는 허용할 수 있는 행위임은 물론, 사실 권장하기까지

해야 한다. 섹스가 진정 신나는 건 이때가 마지막이기 때문이다. 보다 멀리 내다보는 이들이라면 나이들어서도 할 수 있는 다른 관심사를 추가로 개발하는 게 좋겠다. 개인적으로는 흡연을 추천한다. 꾸준히 인기 있는 습관이다.

*

마침 담배 얘기가 나왔으니 하는 말인데, 독특한 모양과 색깔, 포장으로 관심을 자극하려는 브랜드에 끌리는 취향을 용서받길 합리적으로 기대할 수 있는 시기로도 청소년기가 마지막임을 잊지 말아야 한다.

*

연극반에서 올해 작품으로 이오네스코의 〈대머리 여가수〉를 올리자고 제안하는 그 여학생은 평생 사람들의 눈엣가시로 살 것이다.

*

혹시 출중한 외모라는 흔치 않은 축복을 받은 청소년이라면, 현재 상태를 사진으로 촬영해 기록하라. 나중에 누구라도 당신 말을 믿게 하려면 이 방법뿐이다.

*

할 수 있다면 최대한 약물 사용을 피하라. 지금 이 시기에는 즐거운 기분전환 수단일지 모르나, 크게 보면 인생 후반기에(인생 후반기까지 산다면) 넉넉한 만족을 주는 세금 감면 수단과 해변 별장을 취득하는 데는 별로 유용하게 쓰이지 못한다.

*

이십대가 되기 전에 법적으로 성년이 되는 주에 살고 있다면, 아닌 척하라. 현재 생존한 성인 중 19세 때 내린 결정에 법적으로 얽매이고 싶어하는 사람은 아무도 없다.

*

청소년기는 나를 찾는 전화가 왔다는 말을 반기는 마지막 시기임을 기억하라.

*

대수학 시간에 의식 있는 상태이길 거부하는 입장을 강경히 유지하라. 장담컨대 현실에는 대수학이라는 게 없다.

론 교황과 함께

성베드로대성당 첨탑에 햇살이 눈부시게 반짝이는 화창하고 청량한 날이다. 언제 봐도 인상 깊고 장엄한 장면이지만 다급히 광장을 가로지르는 나의 눈엔 거의 들어오지 않는다. 실력 있는 언론인이라면 누구나 알듯 교황은 기다리기를 좋아하지 않는 법인데 인터뷰에 늦었기 때문이다. 숨차게 바티칸에 입성해 실제로도 무척이나 멋진 스위스 근위대에 재빨리 눈길을 던졌다가 교황이 사용하는 공간으로 이동한다. 이 인터뷰를 마련한 주인공과 만날 곳이다. 교황의 최측근인 수석 추기경이다.

"안녕하세요." 갓 삼십대로 접어든 듯한 껑충한 키의 젊은이가 말했다. "저는 추기경 제프 루커스입니다. 제프라고 부르시면 돼요." 제프가 친근하게 뻗는 손에 가톨릭 신자가 아닌 나는 어떻게 해야 할지 몰라 다소 당황했다. 바로 그때 남성적인 거친 목소리가 들려와 자칫 몹시

망신스러울 뻔했던 상황에서 나를 구했다. "제프, 제프. 잡지사에서 온 그 여자분이면 일 분 후에 뵙겠다고 말씀드려. 교서 작성을 마무리하고 있거든."

약속대로 정확히 육십 초 후, 깜짝 놀랄 만큼 속눈썹이 긴, 키가 크고 머리가 조금 텁수룩한 남성이 준비된 미소, 짓궂기까지 한 미소를 띠고 내 앞에 나타났다. "안녕하십니까." 고작 일 분 전에 들었던, 잊지 못할 저음의 목소리로 그가 인사했다. "제가 교종입니다. 론이라고 부르세요. 다들 그러거든요."

나조차도 놀랄 만큼 쉽게 그 이름을 불렀다. 론 교황의 진심어린 따스함에는 전염성이 있기 때문이다. 우리는 이내 크고 오래된 가죽소파에 앉아 마치 평생 알고 지낸 사이처럼 담소를 나눴다. 오래지 않아 교황의 아내인—라파엘전파풍의 곱슬머리와 길고 가느다란 손가락을 자랑하는 우아한 금발의—수, 론이 첫 결혼에서 얻어 소년기에 접어든 아들 딜런도 우리와 함께했다.

나는 녹음기가 잘 작동하는지 확인한 후, 론에게 성스러움과 무류성無謬性의 부담감에서 벗어나기 위해 어떤 식으로 휴식을 취하는지, 개인 일상부터 조금 들려주면 좋겠다고 부탁했다.

"글쎄요." 론이 말했다. "우선 이 새로운 교회에서는 그간 경직되어 있던 지점들을 많이 풀었다는 말부터 해야겠군요. 사람들과 맞추려고 정말로 노력합니다. 나와는 다른 시각을 이해하고 고려하며, 또 성장하려고요. 나를 확장하고 다양한 사고를 탐험하려고 합니다. 좌우명 비슷한 게 있는데, 이 일을 하며 제게 막대한 도움이 되었습니다. 교회가 삶과 밀접하게 닿아 있도록 하는 데 지대한 공헌을 한 좌우명이죠. 사실 여기 있는 수도 그 말을 아주 좋아해서 이런 것을 만들었답니다." 론이 백의를 헤치고 빨간 글씨가 박힌 흰색 면티셔츠를 보여주었다. '오류가 없다고 유연성도 없진 않다.' 교황이 말을 이었다. "물론 이건 아직 시제품입니다. 수가 지금 작업중인 항아리만 다 마치면—도자기 물레 솜씨도 뛰어나거든요—추기경회 전체에 돌릴 수 있게 만들 예정입니다.

휴식 방법이라면, 손으로 하는 일을 매우 좋아합니다. 아무리 교황이라도 자연에서 온 원재료와 촉각으로 교감하다보면 겸손해지기 마련이죠. 저기 있는 홀 보이시죠? 육 개월 동안 장미목을 직접 깎아 만들었는데, 스스로 만드니 정말 나의 일부, 나의 것이 된 느낌이라 그 보람이 상당합니다." 이 말에 수가 자랑스러운 듯 미소를 지으며 론의 반지에 장난기 어린 입맞춤을 했다. 지독히도 행복한 부부라는 것을 한눈에도 쉽게 알 수 있었다.

"성당 곳곳에서 다른 일도 합니다. 수랑 같이요. 딜런이 도울 때도 있고요. 그렇지, 딜?" 어린 아들의 머리를 헝클며 부성애를 담아 론이 물었다. "처음 여기에 들어왔을 때는 믿을 수가 없을 지경이었어요. 놀랄 만큼 격식을 중시하고, 놀랄 만큼 장황하며, 믿을 수 없이 경직돼 있었죠. 규모도 어마어마해서 우리 노력도 거의 티가 안 나요. 그래도 하나 한 게 있다면—사실 바로 지난주에 마쳤습니다. 물론 수도 함께요—시스티나성당의 벽을 뜯어내 천연 벽돌을 드러냈습니다. 이제 아주 훌륭하고, 따뜻하고, 평범합니다."

우리는 박하차를 홀짝이며 딜런이 아버지의 주교관을 써보는 모습을 재미있게 바라보았다. 커다란 관이 아이의 작은 얼굴까지 내려오자 가벼운 웃음이 일었고, 나도 동참했다. "론, 이제 다음 질문으로 넘어가죠. 솔직하게 답해주시는 건 당연하고요. 교황도 가톨릭신자인가요?"

"그러니까," 론이 말했다. "나를 특정해서 묻는 거라면, 나라는 개인에게 하는 질문이라면, 가톨릭신자가 맞습니다. 하지만 물론 그건 괜한 공포심을 조장하는 과거의 산물일 뿐이죠. 이 분야도 개방의 움직임이 뚜렷하고 내가 신자라는 게 교황 선출에 주요하게 작용하지도 않았습니다. 추기경회에서 찾는 인물은 신을 향해 열려 있고, 본인 감정에 충실하며, 상호 소통 능력이 있는 남성 또는 여성이라고 할 수 있습니다. 일방적으로 파문하는 자가 아니라요—그건 정말이지 부정적인 행위이고, 새로운 교회가 표방하길 바라는 현실 반영과는 너무나도 거리가 멉니다. 네, 교회는 모든 가능성에 열리고 있어요. 그리 머지않은 미래에 로체스터 교황, 엘런 교황, 심지어 아이라 교황이 등장하지 못할 이유가 없습니다."

"아이라 교황요?" 내가 물었다. "그건 좀 가능성이 없지 않나요? 지금까지 교회에서 유대인이 예수를 죽였다고 한 역사가 있는데 유대인 교황이라뇨?"

"그건요," 론이 거드름을 피우며 말했다. "과거는 과거일 뿐입니다. 이제 예수의 죽음을 유대인 탓으로 돌리지 않는다는 걸 아시잖습니까. 관련이 있었다는 건 명백하지만 역사적으로 바라봐야 합니다. 그리고 이제 교회에서는 내가 작년에 발표한 교서를 인정했어요. 유대인이 한 행동은 단지 괴롭힘 정도였다는 사실을 인정한다고 천명하는 내용이었죠. 바로 그렇게 선언했어요. 유대인은 예수를 괴롭혔을 뿐, 죽이지는 않았다고요."

마음이 놓인 나는 론에게 교황의 홀을 눈여겨보는 젊은이라면 그 원대한 목표를 이루기 위해 누구나 견뎌야 할—차라리 이겨낸다고 해야 할—험난하고 고된 초년생 시절에 관해 물었다.

"네." 론이 말했다. "힘들었죠, 정말 힘들었어요. 하지만 재밌기도 했습니다. 난 전부 다 해봤거든요. 갈 데까지 갔죠. 어릴 때 미사를 돕던 복사服事에서부터 지금은 '황'자까지 달았으니까요. 불순한 생각을 고백하는 소년의 고해성사에도 내가 있었고, 아기들 세례식에도—말하자면 1열에—있었습니다." 그는 자기 농담에 가볍게 웃었다. "빙고게임 진행부터 신실한 이들의 결혼까지, 무리를 보살폈달까요. 다섯 마을* 출신 최연소 추기경의 삶이 항상 쉽지만은 않았지만 웃는 날도 있었고, 교황으로 선출되던 밤엔 그 모든 게 보람이 되었습니다. 그때가 기억나는군요. 산들바람이 부는 따뜻한 날씨였고 저는 팸과—첫번째 부인 팸요—함께 서서 연기를 바라보며 기다리고 또 기다렸습니다. 흰 연기가 나오고 선출 소식을 듣기까지 아홉 번이 지나갔는데 수백만 번은 된 것 같았어요. 하느님 맙소사, 아름다웠습니다. 정말 아름다웠죠."

론은 격해진 감정에 차오르는 눈물을 훔쳤지만, 감정을 느끼는 것을 부끄러워하지 않는 기색이 역력했다. 그 오랜 시간 인간을 옭아매던 압

* 뉴욕 퀸스 남쪽 나소카운티에 위치한 휼렛, 우드미어, 로런스, 인우드, 시더허스트를 이르는 명칭.

박에서 자유로운 모습이었다. 내가 이 이야기를 꺼내자, 오랫동안 인간에게 감정을 느낄 권리를 허락하지 않던 답답한 구식 가치를 뛰어넘는 그의 우월성을 알아본 데 대해 론은 감사에 가까울 만큼 기뻐했다.

"보세요." 론이 교조적 태도로 말했다. 교황이라는 직책을 괜히 맡은 게 아님을 쉽게 알 수 있었다. "우리는 모두 한배를 탄 겁니다. 수와 나는 동반자라고 할 수 있어요. 모든 것, 정말 모든 걸 상의하죠. 수와 먼저 의논하지 않고 칙령을 발표하는 일은 생각도 못합니다. 내 아내라서가 아니라 수의 의견을 존중하기 때문이에요. 그 판단력을 높이 사죠. 수 혼자 해낸 것도 많습니다. 통곡물 성체 도입처럼요. 그런 일은 완전히 이 사람 전문이거든요. 지금까지 과하게 정제된 성체로 신도들의 몸을 상하게 했다는 사실을 내게 알려준 게 바로 이 사람입니다. 그거 말고도 무척 많은 일을 했어요. 수백 가지가 넘죠. 일일이 열거할 수도 없어요. 네, 수는 정말 특별한 사람입니다. 무엇보다 신도의 안위를 먼저 생각하죠. 늘 딴 사람을 생각한다는 말이 사실이라니까요. 어휴, 나만의 여인이 아니라 만인의 여인이에요. 이건 교서가 아니라 오로지 마음에서 우러나온 말임을 믿어주세요."

현대 성인의 삶

잘 삐치는 성 개릿(1974년 사망): 메이크업 아티스트의 수호자로, 붓기와 불규칙한 피부 톤에 맞섰다.

개릿은 본인 주장에 따르면 1955년 클리블랜드에서 태어났다. 공장 노동자였던 아버지는 창백하고 심약한 아들에게 별 관심이 없었다. 경건한 신도였던 어머니가 생계에 보탬이 되기 위해 하던 화장품 방문판매가 아마 속세의 개릿에게 영향을 주었을 것이다.

아주 어렸을 때부터 개릿은 베풂에 있어 조숙한 성향을 보였고, 마주치는 여성마다 '눈만이라도 좀' 해주겠다며 항상 봉사하곤 했다. 열한 살의 나이에 숲속 동물들에게 먹을 것을 주고자 인견으로 만든 옷만 두른 채 휘몰아치는 눈보라를 뚫고 숲 가장 깊은 곳까지 75킬로미터를 걸어가기도 했다. 이 축복받은 행위의 현장은 현재 전 세계 순례

자들이 방문하는 성지가 되어 '눈 속의 체리'로 불린다. 동네 한 아주머니의 넓적하고 두툼한 코에 티나지 않게 윤곽용 파우더를 사용해 외모를 교정하는 첫번째 기적을 행한 것도 바로 이 무렵이었다.

열다섯 살이 되던 해 여름, 개릿은 고속버스 터미널에서 뉴욕 연극배우를 만났고, 이 사람(지극한 겸손으로 익명을 요구했다)의 친절한 배려로 첫 성공이라 할 화장 혁명을 이룩했다. 지치고 떨리는 몸이었지만 밝은 빛으로 둘러싸인 거대한 반사경이 눈앞에 놓인 것을 보았다. 절실하게 애원하는 눈을 보았다. 윤곽을 살리지 못한 광대뼈를 보았다. 마르고 푸석한 입술을 보았다. 아름답고 다양한 색조를 보았다. 자신의 운명을 보았다.

개릿의 화장법에 감명받은 배우는 그의 뉴욕 진출을 도와주었다. 이곳에서 개릿은 이렇다 할 도움이 없었음에도 불구하고 호화로운 주택조합 아파트를 구매해 내부를 장식하는 두번째 기적을 행했다.

개릿이 진정한 변화의 귀재라는 소문은 도시 전역으로 빠르게 퍼져나갔다. 은혜를 입은 여성들은 그를 복된 자라고 불렀고, 아는 사람은 모두 곧 그를 성인으로 추대했다.

추앙받는 지위에도 개릿은 몸소 자신을 낮추며 도시의 까다로운 지역에서 순종적인 태도로 타인을 위해 미천한 일을 하는 모습이 자주 목격되었다. 어느 늦은 일요일 아침, 이스트사이드에 있는 펜트하우스 아파트 자택에서 순교한 개릿이 발견되었다.

뉴욕·사우샘프턴·팜비치의 성녀 어맨다(사망 1971년, 데뷔 1951년):

상류층 교양의 수호자. 면전에 대고 무시하기, 자본금 건드리기, 단어의 부적절한 사용에 맞섰다.

뉴욕·사우샘프턴·팜비치의 모건 헤이스 버밍엄 4세 부부의 딸인 어맨다는 뉴욕의 닥터스병원에서 1933년 1월 3일에 태어났다. 고담 무도회에서 사교계에 데뷔했고 세이크리드허트 사립가톨릭여학교와 맨해튼빌컬리지를 졸업했다. 친할아버지인 모건 헤이스 버밍엄 3세는 뉴욕증권거래소의 임원이었고 버밍엄·스티븐스·라이언 로펌의 창립자였다. 토머스 M. 헤이스 대령의 후손이기도 하다.

어맨다가 탁월함에 가까운 눈치라는 축복을 받은 사실은 탄생 직후부터 명백했다. 성 이그나티우스 로욜라성당에서 열린 세례식에서도 어맨다는 젖먹이의 품위 그 자체를 보여주며, 세례를 집전한 신부가 걸맞지 않게 출세한 인물이라는 인식이 파다했지만 울지도, 꼼지락거리지도 않았다. 어맨다의 어린 시절은 거의 광적이라 할 만큼 세부 사항에 집착하는 특징을 보였다. 세 살이 되었을 때 완벽한 꽃꽂이로 랄리크 화병에 담긴, 제철이 지나 구하기 힘든 꽃이 놀이방 곳곳에 나타나기 시작하면서, 그 기적적인 능력이 주목받았다. 이 능력의 두번째 조짐이 보인 것은 어맨다가 고작 아홉 살이었을 무렵, 뉴욕에서 프랑스어 수업에 성실하게 참여하던 중 플로리다주 호브사운드에 있는 외할머니의 사교 비서가 짠, 놀랄 만큼 예의 없는 좌석 배치표를 수정했을 때다.

어맨다는 어느 주말 하우스 파티에서 주최자가 직접 딴 야생 버섯이

들어간 샐러드를, 오른쪽에서 덜어주는데도, 거절로써 불쾌를 표하는 대신 이를 알면서도 받아들여 순교했다.

성 웨인(사망 추정 1975년): 둘째들의 수호자로, 남는 것에 맞섰다.

웨인은 똑똑하고 잘생긴 형 마이크보다 이 년 늦게 태어났고, 사랑스러움의 극치인 동생 제인보다 삼 년 반 일찍 태어났다. 그의 생애와 업적에 대해선, 그런 게 있다 해도, 기록이 거의 없으며 성인으로 추대된 것도 특이한 착오로 형 마이크가 두 번이나 성인이 되어 늘 그랬듯 관대하게 남는 성인 자리를 웨인에게 내준 결과였다.

성 잉마르프랑수아장조나스앤드루: 영화 전공 대학원생의 수호자. 재미로 영화 보러 가기, 스탠 브래키지를 폄하하는 사람들, 존 포드의 천재성을 믿지 않는 사람들에 맞섰다.

성 잉마르프랑수아장조나스앤드루는 모든 미국 소도시와 비슷한 한 미국 소도시 어느 분만실에서 무자비한 조명 아래 태어났다. 갓난아기 시절부터 엄청난 통찰력을 보였고, 평범한 영화광들에게는 보이지 않는 숨은 의미들이 그에게는 항상 보였다. 여섯번째 생일이라는 이른 시기부터 잉마르프랑수아장조나스앤드루는 지나친 대사와 부족한 설명이라는 이중적 경향을 두드러지게 보였다.

그가 행한 여러 기적 중에서, 제리루이스영화제에 어른들이 참석하게 한 것과, 정식 종합대학교에서 '버스비 버클리의 철학이 영화감독 라이너 베르너 파스빈더와 로베르 브레송에게 미친 영향'이라는 제목의 강좌를 개설한 것은 손꼽힐 만하다.

성 잉마르프랑수아장조나스앤드루는 직접 순교하지 않고 학생 한 명을 대신 보냈다.

하인 문제

불과 몇 년 전, 상당히 호의적인 언론의 관심 덕분에 내게도 소액의 돈이라고 하는 것이 생겼다. 예상치 못했지만 두 팔 벌려 맞이한 이 행운으로, 굳이 표현하자면 널찍한 주거 공간을 마련해야겠다는 생각이 내게도 처음으로 가능해졌다. 나는 신속히 집 단장에 착수했고, 곧 내가 커온 가정환경과 배경을 속일 수 있도록 신중히 선택한 멋진 가구들을 장만했다. 주변에 이렇게 성스러운 물건들을 갖추니 드디어 나의 세 가지 물질적 목표를 모두 달성했음을 깨닫고 기분이 좋아졌다. 새로운 돈, 오래된 가구, 글을 쓸 수 있는 독립된 공간.

그러나 남들이 쓴 책을 읽으며 한가로이 즐거운 시간을(그 시간이 '몇 년'임은 말할 것도 없고) 보내길 심히 선호하는 불운한 경향 때문에, 나는 이내 흡연이 허용되는 정도가 아니라 실질적으로, 어쩌면 잔인할 정도로 강제되는 작은 공공도서관 여섯 개의 모습과 무척 흡사한 것을 소유하게 되었다. 재는 재로, 먼지는 먼지로. 이보다 더 정직한 표현이 세상에 있던가? 없다고 본다. 너무나 절실히 가사도우미가 필요한 상황이었다. 안타깝게도 어떻게 구해야 할지 아는 바가 전혀 없었다. 크나큰 근심이 생겼다. 혼란에 빠졌다가, 초조해졌으며, 결국 스스로를 다잡고 차분하면서도 단호하게, 어쨌든 가사도우미가 세상에서 가장 얻기 힘든 명물도 아니니 분명 아주 평범한 방법으로 손에 넣을 수 있을 것이라고 나 자신을 납득시켜야 했다. 아주 평범한 방법 몇 개가 떠올랐지만 얼마 지나지 않아 무시했다. 가게? 아니다. 가사도우미를 돈 주고 살 수 있던 시절은 아주 오래전이고, 그때도 가게에서 팔진 않았다. 술집? 어리석은 소리. 내가 찾는 건 에이전트가 아닌 가사도우미다. 그럼 대체 어디서? 난 내 생각의 흐름 속에 꼼짝없이 갇혀 길을 잃었다. 더는 갈 곳도, 기댈 곳도 없었다. 그러다 성실하게 일한 대가가 아닌 탄생의 우연이라는 방법으로 본인의 돈을 얻은 한 친구가 때마침 기억나면서 기댈 곳이 생겼다. 조언을 주고, 길을 닦고, 방법을 알려줄 사람이 바로 여기 있었다.

나는 재빨리 전화를 걸었고 나의 무지를 어찌나 훌륭하게 드러냈던지, 친구는 도와주겠다고 나섰을 뿐만 아니라 적당한 후보를 직접 추려보겠다고도 했다. 하지만 내가 일주일에 한 번만 올 사람을 찾고 있으니 자기네 거주지에서 정기적으로 행해지는 양질의 서비스 수준은 기대할 수 없을 거라며 안타까워했다. 나는 감탄하는 마음으로 정보를 접수했고 다음 지시를 기다렸다. 며칠 후 친구가 전화해 후보 몇 명을 보낼 테니 면접을 보라고 했다. 그러면서 강조하길, 이 면접이란 어떻게 그런 생각을 하게 됐는지나 원래 그렇게 재밌는 사람이었는지 등을 묻는 게 아니라, 지금까지 어디서 일했고, 비용은 얼마를 청구했으며, 수행하고자 하는 업무의 종류가 정확히 무엇인지를 묻는 것이라고 했다. 그후에는 이들이 맘에 드는지—**사람이 아닌 가사도우미로서**—결정해야 한다. 친구는 마치 이 둘은 절대로 양립할 수 없다는 듯 강조하면서 어쩐지 과하게 내 기를 죽이는 것 같은 목소리로 말했다. 이러한 감정을 표현하자, 친구는 상황에 걸맞지 않은 개인적 기준을 적용하지 않도록 단지 주의를 줄 뿐이라고 답했다. 이 말은 곧 가사도우미가 맘에 드는지 여부는 내가 〈투데이〉에 출연했던 걸 알아봐서가 아니라 다림질을 할 수 있어서로 결정한다는 뜻이었다. 이쯤 되니 가사도우미를 두는 일은 보이는 것만큼 재밌지 않을 수도 있다는 의심이 들기 시작했다. 그래도 굴하지 않고 즉시 면접을 시작하겠다고 했다.

같은 날 오후 좀더 늦은 시각, 지나치게 단장한 젊은 남성으로 보이는 첫번째 지원자가 도착했다. 현대의 삶은 우리에게 여성 장관만이 아니라 남성 가사도우미까지 주었다. 둘 다 마뜩잖지만 이미 이 사람이 여기 서 있으니 안으로 들어오라고 하면서 스웨터를 받아주겠다고 예의를 갖춰 제안했다. 그는 거절했다. 매듭을 풀어야 하는 번거로움을 피하고 싶어서라고 짐작했다. 안쪽으로 들어오도록 안내하려 했으나, 침실을 지날 때 무언가에 눈이 사로잡힌 그는 더 가까이서 보려고 방안으로 잠시 발을 돌렸다. 그의 눈길을 끈 것은 벽난로 위에 걸린 작은 그림이었다.

"장식용 예술품이라." 그가 말했다. "재밌다고 생각하시는 모양이군요."

"아뇨." 이 청년을 과거에 몇 번 만난 적 있나 생각하며 내가 답했다. "장식용이라고 생각해요."

"침대는요?" 한쪽 눈썹을 치켜올리며 그가 물었다.

"네오르네상스양식이죠." 공격을 막아냈다. 이제 찌른다. "헤르터 형제 작품요."

"아," 그가 말했다. "미국산이네요."

내게 이 인터뷰는 이미 끝났다. 미국산 가구의 먼지를 털지 않을 사람이라면 창문 먼지를 털 가능성도 희박하다. 그렇지만 내가 이 사실을 알리기 전에 그는 거실로 향했고, 곧이어 내 미국산 소파 위에 장식처럼 늘어진 모습이 발견되었다. 내가 들어서자 나를 올려다보며 자애로운 미소와 함께 표현력 가득한 작은 머리로 표현력 있게 고개를 살며시 끄덕이며 앉아도 된다는 의미를 전달했다. 그는 이어서 심히 고귀한 자신의 감수성을 내게 알려주려는 목적으로 기나긴 독백을 대접했다. 엄청나게 적은 임금을 제안하는 방법으로 그와의 작별을 재촉하려는 계획을 미리 세워둔 나는, 독백을 끊고 비용을 얼마나 청구할지 물어보려고 여러 번 시도했다. 하지만 이 주제를 언급할 때마다 그는 답변을 피했다. 돈과 관련된 모든 대화는 저속하고 천박하며 졸부들이나 하는 충격적인 일로 여기는 것이 분명했다. 마침내 그가 숨을 고르려 몸을 일으켰고, 나는 혹시 임금을 주는 대신 그가 가장 좋아하는 자선단체에 내가 조용히 기부를 하는 게 어떻겠느냐고 나지막이 물었다. 이게 방법이라면 방법이었는지 그는 더이상 요란 떨지 않고 떠났다.

승리를 음미할 시간도 잠시, 가사도우미 꿈나무들의 무한한 행렬이 여전히 내 앞에 남아 있었다. 한결같이 나로서는 절대 들어줄 수 없는 두 가지 사항을 요구하면서 이들은 빠른 속도로 거대하고 흐릿한 하나의 형체가 되어갔다. 그 어떤 예외도 없이 모두 낮에 와서 일하겠다는 데다, 어떻게든 집으로 오겠다는 의지를 분명히 드러냈다. 나는 이 조건들을 들어주기가 극도로 싫었다. 나는 낮에는 집에서 글을 안 쓴다. 밤에는 밖에서 글을 안 쓰니 밤이야말로 양쪽 모두에게 가장 편리한 때가 아닐 수 없었다. 그러나 누구에게든 이 사실을 납득시키는 데 있어 보란듯이 실패했고, 결국 개탄스러울 만큼 불합리하고 나쁜 족속 중 가장 나은 사람을 뽑을 수밖에 없었다. 나는 친구의 조언을 각별히 마음에 새기며 가사도우미로서 가장 마음에 드는 사람을 골랐다. 그 사람이 다림질을 할 수 있어서 정이 간 것도 물론 확실하지만, 영어를 한마디도 못한다는 점이 거래 성사에 결정적 역할을 했음을 고백해야겠다. 종일 누군가를 곁에 두어야 한다면, 내가 통화할 때 무슨 말을 하는지 조금도 눈치챌 수 없는 사람이 당연히 더 좋으니 말이다.

처음 몇 번은 평화롭게, 어쩌면 애정까지 느끼며 공존했다. 하지만 사 주 차에 접어들자 견딜 수 없어지기 시작했다. 마주치지 않으려고 갖은 노력을 다했지만, 이 사람은 위험하게 생긴 가정용품을 휘두르며 방마다 나를 줄기차게 따라다니면서 포르투갈어로 경멸을 담아 나를 쳐다보았다. 겉으로 보기에 온종일 집에 누워만 있으면서 수건이나 축내며 전화기에 대고 외국어로 얘기하는 사람은 그에게 조금도 쓸모가 없다는 것이 자명했다. 특별히 더 격하고 못마땅해하던 재떨이 비우기와 관련된 일화를 겪고부터는 내가 실외에서 낮시간을 보내야만 한다는 사실을 받아들였다.

처음에는 한낮의 외출이 흥미롭기도 했다. 문을 연 곳이 많았고 더 밝다는 것도 부정할 수 없었지만, 꽤 붐비고 조금 시끄럽기도 했다. 즐기지 못하겠다면 적어도 적응은 해보려고 최선의 노력을 다했다. 그렇지만 신기함은 오래가지 못했고, 이렇게 생경하고 적대적인 환경에서 내 평소 생활을 유지하기가 점점 어려워짐을 느꼈다. 수위 전용 캐노피 밑에서 한가롭게 내 할일을 하며 『TV 가이드』에 실린 십자말풀이를 하는 내게 다정하게 웃어주지 않는 성질 사나운 건물 수위들이 나를 자주 괴롭히고 빈번히 모욕했다. 공중전화로 내 넓은 인맥을 관리하려 하면 군중이 형성되고 물의를 빚게 됐다. 사람들이 주차해둔 차의 후드 위에서 매력 넘치는 자세로 못다 읽은 책을 읽는 내 모습을 보기라도 하면 아무 잘못 없는 내게 날카로운 발언을 던지는 경우도 셀 수 없이 많았다.

이런 식으로 계속할 순 없다는 게 확실해졌다. 대책이 필요했다. 그것도 빨리. 물론 쉬운 답은 없었다. 심각한 문제니 언제가 됐든 해결하려면 심각한 노력이 필요했다. 나는 이를 위해 활용할 수 있는 모든 방법을 총동원할 만반의 준비가 되어 있었다. 그렇지만 안타깝게도 내가 활용할 수 있는 모든 방법 중 신중한 조사를 거치고 세부 사항까지 수고롭게 신경쓴 경우는 드물다. 허무맹랑한 음모와 터무니없는 이론 쪽으로 기울어 있다는 게 사실이라고 하겠다. 이를 고려했을 때, 결국 내가 그 어떤 구체적인 해결책도 찾지 못하고, 노력했음을 보여주는 유형의 서면 증거만 제시해도 봐줄 수 있는 일일 것이다.

노력했음을 보여주는 유형의 서면 증거

내가 보기에, 집이란 스웨터처럼 사람이 안에 있을 때는 청결을 유지하기가 명백히 불가능하다. 이 논리대로면, 이 또한 명백한데, 집이란 스웨터처럼 다른 곳으로 보내 청결을 유지해야 한다. 이러한 목적을 가진 일반 상업 시설에서라면 이를 해결할 수 있겠다고 결론을 내렸다. 여기까지는 좋았다. 집을 다시 찾으러 가는 단계에 이르러서야 이 방법의 고약한 면이 드러나기 시작했다. 이 시점에서 더러운 스웨터와의 비교가 다시 떠올라 마음이 무거워졌다. 카운터에 서서 이렇게 소리지르는 내 모습을 그릴 때도 같은 감정이었다. "이거 우리집 아니잖아요! 내가 사는 집이 어떻게 생겼는지 내가 모를 것 같아요? 우리집은 글을 쓸 수 있는 독립된 공간이 있고 장작을 넣는 벽난로가 둘이나 있다고요. 이건 우리집 아니에요. 여긴 글을 쓸 수 있는 독립된 공간도 없고, 장작을 넣는 벽난로도 하나뿐인데다, 아래 책상이 있고 위가 침대인 가구가 다 있군요. 확실히 말해두는데 난 그런 거 없어요. 장담한다고요. 그러니 이게 우리집 맞고 나머지는 아직 준비가 안 됐다는 말은 하지도 마요. 그리고 장작 넣는 벽난로를 어떻게 잃어버릴 수 있는지 설명 좀 해줄래요? 거의 떨어지기 직전 아니었거든요. 아주 튼튼한 석고벽에 붙어 있었다고요. 이건 우리집 아니니 난 안 가져가요. 아뇨, 이걸 가져가느니 차라리 집 없는 게 낫죠. 내가 가져왔던 우리집 달라고요. 알았어요,

그러죠. 고소 꼭 할 겁니다. 안 할 거란 생각 마요. 변호사 통해서 연락 갈 거예요. 지금 당장 전화할 테니까."

이 장면과 함께 분노에 찬 발길을 돌려 위협적으로 가게를 나서는 내 모습이 보였다. 애석하게도 이다음은 내가 다시 밖으로 나와 공중전화 부스에 있고, 군중이 형성되며 물의가 빚어지는 장면이었다. 어차피 밖에서 전화를 해야 하는 처지라면 벽난로는 둘 다 지켜야겠다고 결심이 선 순간이었다.

물건

THINGS

물건

이 세상 물건은 모두 두 종류로 구분할 수 있다. 자연의 것과 인공의 것. 더 익숙한 표현으로 하자면 자연과 예술이다. 여기서 자연은 내가 너무나도 잘 알고 있듯 고유의 추종자들이 있지만, 내가 그 무리에 속하지는 않는다. 다소 직설적으로 표현하자면, 나는 땅으로 돌아가고 싶어하는 부류가 아니다. 나는 호텔로 돌아가고 싶어하는 부류다. 이러한 전반적인 상태는 자연과 나 사이에 공통점이 거의 없다는 사실에 적어도 일부 기인한다. 우리는 같은 식당에 가지도 않고, 같은 농담에 웃지도 않고, 그리고 무엇보다 중요한 것은 같은 사람을 만나지도 않는다.

그렇지만 늘 그렇지는 않았다. 어린 시절의 나는 자연환경에 놓이는 경우가 빈번했다. 눈 속에서 놀기, 숲속을 거닐기, 연못에서 첨벙거리기가 모두 내 하루의 일상적인 활동이었다. 하지만 나는 조금씩 성장했고, 바로 이 성장과정에서 자연의 두드러진 결함에 눈을 뜨기 시작했다. 우선 자연은 전반적으로 보았을 때 실외에서 발견된다. 편안한 의자가 항상 부족한 장소라는 것에는 반박의 여지가 없다. 둘째로, 자연은 족히 하루의 절반이 낮, 즉 애연가를 전혀 배려하지 않는 가혹한 상부 조명의 정수가 만들어내는 환경이다. 마지막으로 이 글의 취지에 가장 적합한 이유로는, 자연이란 그 정의 자체로 다듬어지지 않은 야생을 뜻하며 대개 벌레가 들끓는다는 사실을 꼽을 수 있다. 그렇다면 자연의 것이란 손에 넣으려 애쓸 만한 종류가 아님이 자명해진다. '오브제'는 예술의 맥락에서 쓰일 뿐 '자연의 오브제'라는 말은 없다. 프랑스인들에게조차 없는 말인데 이런 걸 대체 누가 갖고 싶어한단 말인가?

이러한 관점에서, 만들어진 물건이 그렇지 않은 것보다 훨씬 우월함을 적나라하게 보여주기 위해 간단한 도표를 준비해보았다.

자연	예술
태양	토스터 오븐
본인의 발 두 개	본인의 벤틀리 두 대
벼락 맞아 떨어진 사과	벼락부자
뿌리와 열매	조개소스 링귀니
쉬지 않고 흐르는 시간	생방송 송출 지연 7초
우유	버터
대지	총수익의 25퍼센트
밀	조개소스 링귀니
모든 시즌을 관장하는 한 사람*	디올을 관장하는 마르크 보앙
얼음	틀에 얼린 각 얼음
얼굴 털	면도날
오랜 비 끝의 시골 냄새	조개소스 링귀니
TB(결핵)	TV
신의 처분	룰렛게임
졸졸 흐르는 산속 시냇물	파리Paris

* 국내에는 〈사계의 사나이A Man for All Seasons〉로 알려진 1966년작 영화.

이제 이 주제를 개관해보았으니, 배운 내용을 복습하고 새로 습득한 지식을 활용할 최고의 방법을 고민하며 더 자세히 탐구하는 시간을 갖도록 하겠다. 보다시피 일단 조개소스 링귀니는 인류가 이룬 성과의 백미라는 가장 중요한 사실을 배웠다. 하지만 이는 금방 이해할 수 있는 부분이니 여기서 더 지체하거나 보다 자세히 논의할 필요는 없겠다.

배운 내용을 활용할 최고의 방법으로는, 물건에 관한 기존의 지혜를 새로 습득한 지식에 비추어 살펴보는 방법이 모두에게 대단히 유용할 것이다.

새로 습득한 지식에 비추어 살펴본 물건에 관한 기존의 지혜

기다리는 자에게 복이 있나니. 이 개념은 잘 알려진 또다른 견해 '온유한 자 땅을 받을 것이니'와 여러 면에서 유사하다. 이를 염두에 두고, 유서 깊은 교육 방법을 활용해 첫번째 문장을 크게 두 부분으로 나누어보도록 하자. a) 기다리는 자에게 b) 복이 있나니. 우선 앞서 학습한 내용에 힘입어 무엇이 복인지는 우리가 이미 정확히 파악했음이 확실하다. 미개척 영역에 입성하는 것은 '기다리는 자에게' 대목에서다. 교육자들은 이 같은 경우 실생활 속 예시를 활용하는 것이 종종 최고의 방법임을 발견했다. 그렇다면 우리의 경험으로 미루어 '기다리는 자'가 실제로 기다리고 있을 법한 장소를 떠올려야 한다. 이에 나는 주요 대도시 공항의 수하물인도장이 우리 목적에 잘 부합하는 장소라고 생각한다.

이제 이 질문이 암시하는 근본적 문제를 다룸에 있어—'기다리는 자에게 복이 있나니'라는 문장의 진실성—'기다리는 자에게 과연, 정말로 복이 있는가'라는 질문을 던지는 현실에 놓인다. 그 답변을 크게 두 부분으로 나누는 과정에서 우리가 이미 숙지한 사실은 다음과 같다. a) '복'에는 조개소스 링귀니와 벤틀리 자동차, 그리고 변함없는 매력의 도시 파리가 포함된다.

또한 b) '기다리는 자'는 시카고 오헤어공항에 있다는 사실도 알고 있다. 그렇다면 다시 실생활의 모험을 떠올리며 앞서 나온 유익한 도표를 마지막으로 확인한 후 내릴 수밖에 없는 결론은 슬프게도 '기다리는 자에게 복이 있지 않다'다. '기다리는 자' 측의 예상치 못한 개인 취향으로 말미암아 '복'에 '일부 가방은 내용물 모두 분실'이라는 항목이 발견되는 경우는 제외하고 말이다.

아름다운 것은 영원한 기쁨. 존 키츠의 시에 등장하는 이 고상한 구절은 정확하지 않다기보다는 구식이다. 키츠 씨는 시인임은 물론 그가 살았던 시기의 산물임을 명심해야 한다. 여기에 덧붙여 19세기 초의 두드러진 특징 중 하나는 인내라는 간단한 능력에 대한 지나친 경의였음을 잊어서는 안 된다. 그러므로 물론 아름다운 것이 기쁨이기는 하지만, 현대를 사는 우리는 더이상 시대에 뒤떨어진 가치에 얽매이지 않으니 주말의 길이는 십중팔구 그만큼이 딱 적당하다는 사실을 마음껏 인정해도 된다.

모든 남자는 사랑하는 것을 죽인다. 그 기쁨이 영원하리란 믿음에 이르렀다면야 그럴 만하다.

하고 싶은 것을 하라. 여기서 '것'이라는 단어 사용은 유달리 구체적이다. 이 표현에 이끌리는 사람들은 일을 하는 사람들과는 달리 실제로 것들을 하기 때문이다. 예를 들자면 도자기 만들기는 '것'이고, 글쓰기는 일이다.

인생은 지옥 같은 일들의 연속일 뿐이다. 그럼 죽음은 카바레다.

애완동물에게 전하는 몇 마디

사실 내 생각으로는 성명에 가까운 문장으로 이 글을 시작해야 할 의무감이 느껴지지만, 아마도 시인으로 여길 것 같다. 나는 동물을 좋아하지 않는다. 그 어떤 종도 말이다. 동물이라는 개념 자체도 좋아하지 않는다. 동물은 내 친구가 아니다. 우리집에선 환영받지 못한다. 내 가슴속 그 어디에도 동물의 자리는 없다. 내 목록에 동물은 없다는 말이다. 그러나 자격이란 것도 생각해야 하니 난 동물에게 특별히 나쁜 감정은 없다고 말해야겠다. 동물이 날 건드리지 않으면 나도 동물을 건드리지 않을 것이다. 아, 이 마지막 문장은 좀 고칠 필요가 있겠다. 나는 개인적 감정으로는 동물을 건드리지 않을 것이다. 그래도 레어로 익힌 무언가가 빠진 접시는 격식 있는 손님에 대한 모욕이라고 생각하며, 브로콜리 감자 인간이라고 묘사할 수 있는 동료 인간들을 마주한 경험도 종종 있지만 그런 사람을 좋아한다고는 말할 수 없겠다.

그러므로 동물을 좋아하지 않는다는 내 성명에는 두 가지 예외가 있다고 해야 좀더 정확하다. 첫번째는 과거시제의 형태. 잘 구워진 등갈비와 바스위준 페니로퍼 형태로는 그럭저럭 괜찮다. 두번째는 바깥에 있어야 함. 집의 밖이라는 뜻의 바깥이 아닌, 진정한 의미의 바깥, 즉 숲 같은 곳 말이다. 남미의 정글 같은 바깥이라면 더욱 괜찮겠다. 그래야만 공정하다. 난 거기 가지 않는데 그들이라고 여기 올 이유가 뭐 있겠는가?

위의 내용으로 보다시피 내가 동물을 애완용으로 기르는 행위에 찬성하지 않는다는 사실은 놀라운 일이 아니다. '찬성하지 않는다'는 표현으로는 부족하다. 애완동물은 법으로 금지해야 한다. 특히 개. 특히 뉴욕에서는.

요즘엔 상류사회로 쳐주는 모임에서 내가 이 감정을 말로 표현한 경우가 적지 않았고, 그럴 때마다 이런 정보를 듣는 상황에 놓였다. 생각 없는 사람들이 개를 키우지 못하게 한다고 해도, 맹인과 병적으로 외로워하는 이들도 생각해야 하지 않겠느냐고. 나도 동정심이란 게 전혀 없지는 않아 오랜 시간 고민했고, 그 끝에 찾아낸 이 완벽한 방법이 그 문제를 해결할 수 있다고 믿는다. 외로운 이들이 맹인을 안내하면 된다. 이 방법을 적용하면 성인 남성이 연로한 성직자나 국세청 직원에게나 쓸 법한 말투로 독일셰퍼드에게 말하는 지겨운 광경을 대중이 목격해야 할 필요 없이 한쪽에게는 동반자와의 교감을, 다른 한쪽에는 방향성이라는 것을 제공할 수 있다.

혼잡한 교차로를 건너는 맹인 신문 판매상을 도와줄 생각이라곤 없는 동물 애호가들은 다른 곳에서 교감을 찾아야 할 것이다. 친구라는 존재를 찾기가 여의치 않다면 좋아하는 연예인에게서 힌트를 얻어 쓸 만한 수행단이라는 것을 꾸려봄이 어떨지 조언한다. 이러한 방식이 가져오는 장점은 추산이 불가능하다. 수행단은 논란의 여지 없이 개보다 우수하며(물론 때로는 실제 친구보다 우수할 수도), 거의 즉시 본전을 찾을 수 있다. 수행단은 산책시킬 필요도 없다. 오히려 수행단의 주요 기능 중 하나는 그들이 당신을 데리고 걷는다는 것이다. 수행단은 이름을 지어줄 필요도 없다. 놀아줘야 할 필요도 없다. 동물병원에 데려갈 필요도 없지만, 양심적인 수행단 주인이라면 자기가 거느리는 수행단이 필수 접종 정도는 모두 마치도록 할 것이다. 물론 수행단에 음식을 제공할 필요는 있으나, 이는 커다란 캔과 특별한 플라스틱 그릇을 써야 하는 귀찮음이나 지저분함 없이 격식 있는 이탈리안 식당에서 충분히 가능한 일이다.

수행단 꾸리기가 썩 내키지 않는다면 당신이 내린 교감의 정의를 바꿔보는 것이 좋겠다. 그 개념에 살아 있는 것이 포함될 필요는 전혀 없다. 영국 조지 시대풍의 은제품과 덩컨 파이프 소파도 훌륭한 교감 상대가 될 수 있다. 알코올음료와 제철이 아닌 과일도 마찬가지다. 상상력을 발휘해 해당 주제를 좀더 연구하면 무언가 떠오를 것이다.

그러나 혹시라도 아무것도 떠오르지 않을 때를 대비해—동물 애호가들이란 까다롭기로는 독보적인 족속이기에 그럴 소지가 다분하니—애완동물들이 적어도 품위와 격식을 갖춰 즐기는 법을 배우길 바라며, 나머지 조언은 차라리 동물들에게 직접 전하는 게 낫겠다고 판단했다.

만약 당신이 개이고 주인이 당신에게 스웨터를 입히려고 한다면…… 주인에게 꼬리를 달아볼 것을 권하라.

*

당신의 이름이 예술계에서 활동한 인간의 이름을 딴 것이라면 그 집에서 도망쳐라. 아무리 동물이라도 고양이를 포드 매덕스 포드*라 부르는 이와 같은 공간을 써야 한다는 것은 생각할 수조차 없다.

*

지속적으로, 또 강압적으로 고기를 요구하는 텔레비전광고에 출연해 밥값을 버는 개들이라면, 최소 1개국 이상의 극동 지역 국가에서는 그들이 고기라는 사실을 명심하길 바란다.

*

만약 당신이 화려한 새장에 갇힌 새라면 얼마나 운이 좋은지 깨닫도록 하라.

*

스스로 인간의 가장 좋은 친구라고 생각하는 개는 세법 변호사를 만나본 적이 없다는 게 분명하다.

*

만약 당신이 애완용 부엉이라면 비웃음 같은 콧방귀를 뀌는 당신의

* 영국의 소설가이자 시인, 비평가이자 편집자.

성향에 찬사와 응원을 보낸다. 그러한 감정을 표현하는 행위는 격찬받아 마땅하다. 부엉이는 당연히 애완용이 절대 아니다. 독특함을 향한 애잔한 열망이 담긴 용서받지 못할 노력이다.

*

독립적인 주체로 대화에 참여할 수 있다는 절대적 확신이 없다면 그 어떤 동물도 식사 공간용 가구에 뛰어올라서는 안 된다.

프랜시스 앤
리보위츠 컬렉션

아래 내용은 곧 있을 프랜시스 앤 리보위츠 저택 경매 카탈로그에서 발췌한 일부다.

길이 19인치(48센티미터)

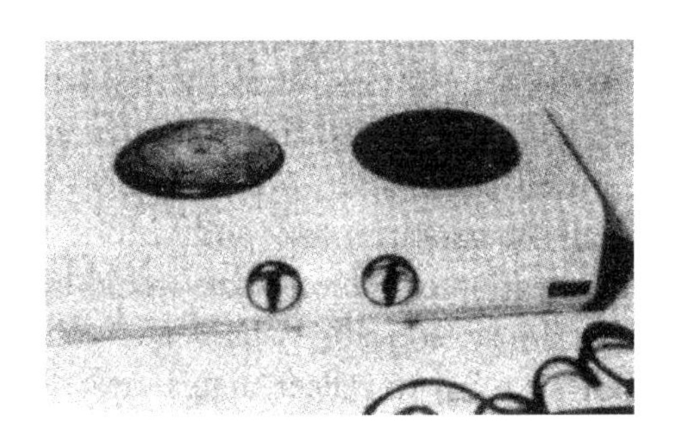

1. 코드(상표명)

대중적 가격의 핫플레이트가 무엇인지 모범적으로 보여주는 품목이다. 법랑을 씌운 금속 재질에 검은색으로 쓰인 상표명과 점화 손잡이를 갖춘 이 2구 핫플레이트는 로퍼 씨가 현재의 주인에게 직접 전달한 것이다. 로퍼 씨는 항상 자리에 없는 건물 관리인으로, 오랫동안 신비의 존재로 여겨졌다. 로퍼 씨가 실제로 나타날지는 메멘토 포리, 즉 빈곤의 기억을 더욱 심도 있고 특수하게 연구하려는 학자들과 수집가들에게 초미의 관심사지만, 그의 출현은 그때가 유일했고 그가 이 품목에는 포함되지 않음을 명심하기 바란다.

그러나 코드는, 로퍼 씨의 모든 전임자가 소유했다고(사용도 했다고) 널리 알려진 초창기 핫플레이트를 대체한 물건이다.

코드는 화구가 둘이지만 프라이팬 두 개를 놓을 공간은 없는 흥미로운 비율을 갖췄다. 이 특징은 불편함이라는 테마를 강조하는 집주인한테서 나왔을 가능성이 있다.

프랜시스 앤 리보위츠 컬렉션은 메멘토 포리 최대 규모로 꼽히며(집 크기에 비해서), 1970년대 후반에 취득한 물품들을 통해 1960년대 말부터 현재에 이르기까지 무일푼 상황에서 인간이 보이는 반응을 효과적으로 보여주는 기록이다.

가구의 조각 장식, 벽화에 쓰이는 기술과 다양한 금속 합금을 이용한 방식까지 각종 예술 기법도 확인할 수 있다.

이 물품들의 제작에 영향을 준 다양한 풍조와 역사적 사건을 모두 탐구하기란 기나긴 작업일 것이다. 엉성한 것과 급조한 것, 단순히 유행이 지난 것도 있지만, 모두 이 지구상의 작가들이 받는 저임금 실태를 반영한다 할 수 있다.

화구 두 개와 점화 손잡이 두 개를 갖춘 코드 핫플레이트는 우리에게 자금 부족이야말로 궁극의 빈곤이며 이 사실을 회피할 방법은 없음을 시사한다. 각 손잡이 아래의 상태 표시가 이를 가장 명확히 보여준다고 할 수 있다. 고, 중, 저.

2. 브로일킹 토스터 오븐
1960년대 초반/후반

한쪽에는 마치 왕관 같은 브로일킹 로고가, 반대쪽에는 '적외선 베이크 N 브로일'이라는 설명이 새겨져 있다. 검은색 플라스틱 외장에 알루미늄 선반, 유리와 비슷한 투명 창, 장식용 전선과 플러그를 갖췄다.

길이 17인치(43센티미터)

3. 요긴한 로 슬립오어소파 소파침대
1971년 후반기

합판 골격에 폼 종류 재질을 씌우고 골이 넓은 갈색 코듀로이로 마감. 매트리스에는 파랑, 회색, 흰색의 겉감, 유사 직물 소재의 흑백 라벨 부착(제거시 법으로 처벌받을 수 있음).

폭: 3피트(0.9미터) (소파로 사용시)
6피트(1.8미터) (침대로 사용시)

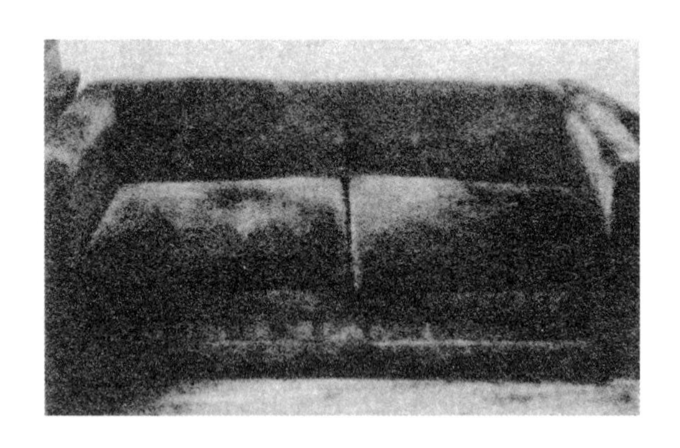

4. 손으로 그린 후 유약을 바른 프림로즈 차이나
전국도공협회 제작
1939년?

한때 코네티컷주 더비에 사는 필립 스플레이버 부부가 일상에서 유제품용으로 사용했던 후식과 저녁식사 접시로, 코네티컷주 브리지포트에 있는 웨스트엔드 영화관에서 최초 취득했다. 흰색 배경에 회색과 검정, 빨간 줄이 그어진 이 훌륭한 그릇들(한때는 전체 구성의 일부 품목이었음)은 접시의 밤*에 여러 번 참석해야 한다는 번거로운 원칙을 따르지 않고도 운좋게 손에 넣을 수 있었다(영화관 주인이 스플레이버 씨의 처남이었다). 3종.

지름: 10 ½인치(26.6센티미터)
7 ½인치(19센티미터)

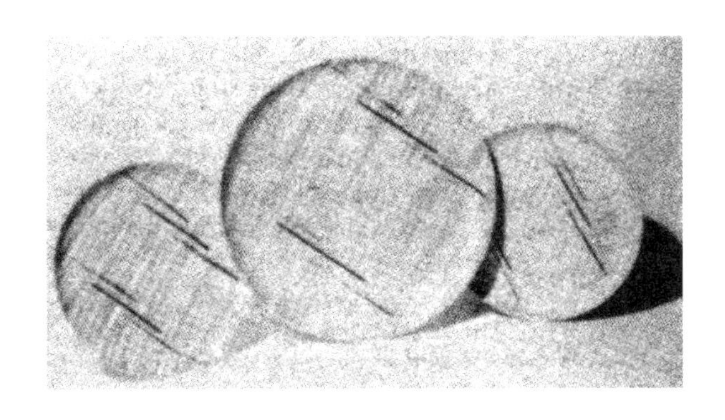

5. 여러 개의 작은 상자
1978년 중반기

첫번째는 빨강, 흰색, 파랑색 이쑤시개 상자로, 본래 담겨 있던 250개의 원형 이쑤시개 상당수가 남아 있음. 뛰어난 초록 색조의 클립 상자 둘. 나머지는 네 가지 색상(그중 하나는 주목해야 할 반투명 피부 색

* 과거 미국에서 영화관 손님을 끌 목적으로 매주 접시를 하나씩 증정하던 행사.

상)의 철제 상자로, 서로 다른 크기의 존슨앤드존슨 플라스틱 반창고 세 종류가 들어 있다고 표시되어 있음. 흥미로운 포장 실수(아동용 미포함). 4종.

길이: 2 ¾에서 3 ¼인치(7에서 8.2센티미터)

6. 전자 자명종 세 개, 하나만 작동
20세기 후반쯤

두 품목은 웨스트클락스(일리노이주 라샐) 제조로, 모두 '수정' 진동자는 없지만 디자인이 흥미로움. 하나는 장식이 거의 없다시피하고, 다른 하나는 가장자리의 귤색과 검은색 가로줄무늬가 특징. 작동하는 세 번째 품목은 그 숫자 표시가 마치 무지갯빛으로 빛나는 듯한 초록색으로, 어둠 속에서도 보인다는 인상을 줄 눈속임으로 충분함. 상표명은 재미있게도 럭스Lux. 3종.

길이: 3 3/4에서 4 ¼인치(9.5에서 11센티미터)

7. 타자기
20세기

레밍턴 랜드. 회색 금속 재질에 끼어서 안 나오는 글자 열한 개. 리본 교체 필요. 전체적으로 고물.

길이 11인치(28센티미터)

8. 또다른 타자기
20세기

대체로 이름이 알려지지 않은 예술감독으로부터 대여한 레테라 DL 제품. 두 가지 색조의 회색 금속 재질. 7번 품목과 마찬가지로 8번 품목도 현재 소유주가 사용한 적 없음.

길이 10인치(25.4센티미터)

9. 달걀 다섯 개
20세기 후반이었으면 좋겠는데 그런 것 같지는 않음

완숙과 날것이라는 두 가지 방식의 달걀. 완숙 세 알, 날것 두 알. 짙은 청색 달걀 상자와 비슷한 색상의 법랑 냄비 포함. 5종(현재까지는).

10. 산업용에 준하는 품질의 귀마개 한 쌍
이른 아침

밝은 노랑의 폼 재질 귀마개 한 쌍. 효과는 없음. 2종.

길이 1인치(2.54센티미터)

11. 황갈색 물건 두 개
20세기

후추 분쇄기와 샐러드 그릇. 둘 다 꼬락서니가 다소 말이 아님. 2종.

높이: 3 3/8인치(8.16센티밑터)
지름: 6인치(15센티미터

그림과 조각 작품

12. 이름 없음
    악어 몸체
    아래는 재떨이

시기 불명.

세라믹, 갈색, 노란색, 파란색, 흰색.

'플로리다'라고 쓰여 있음.

높이: 21 ½인치(54.5센티미터)

13. 프랜 리보위츠
    여러 점의 낙서

78년도에 서명.

압박감 있는 볼펜.

5×3인치
(12.7×7.6센티미터)

14. 친구의 자녀
"좋은 아침이에요, 엄마!"

서명 판독 불가.

컬러링 북에 크레용.

11×7 ¾인치
(28×20센티미터)

15. 편집자

일거리 있을 때까지 쓰지 말 것

시기 불명, 꽤 오래됨.

불법 취득한 사무실 비품에 색연필.

8 ½ ×5 ½인치
(21.5×14센티미터)

16. 깔개

최근 세탁한 두 점
테리 직물 화장실 깔개
1960년대 후반

첫번째는 자색에 가깝고 두번째는 특이할 만큼 평범한 색감의 파란색. 둘 다 좋음. 2종.

대략 3피트(0.9미터)×1피트 8인치(50.8센티미터)

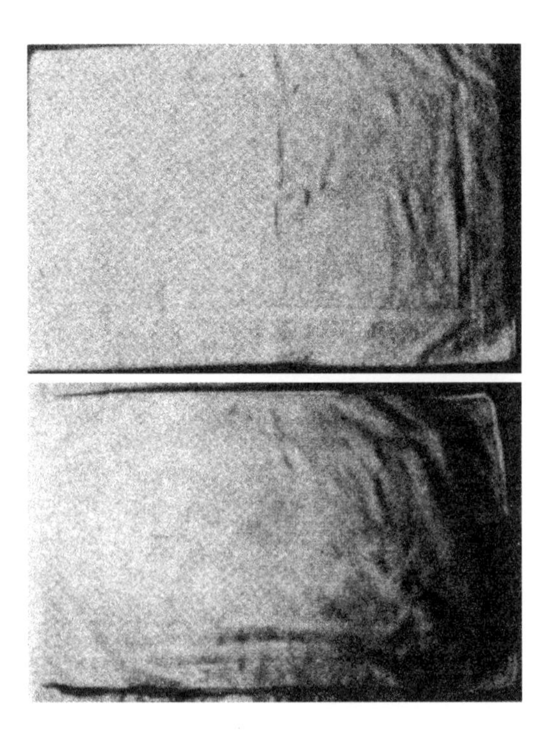

최첨단의 수술대에 오른 인테리어

가구가 완비된 집이라고요? 아뇨, 생각 없어요. 그런 집에는 별로 관심 없어서요. 아뇨, 정말이에요. 전혀요. 가구 완비된 집은 싫어요. 하이테크요? 네, 하이테크 저도 잘 알죠. 네, 알아요. 정말 안다고요. 하이테크 잘 알다마다요.

슬론케터링암센터*도 알지만 그렇다고 거기 가서 둘러볼 마음이 있다는 뜻은 아니잖아.

싫어요, 정말로요. 네. 어느 건물이라고요? 그래요? 그 건물 진짜 맘에 드는데. 거기 정말 좋죠. 거기도 담당하시는 줄 몰랐어요. 독점이세요? 그렇구나. 그 건물에 가구 없는 집은 없어요? 아, 그렇죠. 요즘 시장요. 알죠. 알겠어요. 네, 맞아요. 그 건물의 다른 집이 나올 수도 있죠.

* 1884년 뉴욕에 세워진 암센터. 사립암센터로는 가장 오래되었고 가장 규모가 크다.

네, 그렇긴 한데 전 진짜 가구 완비된 집에는 관심 없어요. 전혀요.

믿을 수가 없다. 내가 거기로 가고 있다니 믿을 수가 없다. 가구가 완비된 집이라니. 그런 집에 살고 싶지 않다. 가구가 완비된 집은 아예 거른다. 가구가 완비된 집 싫다. 하이테크에 조금이라도 관련된 무엇을 가구 완비로 묘사하는 것은 상상조차 하기 싫다. 그건 가구가 아니라 장비라는 표현이 더 어울린다. 공학적이라거나. 그런 장소를 볼 때마다 기름 1리터로 갈 수 있는 거리가 어느 정도인지 묻고 싶어진다. 아니면 보일러실 위치나. 중환자실 위치나. 지난번에 이런 곳에 갔을 때는 기증자 이름이 박힌 동판을 찾느라 족히 한 시간을 몰래 살폈다. 하이테크라니, 믿을 수가 없다.

아, 안녕하세요. 네, 다시 뵈니 저도 반갑네요. 그럼요, 바로 올라가죠.

이야, 이거 물건이네. 이런, 미안한데 토큰이 없군. 혹시 하나 빌려도 될까? 뭐? 개찰구가 없다고? 그렇지, 단순한 실수였겠지, 그럼. 디테일 못 보는 사람들 꼭 있잖아. 예술성을 자제하느라 그랬을지도 모르고. 거실에 소변기를 설치하는 것만으로도 충분할 줄 알았나보네. 개성은 있군. 기능성도 있고. 특히 그 사람이랑 취향이 같은 사람들한테. 취향 말이야. 아, 저건 내가 정말 생각지도 못했던 거잖아. 네온 농구 골대를 야간등으로 쓴다라. 나라면 절대 생각도 못할 일이지. 그래도 아이디어는 좋네. 생각을 자극한달까. 시각적 유머야. 시각적 유머 좋지. 내가 아는 사람 중에 줄리어스 어빙*을 아는 사람이 있을까? 아마 없을걸. 그 사람이라면 여기 관심 있을 텐데 아쉽군. 받은 대로 갚

* 1971년부터 1987년까지 활동한 전설적인 NBA 선수. 필라델피아 소속이었고 주로 '닥터 J'라는 별명으로 불렸다.

아주는 게 공정하다고들 하던데. 혹시 다음 필라델피아 경기에서는 야간등에 슛할지도 모르겠어. 아마 꽤 즐길지도 모르겠는걸. 나라면 분명 그럴 테니까.

음, 이것 좀 봐라. 이건 한번 봐줘야겠어. 의료 기구용 트레이가 내장된 진짜 병원 수술실 세면대잖아.

아뇨, 그건 못 봤네요.

무릎으로 조절하는 수도꼭지까지. 편리하기도 하지. 뭔가 잔뜩 들고 있는 손을 씻으려고 할 때 제격이겠어. 그렇지, 크롬 재질로 마감한 손잡이에 병원용 욕조와도 물론 잘 어울리겠지. 전체적으로 모든 것을 갖춘 화장실이라고 해야겠는걸. 여기 없다면 다른 데도 없는 거야. 싹싹 문지르고 수건으로 닦은 뒤 자러 가기 전까지 남은 시간은 뇌 스캔 찍으면 딱 적당하겠어. 복잡할 것도 없고, 마음의 안정과 숙면을 돕기에 딱 적당하지.

식사 공간요? 물론이에요, 식사 공간도 보면 좋죠.

자, 솔직히 말해볼까? 이제 뭐라도 좀 보여줘야지. 내가 그렇게 시간 많은 사람인가? 어쨌든 식사 공간을 보면 기분이 좀 나아질지도 모르겠어. 식사 공간을 보면 기분이 좀 나아진다고? 말도 안 되는 소리. 저런 욕실을 봤으니 심장수술이라도 받아야 나아질 것 같은데. 테헤란에서 아야톨라 호메이니*와 주말을 보내면 숨이 아주 탁 트이겠어. 세금 감사는 즐거운 봄날 같겠지. 기분이 나아져? 어떡해야 기분이 나아질지 알려주지. 포드 자동차 회사가 모든 공장을 로즈 벨벳 커플석과 술이 달린 쿠션, 티크 목재의 흡연 탁자로 장식해 앙갚음해준다면 기분이 나아질 것 같아. 오늘밤에 여기 몰래 다시 들어와서 찻

* 1979년 이란혁명을 이끈 지도자로 그후 이란의 최고 지도자가 되었다.

잔 받침 몇 개쯤 모양을 잡아준다면 기분이 나아지겠다고. 내일 아침 의회에서 압도적 과반수로 스테인리스 가구 소유를 연방정부 차원의 범죄로 결정하면 기분이 나아질 거야. 우리 할머니한테 이 집 손 좀 봐달라고 할 수만 있다면 기분이 나아지겠어. 아니면 시스터 패리시*나. 아니면 우리 할머니랑 시스터 패리시 **둘 다.**

네, 정말 그러네요. 복도가 무척 아름다워요.

아름다운 복도? 아름다운 활주로겠지. 눈에 선하군. DC-10 기종 여객기가 착륙을 준비한다. 굴절된 빛이 두꺼운 유리벽돌을 뚫고 여기까지 들어온다. 완벽해. 대가의 솜씨야. 이륙은 힘들 수도 있겠지만 될 대로 돼라지. 아무데도 안 가고 그냥 여기 있겠다면 그러라지. 수납공간은 아무리 많아도 지나치지 않은 법이니까.

아, 식사 공간. 식사 공간이군. 무척 인상적인걸. 물론 원형경기장은 아니지만 아마 잘려나온 부분인 것 같아. 원형경기장은 의심할 것도 없이 옆집에 있을 거야. 내가 그렇지. 내 팔자에 제대로 된 원형경기장은 없어. 오, 이 정도면 정말 깔끔한 식사 공간이야. 긴 식탁도 멋지고. 광이 나네, 무척이나. 거친 면도 있고. 괜찮은 조합이야. 여기서 밥 먹는 것도 재밌겠는데. 양은 적지만 맛깔 나는 10번 규격 못 한 접시로 시작해서 다음은 소아마비 백신. 소아마비 백신에는 어떤 포도주를 곁들일지 궁금하군. 포도주를 어디에 내올지도. 그냥 주사로 놔버릴지도 몰라. 주사는 어디에 놓으려나? 왼쪽, 오른쪽? 격식 차린 자린데 포도주가 한 번 이상 나오면? 일하는 사람들은? 그 사람들이 서툴러

* 미국의 인테리어 디자이너이자 사교계 명사.

서 손님이 피를 철철 흘리기라도 하면? 고무바닥 전체에 말이지. 고무에 피가 묻으면 잘 지워지나? 타이어 회사 피렐리에서 고무손님도 제작할지 궁금해진다. 양질에 튼튼하고 경제적이며 본질에만 충실한 식사 손님. 그래, 고무손님, 그만한 게 없지.

방이 넓네. 아주 널찍해. 너무 널찍해. 비율이 안 맞잖아. 내가 만약 여기 주인이라면 이 방 양쪽 끝 어디든 중간에서 약간 벗어난 위치에 엑스레이 촬영기사를 둘 정도 배치할 것 같다. 키는 꽤 단신이라 할 수 있는 167에서 170센티미터 정도, 더 크지 않게. 그럼 비율을 조금 줄이면서 더 살 만한 공간이 되겠지. 어쩌면 눈요기를 위해 대각선 반대쪽에 흑인 일꾼을 하나 배치해도 괜찮겠다. 딱 하나. 비스듬하게. 그렇지.

주방요? 요리 별로 안 하는 편인데, 네, 이왕 여기까지 왔으니 주방도 한번 보죠.

이건 확실히 주방이네, 그래, 잘못 볼 수가 없어. 군인들이 단체로 식사하는 곳은 아마 뒤에 있나보다. 뭐 이리 커다란 게 많아. 아기자기한 소꿉장난 수준이 전혀 아니야. 조명은 또 어떻고. 해가 아주 제대로 드는군. 여기서는 우울할 수도 없겠는걸. 노력해도 안 될 거야. 아니될 말씀, 취사 담당을 아무리 자주 맡는다 해도 웃을 수밖에 없지. 조리대도 멋지네. 의자도 예쁘고. 근데 여길 뭐라고 부르지? 조의 공동 그릴? 대단한 주방이야. 이런 주방 필요한 곳 많은데. 보이스 타운*도 그렇고. 나이로비. 국제여성의류근로자노조. 미국텔레비전라디오배우노조. 그렇지, 이런 주방 필요한 곳이 정말 많단 말이야. 하지

* 형편이 어려운 가정과 아이들을 돕는 미국의 비영리 재단.

만 어쩐지 난 그중 하나가 아닌 것 같아서 안타깝군. 저 대형 냉장고 투명 창으로 보이는 선반에—그렇지, 바로 저기 말이야. 혈장을 보관해야 할 곳—자몽 두 개, 오래된 스위스 치즈 한 조각, 반쯤 남은 탄산수병이 있으면 그 꼴이 어떻겠어? 안 돼, 그건 어울리지 않아.

침실요? 네, 침실 봐야죠. 아니에요, 침실 안 잊었어요.

자라고? 여기서? 농담이겠지. 잔인한 농담이야. 정말 자라고? 얼마나? 언제까지? 여기는 기상이 보통 몇시지? 다섯시? 여섯시?

네, 봤어요. 침대 봤죠. 저런 거 본 적 있냐고요? 아뇨, 없어요.

저만한 걸 본 적 없긴 하지. 저런 크기는 단연코 본 적이 없어. 저게 어떻게 상자에 다 들어가지? 심지어 디럭스잖아.

아뇨, 누워볼 생각은 솔직히 없네요.

내가 원래 비위가 좀 약해. 한심하긴 한데 어디 베이기라도 할까봐 무섭거든. 개인적 감정은 아니라고 말해두지. 물론 조심하면 아무 문제 없이 안전할 거야. 완벽하게.

네, 물론이죠. 먼저 가세요.

여기서는 아무래도 돈이 좀 필요하겠어. 말 끝내기 전에 나갈 수 있을지도 모르겠다. 뭐라고 말해야 할지 모르겠단 말이야. 사라고 강요하려나? 융자 얘기? 대출을 신청할지, 판사 앞에 끌려가서 강제로 선고를 받을지? 관리 비용이 적다고 한 것 같은데. 그게 한 달에 750달러 미만이라는 뜻인지 그냥 호스로 물만 뿌리면 된다는 뜻인지 궁금하군.

이런 게 진짜로 유행이라도 타서 사람들이 퀴즈 쇼 상품으로 타게 되면 어떡하지? 네, 그렇습니다, 스미스 씨. 9킬로그램 상당의 철제 선반 부품이죠.

하지만 그게 다가 아닙니다. 네, 스미스 씨. 그렇습니다. 이 아름다운 철사 자전거 바구니 3종 세트도 모두 드린답니다, 스미스 씨. 게임에 참여해주셔서 고맙습니다.

이런, 이쪽으로 온다. 뭐라고 하지? 기분 상하게 하고 싶진 않은데. 언젠가 이 건물에 진짜 집이 매물로 나올지도 모르는 거니까. 이러면 되겠다. 내가 감당할 수 있는 게 아니라고, 내 능력 밖이라고, 너무 손이 많이 간다고 해야겠다. 아쉽기는 하네. 이 건물 정말 맘에 드는데. 저 시멘트 벽을 부수고 자연산 마호가니 목재로 바꾸면 돈이 얼마나 들까? 안 돼, 어림도 없지. 또 미친 꿈일 뿐이야.

장소

PLACES

장소

현시대 일상에서 가장 눈에 띄는 점 중 하나를 꼽자면 생각의 자유라는 개념이 전례없이 확장되었다는 것이다. 이는 여러 불쾌한 상황을 만들어냈는데, 한때 가장 고정된 실체였던 장소가 이제는 개인 의견에 좌우된다는 사실만큼 당황스러운 것도 없다. 이러한 전반적 상황은 가지각색의 방식으로 나타났고, 이제는 자기 자리를 알고, 자기 자리를 지키며, 자기 자리를 차지하거나 자기 자리를 찾는 행위에서 더이상 위안과 활력을 얻기가 힘들다.

물론 이 목록은 여기서 끝이 아니다. 당장의 더 큰 문제만 없다면 목록을 이어갈 수도, 그럴 의지도 있다. 이 목록에서 제시한 위험성이 심각하기는 하지만, 전통적으로 엄밀하고 엄연한 사실이었던 한 사람의 거주지가 이제 개인 인식에 따라 달라지게 되었다는 것에 견주면 상대적으로 사소하기 때문이다. 당연히, 앞으로도 이 상황이 계속되도록 놔

둘 순 없다. 그러므로 공연한 걱정을 퍼뜨린다고 낙인찍힐 위험을 무릅쓰고라도, 역사적으로 재현미술 형식과 같던 거주지 개념이 서서히 그 세력을 넓혀가고 있는 개념주의라고밖에 할 수 없는 것 앞에서 힘을 잃어가고 있다면, 조처가 필요한 때가 왔노라고 분명히 말해주고 싶다.

너무 늦었다고? 시간이 없다고? 이미 너무 멀리 가버렸다고? 내 생각은 다르다. 아직도 우리 중엔 어디 사느냐는 질문에 논리와 확신을 갖고 대답하는 이들이 많다. 우리는 뉴욕이라고 한다. 또는 보스턴. 필라델피아. 디모인. 우린 규모는 작아도 다양성이 있다. 인내심을 갖고 열심히 노력하면, 절대 이길 수 없다고 본능적으로 깨달곤 다른 자리를 찾기로 한 이들이야 우리가 영원히 이겨낼 수 있으리라고 굳게 믿는다.

성공적인 전투 계획에서 첫 단계는 응당 적을 아는 것이니, 아래와 같이 용어를 정의해봤다.

본인이 이 행성의 거주자라고 생각하는 사람들, 또는 지구인

뭉뚱그려 일반화하여 말해보자면, 지구인은 녹색, 그러니까 잎이 많은 녹색 채소와 동지애라고 해야 맞을 관계를 맺고 있어서 즉시 알아볼 수 있다. 지구인은 먹이사슬의 아래쪽에서 먹고 생각하며, 종종 환생—적어도 돈벌이가 어딘지는 설명이 되는 이론—을 믿는다. 지구인이 가장 좋아하는 책은 『전 지구 카탈로그』*로, 여기서 옷도 주문한다.

* The Whole Earth Catalog. 미국 작가 스튜어트 브랜드가 1968년에 창간한 반문화주

별을 바라보는 모습이 무척 자주 목격되며, 제발 그곳으로의 이사를 고민하고 있길 바랄 뿐이다.

본인이 세계시민이라고 생각하는 사람들, 또는 국제인

거물 이탈리아 패션디자이너가 가장 전형적인 예로, 국제인에겐 발 닿는 곳이 집이다. 가장 좋은 식당과 가장 좋은 언어를 모두 섭렵하며, 여전히 현금을 지니고 다니는—그림은 말할 것도 없고—몇 안 되는 사람 중 하나다. 파티에서 만나면 재밌기는 하지만, 국제인의 특징을 꼽으라 하면 뭐든 하찮게 만드는 능력이라고 할밖에. 중동 지역 전체는 그저 안 좋은 동네일 뿐이며 남아프리카 해안은 그저 해변일 뿐이라고 생각하는 사람에게 런던이 과연 무엇이겠는가?

그리고 할 것도, 볼 것도 많은 국제인이, 맨해튼의 주택조합 아파트 가격을 올리는 데 대체 어떻게 그렇게 많은 시간과 주의를 기울일 수 있을까? 그런 노력이라면, 장담컨대 결국 언젠가 뉴욕 전체를 50년대의 아카풀코*와 견줄 만한 리조트 지역으로 바꿔놓고 말 것이다. 이 리조트에서 뉴욕 토착민 작가들은 국제인에게 기쁨을 주고자 고급 호텔 주방에서 근사한 모양으로 자몽이나 자르는 일밖에 할 수 없을 것이다. 여담이지만 이 국제인 고객은 미혼인 당신 여동생을 만나는 일에는 큰

의 잡지. 상품 카탈로그도 같이 보내줬다.

* 멕시코의 항구도시. 연간 수백만 명의 관광객이 방문하는 유서 깊은 휴양지.

관심을 보이지 않을 사람이다.

너무 시내에 사는 사람, 또는 로프트인

로프트에 사는 사람, 특히 로프트를 팔 수 있는 부러운 입장에 있는 사람은 돌을 던져서는 안 된다. 아마 소호 지역을 떠올렸겠지만, 분명히 말해두는데 나는 편협한 사람이 아니며, 유감스러운 개인적 경험 때문에 이런 동네가 이제 거의 모든 미국 소도시에서 발견된다고 공식적으로도 말할 수 있다. 주로 개조된 수변 지역을 차지하는, 내가 으레 예술가놈들 지구라고 부르는 이곳 때문에 '조명 산업'이라는 단어가 별로 반갑지 않은 새로운 의미로 읽힌다.

로프트인은 사실 생김새와는 달리 지구인의 여행 동시이므로, 이들을 피하기 위한 노력을 아껴서는 안 된다.

시애틀공항에 사는 것처럼 생긴 사람, 또는 영업인

영업인은 일반적으로 알려진 바와 같이 무척 초조해 보이는 사람이다. 늘 그렇듯 이 게이트 저 게이트를 오락가락하니 간혹 본인의 정신도 오락가락하진 않은지 의심해보는 것도 이상하진 않겠다. 그의 귀에는 '노스웨스트항공 도착 승객 여러분'이라고 말하는 안내 방송 소리가 끊임없이 들린다. 정말 공항에서 흘러나오는 방송 같다. 진짜인 것 같다. 그러나 호락호락하지 않은 영업인은 노스웨스트항공 도착 승객이란 건 존재하지 않는다는 사실을 잘 알고 있다. 노스웨스트항공 승객이라면 출발 승객만 있다. 사실 어느 시간에 어느 공항에 가도 공항에 있는 전체 인원의 족히 4분의 3 정도는 전부 노스웨스트항공 출발 승객으로 구성되어 있다.

그렇게 오랜 시간을 함께하는 사람들이니 서로를 공동체로, 거기에 뭐가 포함됐든, 여기게 되는 것도 당연지사다. 그리하여 자기들끼리 짧게 애정 관계에 빠지기도 하고, 토종 특산 훈제 아몬드를 활용해 자기들만의 요리를 개발하기도 하며, 이미 항공사에서 등급까지 배정해줘서 사회적 불안에서도 벗어났으니 부러움을 사기도 한다.

하지만 이 모든 것에도 불구하고 영업인은 행복하지 않다. 정상으로 직행하고는 있지만, 그곳에 언젠가 진짜 도착하리라고는 본인도 믿지 않는다는 걸 잘 알고 있기 때문이다.

제1강

캘리포니아주 로스앤젤레스, 그러니까 **로스앤젤레스** 혹은 **로스앵귤레스***는 베벌리힐스호텔을 둘러싼 넓은 도시 같은 지역이다. 뉴욕에서는 전화 또는 비행기로 이곳에 쉽게 접근할 수 있다(하지만 거기서 뉴욕에 쉽게 접근해선 안 된다).

1956년 로스앤젤레스의 인구는 224만 3901명이었다. 1970년에는 281만 1801명으로 증가했고, 이중 165만 917명은 시리즈 계약을 노리고 있다.

초기 스페인 정착자들에게 로스앤젤레스는 '엘 푸에블로 데 누에스트라 세뇨라 라 레이나 데 로스 앙헬레스'로 불렸다called. '우리의 성모, 천사 여왕의 마을'이라는 뜻이다. 이 이름의 앞부분은 1835년에 로

---

* 과거에는 LA를 종종 두 가지로 발음하곤 했다.

스앤젤레스가 멕시코 도시가 되면서 사라졌다. 오늘날 로스앤젤레스는 주로 수신자부담서비스로 전화 거는called 도시다.

지형과 자원

위치와 면적, 지표면의 특징

로스앤젤레스는 맨해튼 미드타운에서 약 4800킬로미터 떨어진 태평양 연안에 자리한다. 지형은 당신이 어떤 코트를 선호하는지에 따라 진흙부터 잔디에 이르기까지 다양하다. 총면적이 1165제곱킬로미터 이상으로 넓은 축에 속하니 네트 근처에 있을 것을 추천한다.

지표면의 특징은 언덕, 야자수, 전현직 코러스 가수를 담은 대형 전광판, 현란한 색깔의 꽃들, 눈꺼풀 리프팅, 주차 요원, 그리고 비행기를 타고 가다 누군가 실제로 여기 내리기도 한다는 걸 보여주기 위한 대형 '할리우드' 간판이다.

화폐

로스앤젤레스에서 가장 인기 있는 화폐단위는 포인트다. 포인트란 작가에게 돈 대신 주는 것이다. 신기하게도 물건이든 서비스든 포인트로 구매하기는 불가능하니, 무조건 왕복 비행기표를 사수할 것.

기후

로스앤젤레스는 대체로 맑은 날씨여서 현지인들은 자연광 속에서 계약서를 읽을 수 있다. 이곳에서는 온화한 날씨가 주요 대화 소재로 꼽히며, 다른 하나는 그렇지 않은 뉴욕 날씨다.

기후 때문에 로스앤젤레스를 찾는 관광객이 많은데, 이들은 필시 쾌적하게 이글대는 태양과 축제 분위기가 나는 공기 색깔에 끌렸을 것이다.

주요 특산물

로스앤젤레스의 주요 특산물로는 소설화,* 샐러드, 게임방송 진행자, 포인트, 근력, 미니시리즈, 원고 다시 쓰기다. 늘 한 쌍인 근력과 포인트를 제외하고는 모두 수출한다. 이 둘은 이동에 적합하지 않다.

주민

대체로 로스앤젤레스 주민은 마치 살아 있는 사람처럼 보이기 때문에, 죽음에 임박해 포인트를 안 줄지도 모르는 사람과의 대화를 피하려면 예리한 시선은 필수다. 입문자들은 프로듀서 지망자의 금목걸이를 유심히 관찰해 주기적인 박자의 움직임을 확인하기 전까지는 대화를 시작해선 안 된다.

로스앤젤레스 주민들은 따뜻하고 가족 간 유대가 무척 끈끈해서, 누

---

* 홈비디오가 출현하기 전 1970년대 성행한 영화, TV시리즈, 만화 등이 소설로 각색되는 것. 〈스타워즈〉 〈스타트랙〉 〈에일리언〉 등이 소설화되어 수백만 부가 팔렸다.

가 미처 묻기도 전에 자기 형수의 의붓어머니가 배우 리 메이저스의 삼촌 할아버지와 결혼했던 사이라는 정보까지 기꺼이 알려주는 플로리스트를 만날지도 모른다.

일상생활과 풍습

로스앤젤레스의 일상은 가벼우면서도 무척 계층화되어 있다. 사용자의 성을 제외한 이름만 있고, 해당 사용자는 회선 네 개에 내선 번호 열여섯 개를 사용하며, 목록에는 없지만 극비에 부쳐진 번호가 있다는 설명이 덧붙은 복잡다단한 전화번호부에 가장 큰 행복을 느끼는 사람들임을 깨달으면, 아마 이해하기가 한결 쉬울 것이다.

식음료

로스앤젤레스 주민 대다수는 가공식품 섭취를 제한하는 특정 식단을 따른다. 이는 유기농 과일과 채소가 코카인 효과를 더욱 빠르게 느끼도록 도움을 준다는 믿음이 널리 퍼져 있어서인 것 같다.

가장 인기 있는 현지 음식 중 하나로는, 노스캠던드라이브에 위치한 앙증맞은 중국 식당인 미스터차우에서만 판매하는 갬비가 있다. 메뉴에 적힌 설명은 다음과 같다. "누구나 좋아하는 수수께끼의 음식. 맛과 생김새가 해조류 같아 다들 해조류라고 하지만 사실은 아닙니다. 비밀이에요." 이 궁금증은 최근 현지를 방문한 한 뉴욕 작가가 이 깜짝 선물을 한입 먹어본 후 이렇게 말하면서 해결되었다. "풀이네."

"풀이라고?" 함께 식사하던 지인이 물었다. "대마초 말하는 거야?"

"아니," 작가가 답했다. "풀이라고. 잔디, 풀 말이야. 매일 오후 베벌리 힐스의 모든 정원사가 식당 뒤에 모여들면 요리사가 배달 물품을 받는 거지. 그럼 몇 분 후 행복한 손님들이 찾아와서 게걸스럽게—1인분에 3.5달러씩 내고—감자튀김처럼 바삭한—자기들 정원을 먹고. 그게 비법이야."

문화

로스앤젤레스는 이 시대의 도시이며, 그 까닭에 기존 예술의 틀에 박힌 표준에 구속되지 않는다. 그래서 이 현대의 아테네 주민들은 자유롭게 그들만의 새롭고 독창적인 형태를 발달시킬 수 있었다. 이중 가장 흥미로운 것은 소설화다. '천 마디 말보다 한 번 보는 것이 낫다'는 문장의 참뜻을 아마 처음으로 뼈저리게 깨우쳐주니 말이다.

의복

로스앤젤레스의 의류는 화려한 레몬색, 하늘색, 라임색이 주를 이루는데, 특히 대부분이 배우 앨런 킹과 닮은 중년 남성층에서 더욱 그렇다. 이 남성들은 셔츠의 첫 다섯 단추를 잠그지 않고 회색 가슴털을 방탕히 드러내는 관례를 따른다. 경찰에 연락해서 이들이 모두 단추를 잠그게 어서 출동해달라고 해봤자 부질없음을 방문객들이라면 미리 알아두는 게 좋다. 어차피 응답하지 않을 테니 말이다.

청소년들은 남녀 모두 젊은이들이 더이상 독서에 관심 없다는 이론을 반증하는 티셔츠를 입고 있으며, 그 티셔츠를 반증하는 표정을 짓고 있다.

낮시간을 선호하는 중년 여성들은 십대 소녀와 무척 비슷한 옷을 입지만, 여섯시가 지나면 대개들 예쁘게 꾸미고 학교 무도회 가는 복장을 하곤 한다.

언어

알파벳과 발음은 모두 영어에서 가져왔고, 영수증을 왼쪽에서 오른쪽으로 읽는 관습도 마찬가지다. 그러나 단어 사용은 다소 이국적이어서 방문객들은 아래의 단어와 문구를 숙지해두는 게 좋겠다.

정장: 긴바지.

설정: 자동차 추격전.

조감독: 자동차가 어느 쪽으로 가야 할지 알려주는 사람. 뉴욕에서는 교통경찰이라고 한다.

감독: 조감독에게 자동차가 어느 쪽으로 가야 할지 알려주라고 하는 사람. 뉴욕에서는 교통경찰이라고 한다.

편집 권한: 포인트 없음.

회의를 갖다: '회의를 하다'라는 의미로 사용되며, 현지인들이 가장 편하게 사용하는 동사가 '갖다'라는 사실에서 비롯되었을 확률이 높다.

냉소: 뉴욕에 온수 욕조 대신 있는 것.

교통

로스앤젤레스의 교통수단은 두 가지다. 자동차와 구급차. 눈에 띄고 싶지 않은 방문자들이라면 후자를 택하길.

건축

로스앤젤레스의 건축은 기본적으로 스페인의 유산과 풍요로운 내면 생활의 산물이다. 공공건물은 주유소 또는 식당으로 불리며, 에이전시 윌리엄 모리스의 직원 평균 키쯤 되는 낮은 높이가 특징이지만 안에 있는 사람 수는 더 많은 편이다. 주택은 집이라 불리며 외부에 주차된 메르세데스 벤츠의 대수로 공공건물과 구분된다. 열두 대 이상이면 아메리칸 익스프레스 카드를 받는다고 생각하면 된다.

뉴욕에서 집 구하는 자의 일기

금요일: 동틀 무렵, 배달원이 이번주 일요일 『뉴욕 타임스』 부동산 면을 가져다주는 소리에 잠이 깼다. 첫 공고 여섯 개는 이미 다 나갔다. 『뉴욕 타임스』 편집자 수를 방 두 개짜리 집을 찾고 있을 사람 수로 나누다보니 족히 십오 분이 갔다. 매일 신문을 내야 하는 사람이 대체 어떻게 1100명 상당의 인맥을 관리하는지 궁금해하다가 다시 삼십 분이 갔다. 타당성 없는 이론임을 깨닫고 조판자들은 모두 장작 벽난로가 있는 주택조합 아파트에 산다고 결론지었다. 왜 부동산 공고에서는 늘 장작 벽난로를 강조할까 잠시 고민했다. 그쪽에서 요구하는 가격을 고려했을 때, 아마도 '에라 모르겠다' 하고 벽난로에 돈을 땔지도 모를 사람들에게나 통할 경고일 뿐이라는 결론에 다다랐다.

V. F.에게 연락해 무척이나 탐나는 그의 건물에서 혹시 지난밤 죽은 사람은 없는지 정중히 물어보았다. 답변은 부정적이었다. 도무지 이해

가 안 된다. 상당한 규모의 건물인데 몇 달째 죽은 사람이 아무도 없다. 내가 사는 작디작은 건물에서는 사람들이 파리처럼 죽어나간다. 높은 천장과 몰딩 장식이 수명을 연장해주고 있진 않은지 알아봐야겠다고 적어두었다. 나보다 안 좋은 건물에 사는 사람은 내가 죽기를 기다린다는 생각에 잠시나마 오싹해졌다. a) 나보다 안 좋은 건물에 사는 사람은 없고 b) 특히 내가 죽길 기다리는 사람이라면 더욱 그럴 리 없다는 사실을 깨닫자 이루 말할 수 없이 기력이 되살아났다.

토요일: 미드타운 건물에 있는 명망 있는 주택조합 아파트를 보러 윗동네에 다녀왔다. 로비에서 부동산중개인을 만났다. 도쿄 로즈*의 백인 버전이었다. 중개인은 곧바로 이 집을 보려고 대기중인 훌륭한 직업을 가진 사람들부터 설명하기 시작했다. 우선 거실을 보여주었다. 넓고 탁 트인 공간에 유명 할인 약국이 내다보이는 기막힌 전망이었다. 방 둘, 당연하지. 부엌, 이냥저냥. 현재 살고 있는 세입자가 어째서 안방 내벽 세 곳을 1.5미터 높이의 아치 모양으로 잘라냈는지 이유를 묻자, 중개인은 맞바람이 어쩌고 하며 웅얼거렸다. 반대쪽 벽에는 창문이 없다는 점을 지적했을 때는 서류가방에서 종이뭉치를 보란듯이 꺼내들더니 면밀히 살펴보았다. 추측건대 이 집을 보려고 기다리는 대법원 판사들의 이름이 담긴 서류일 것이다. 굴하지 않고 안방 벽에 있는 1.5미터 높이의 아치를 어쩌란 거냐고 재차 물었다. 중개인은 스테인드글라스를

* 태평양전쟁 당시 일본의 라디오 선전 방송을 진행한 여성 아나운서들을 칭하는 말.

추천했다. 나는 거실에 아예 긴 나무의자를 들여 매주 일요일에 예배를 보는 게 좋겠다고 했다. 중개인은 안방에 딸린 욕실이라는 공간을 보여주었다. 아랫사람들 쓸 욕실이 따로 있는지 물었다. 불길한 태도로 종이뭉치를 뒤적이더니 나를 다시 거실로 안내했다. 난 언짢은 표정을 지었다. 중개인은 표정이 밝아지며 재미용 욕실이라는 곳을 보여주었다. 분명 여러 무늬 섞기를 두려워하지 않는 사람이 바닥부터 천장까지 천을 덧댄 곳이었다. 예의고 뭐고 나는 욕실에서 재미를 느낄 생각 따위 없고 일꾼들 씻을 곳만 있으면 되니 재미용 욕실은 절대 다시 보고 싶지 않다고 일러주었다.

중개인은 다시 거실을 보여주었다. 중개인 본인이 할인 약국 풍경을 정말 좋아하거나, 아니면 거실이 세 개라고 날 속이려는 것이거나 둘 중 하나였다. 그때까지도 식사 공간을 보여주지 않았고 부엌은 대략 브랜디 잔 크기였기에 난 건방진 태도로 밥은 어디서 먹는지 물었다.

"음," 중개인이 말했다. "작은방을 식사 공간으로 쓰시는 분들도 계세요." 난 작은방은 글을 쓸 용도로 필요하다고 했다. 세입자 후보 목록에 있던 유엔 대사님들을 떠올리게 했으니 이 말은 실수였다.

"음," 중개인이 말했다. "안방이 꽤 크잖아요."

"이것 봐요," 내가 말했다. "난 이미 침대에서 밥을 먹는다고요. 월세 인상을 제한하는 방 하나짜리 후진 아파트에서라면 침대에서 먹죠. 가격도 휘황찬란하고 관리할 것도 많은 비싼 아파트에서는 식탁에 앉아 먹고 싶어요. 바보라고 하든 모자란다고 하든 상관없지만 난 그런 여자예요." 중개인은 나를 바깥으로 안내하더니 로비에 세워두고 서둘러

자리를 떴다. 분명 세입자로 확정됐다고 쿡 추기경*에게 전화할 생각에 마음이 급했을 거다.

일요일: 어느 부동산 중개인과 통화한 후 충격에서 헤어나오느라 하루가 다 갔다. 거실 크기가 벽장에 가까운 집을 보고 난 후 불쾌감을 표하는 내게 이렇게 답했기 때문이다. "프랜, 월 1400달러로 뭘 기대해요?" 솔직히 말해서 월 1400달러라면—일꾼은 말할 것도 없고 모든 것을 갖춘—상트페테르부르크 겨울궁전을 기대한다고 말하기도 전에 전화가 끊겼다.

월요일: 오늘 아침 보고 온 집은 남몰래 혼자 '톰 아저씨의 브라운스톤'이라고 이름 붙인 건물 꼭대기 층이었다. 마루 한쪽이 내 정신을 똑바로 세울 만큼 기울어져 있어 왜 냉장고가 거실에 있는지 물었다. 내 눈을 똑똑히 바라보며 "부엌에 안 들어가니까요"라고 답하는 주인의 말에 즉시 내 주제를 다시 파악했다.

"그렇네요." 좀더 찬찬히 살펴보며 나도 인정했다. "그건 좀 문제군요. 하지만 혹시 모르실까봐 드리는 말씀인데, 부엌은 냉장고에 들어가겠는걸요. 한번 해보시는 게 어떠세요?"

집주인이 내 제안을 실천하기 전에 이미 자리를 떠 공중전화로 향했다. V. F.가 사는 건물의 사망률은 아직도 대단히 낮다.

---

* 1969년 추기경으로 임명된 뉴욕 대주교.

오늘 자 신문에 난 집을 보고 전화했다. 수선 비용이 10만 달러라는 말을 들었다. 벽에 렘브란트가 낙서한 게 아니라면 10만 달러는 수선 비용이 아닌 전쟁배상금 액수라고 답했다.

화요일: 절박함에 '흥미로운'이라는 설명이 붙은 집을 보러 갔다. '흥미롭다'고 하면, 보통 천장에 채광창이 있고 승강기는 없으며 약 봉투는 덤이다. 이 집은 그보다 더 흥미로웠고, 그 이유는 소설가 잭 케루악이 한때 여기 살았다는 중개인의 말 때문이었다. 누가 놀리려고 한 말인 것 같다며, 잭 케루악은 아직도 여기 살고 있다고 내가 말해줬다.

수요일: 가끔 보는 지인을 7번 대로에서 마주쳤다. 그 사람도 방이 두 개인 집을 찾고 있다고 했다. 서로의 정보를 비교해보았다.

"거실에 냉장고 있는 집 봤어요?" 그가 물었다.

"네, 그럼요." 내가 말했다.

"나는," 그가 말했다. "오늘 이스트 50번대 길에 있는 치과 진료소를 보고 왔어요."

"치과 진료소라." 내가 말했다. "의자도 아직 있던가요?"

"아뇨." 그가 답했다. "하지만 방마다 세면대가 있더군요." 누군가는 좋아할 만한 집 같았다. 내가 아는 사람 중에 방 두 개짜리 집을 찾고 있는 낙태시술자가 있는지 떠올려보려 했다. 생각나는 사람이 없었다.

중개인에게 전화를 걸어 최근 광고에 실린 주택조합 아파트 가격을 문의했다. 10만 단위의 상당한 액수였다. "융자 조건은요?" 내가 물었다.

"융자요?" 떨고 있다는 게 소리로도 들렸다. "여긴 현금으로만 거래해요."

내게 현금 거래 건물이란 모노폴리의 보드워크나 파크 플레이스*에나 세우는 것이라고 말했다. 중개인은 좀더 윗동네로 올라가보라고 권했다. 난 여기서 더 위로 올라갔다간 가라테 권법이라도 배워야 할 거라고 답했다. 중개인은 좋은 생각 같다고 했다.

목요일: 최근 사망한 배우가 살던 주택조합 아파트를 보고 왔다. 이제는 나도 경험이 쌓여서 안방에 세면대가 있어도 눈 하나 깜짝하지 않았다. 부업으로 치과의사를 겸했거나 화장실에 세면대가 들어가지 않아서 그럴 거라고 짐작했다. 두번째 짐작이 맞았다. 그래도 이해는 안 된다. 화장실에 샤워기가 없으면 세면대 하나쯤 들어갈 자리는 충분할 것 같은데 말이다. 중개인은 최근에 개선한 부분을 알려주었다. 귤색의 주방가전, 청동거울로 장식한 벽난로, 재미용 거실. 이 가격에 관리비와 개선한 부분을 없애는 비용까지 하면 이 집에 살다간 신발도 못 사 신겠다고 말했다.

다시 V. F.에게 전화했다. 우선 좋은 소식. 그 건물에 살던 한 여자가 죽었다. 이어지는 나쁜 소식. 이사는 안 간다고 했다.

---

* 모노폴리게임에서 가장 비싼 두 곳.

프랜 리보위츠의
실용 여행 정보

여기 담긴 정보는 최근 책 홍보차 열네 개 도시를 방문하는 동안 수행한 철저하고 세심한 연구 끝에 나온 결과물이다. 다만 당신의 여행 계획에 열네 개 도시에서의 책 홍보가 포함되지 않는다고 해서 이 정보를 무시해도 좋다는 뜻은 아니다. 개인의 필요에 맞게 조정하고 일정량의 시행착오를 겪고 나면 많은 도움이 될 것이다.

1. 이코노미석을 이용할 때는 상상력이 풍부하게 날뛰지 않도록 마음을 다잡아야 한다. 짧은 순간 그렇게 보일 수도 있겠지만, 객실 전체에 저렴한 국산 시가를 피우며 울어대는 아기들만 탑승했을 가능성은 거의 없기 때문이다.

2. 일등석을 이용할 때는 당신이 어디 앉아 있는지를 자주 상기해야

할 수도 있다. 이코노미석과 비교했을 때 눈에 보이는 유일한 차이점이라곤 그 아기들이 비싼 쿠바산 시가를 피운다는 사실뿐일 듯할 때가 너무나 많기 때문이다. 그러나 승무원이 당신의 음료를 떨어뜨려 잔을 깨뜨리면 마침내 일등석이구나 싶을 것이다.

3. 비행기는 으레 7:54, 9:21, 11:37 같은 시각에 출발이 예정되어 있다. 이런 극도의 구체성은 여행 초보에게 도착 시간은 10:08, 1:40, 4:22이라는 믿음과 시간 맞춰 공항에 도착해야 한다는 믿음을 동시에 심어주는 효과가 있다. 이 두 믿음에는 오류가 있을 뿐만 아니라 실제로 건강에도 해로우며, 더 큰 현실성을 도모하려는 항공사측 시도로 인해 쉽게 무너지기도 한다. 물론 항공사는 이처럼 급진적인 변화를 단번에 시행하기를 망설일 것이다. 보다 순조로운 전환을 위해 '미니애폴리스행 477편은 오후 8:03에 이륙합니다' 같은 문장을 점진적으로 어떻게 대체하는지 아래와 같이 소개해보겠다.

a. 미니애폴리스행 477편은 글쎄요, 여덟시쯤 이륙합니다.
b. 미니애폴리스행 477편은 여덟시, 여덟시 삼십분쯤 이륙합니다.
c. 미니애폴리스행 477편은 아직 깜깜할 때 이륙합니다.
d. 미니애폴리스행 477편은 페이퍼백 출간 전에는 이륙합니다.

4. 여성 승무원은 여자를 그리 좋아하지 않는다.

5. 남성 승무원도 마찬가지다.

6. 네브래스카주 오마하에서 비행기를 갈아탈 수 있다.

7. 그러기를 권장한다.

8. 애연가든 아니든 항시 비행기의 흡연석에 앉도록 한다. 기침하느라 여행시간이 짧게 느껴질 것이다.

9. 가능하다면 색맹인 사람과 비행기를 타라. 질푸른 꽃무늬 배경에 적갈색과 주황색, 노란색 줄무늬가 어떤 효과를 내는지 설명하다 보면 기침하고 남은 시간을 때울 수 있을 것이다.

10. 예술가 기질이 있는 사람들이 많이 사는 지역의 서점 행사에서 책에 사인할 때는 '더글러스와 마이클에게'나 '조지프와 에드워드에게' '다이앤과 케이티에게'라고 쓰는 경우를 열 권 미만으로 제한한다. 판매 실적에서 손해라는 사실을 깨닫기까지 걸리는 시간이 딱 그만큼이다. 상냥하면서도 단호한 어조로, 동성애 관계는 지속 기간이 짧기로 악명 높은 게 상식이며, 결국 책을 두고 싸우게 될 것이라고 알려라. 이 방법으로 즉각적 효과를 거두지

못한다면 지금까지 그렇게 놓친 프랑스제 거품기가 몇 개였는지 생각해보라고 다정하게 알려주면 된다.

11. 캘리포니아주는 세 시간 빠른 게 아니다. 낮이 세 시간 더 길어서 그렇다.

12. 햄버거에 치즈를 더 넣어도 추가 비용이 없는 룸서비스 메뉴는 그럴 만한 이유가 있음을 말해준다.

13. 낯선 도시에서 스치는 낭만은 용인되는 행동이며, 특히 벌써 그런 내용의 영화를 봤다면 더욱 그렇다. 상대에게 당신의 출판사 이름을 다르게 알려주면 된다는 것만 기억하자.

14. 지역방송 토크쇼 진행자들은 〈투데이〉에서 카메라를 한 대 이상 사용한다는 사실에 별 관심이 없다.

15. 24시간 룸서비스라는 말은 대체로 클럽 샌드위치가 준비되기까지 걸리는 시간을 의미한다. 무엇보다 달걀 스크램블을 주문했다면 정말이지 낙심이 클 것이다.

16. 꼭 돌려받고 싶다고 사전에 꼭 집어서 말하지 않고 호텔 직원에게 옷을 넘기는 일은 절대로 없어야 한다.

17. 오후 네시에 깨워달라고 부탁하려거든 안내 데스크로부터 예우 받기를 포기하고 벨보이와 룸서비스 웨이터들과 과하게 친해질 각오를 하고 말하라.

18. 미국에 갈 땐 음식을 직접 챙겨 가야 한다.

19. 북부 캘리포니아에서 까무러칠 만큼 고가의 호텔에 묵고 있다면 다른 투숙객이 문 앞에 벗어놓은 신발을 보더라도 침착해야 한다.

20. 세계 각국의 여자아이들이 화려한 의상을 입고 거대한 그뤼예르와 얄스베르그 치즈 덩어리를 굴리는 환상이, 슈퍼에서 파는 슬라이스치즈 세 장과 빨간 셀로판지 모자를 쓴 수많은 이쑤시개로 변한 것을 각오하지 않았다면, '치즈 축제'라는 이름의 룸서비스 메뉴를 주문해선 절대 안 된다.

21. 텍사스주에서 택시를 부르기란 이라크에서 랍비를 부르는 것과 같다.

22. 지역방송 토크쇼에는 일반적으로 메이크업 담당자가 없다. 로스앤젤레스는 예외인데, 라디오 출연에도 메이크업을 제공할 만큼

이 분야에서 유독 인심이 후한 도시다.

23. 확신 비슷한 것이 생기더라도 이동식 식당에는 접근하지 않는다.

24. 신문사 사진기자가 예술적으로 흥미롭다는 소품을 제안하면 결례를 범할 각오를 하자.

25. 절대적으로, 확실하게, 무슨 일이 있어도, 머리를 자르고 싶다면 뉴욕에 돌아갈 때까지 기다린다.

26. 현금을 갖고 다닌다.

27. 실내에 머문다.

28. 전화는 수신자 부담으로 한다.

29. 글쓰기를 깜빡한다.

생각

IDEAS

생각

'라이프 스타일'이라는 단어를 만든 시대라면 머지않아 '생각 스타일'이라는 개념 또한 고안해내리란 건 안 봐도 뻔하다. '라이프 스타일'이라는 표현을 쓰는 사람들이 '라이프'와 '스타일' 둘 다 갖고 있는 경우는 극히 드물기 때문에, 이 표현에는 총량이 일부의 합보다 적은 완벽한 예시가 있음을 인식하는 것이 생각 스타일을 정의하는 최상의 방법일 것이다.

생각 스타일도 이와 마찬가지니, 우리는 생각이 그리 풍성하지 않은 시대에 살고 있음을 깨닫게 된다. 그나마 꽤 괜찮은 개념 두어 개쯤 가질 수 있다면 최고라고 여길 만한 시대를 살아가고 있을 뿐. 이런 궁금증을 품을 수도 있겠다. 생각과 개념의 차이란 과연 무엇인가? 물론 가장 주요한 차이로는 개념은 팔 수 있지만 생각은 줘버릴 수조차 없다는 점이다. 당연히 다른 차이점도 있으며, 내가 이를 간과하지 않으려

신중을 기했음은 다음 도표에서 즉시 확인할 수 있다.

생각	**개념**
잔돈 만들기	대수학
영어	에스페란토
블루베리파이	블루베리식초
시	시인
문학	논픽션 소설
선택하기	고르기
박물관 내부 화장실	화장실 내부 그림
전구light bulb	가벼운 맥주light beer
토머스 제퍼슨	제리 브라운*
아침	아점
디트로이트	소살리토†

초보자에게는 이 정도면 다 마무리된 것처럼 보일 수도 있겠으나, 유감스럽게도 크나큰 오산이다. 생각이란 결국 얼마간은 복잡한 주제다. 좋은 생각, 나쁜 생각, 큰 생각, 작은 생각, 낡은 생각, 새로운 생각이

* 전 캘리포니아주 주지사.

† 캘리포니아주에 속한 도시.

있다. 우리가 좋아하는 생각과 그렇지 않은 생각이 있다. 하지만 내가 특히 관심 있는 건 미완성의 생각이다. 시작은 창대하지만 최종 마무리가 그다지 성공적이지 못한 생각 말이다. 이러한 생각은 당연히 하나만 있는 게 아니니, 다음과 같이 부를 수밖에 없는 것을 준비해보았다.

하다 만 생각의 모음	
배심원에 의한 재판	인데 그 배심원이 당신 또래
성인	교육
고결한	야만인
우상	숭배
무원죄	잉태
하이	테크
대중	문화
재정	책임
판매	세금
인류	잠재성
초능력	인간
5월	노동절
정육점	도마
성	정치학
메서드	연기

현대	의학
잘사는 것	이 최고의 복수

눈에 연기가 들어가면……
그냥 눈을 감아라

다수의 억압받는 소수집단에서 활동하는 일원으로서, 나는 전반적으로 최고로 점잖게 행동해왔다고 생각한다. 시위행진이나 구호, 〈데이비드 서스카인드 쇼〉 출연, 또는 막연하게라도 유난 떤다고 할 수 있는 거라면 뭐든 예외 없이 자제해왔다. 이 모범적 행동에 주목해주길 요청하는 이유는, 호의적인 시선을 얻고자 해서만이 아니라, 현상황의 심각성을 강조하기 위해서이기도 하다. 벌금이나 구금, 또는 나와는 급이 다른 사람과 말다툼할 위험을 무릅쓰지 않고는 공공장소에서 담배를 피우기가 거의 불가능에 가까워진 현상황 말이다.

혹시 마지막에 언급한 내용 때문에 심기가 불편한 평등주의자가 있을지 모르니, '급'이라는 단어는 흔히 '나와 같은 부류의 사람들'을 칭하는 좁은 의미로 썼음을 서둘러 덧붙여둔다. 나와 같은 부류의 사람들에 속하기 위해선 상당히 많은 요구조건이 따르지만, 그중 제일은 흡연에 관해서라면 절대적 불간섭주의여야 함을 꼽을 수 있다.

흡연은 내 인생까진 아니더라도 취미쯤은 된다. 난 흡연을 사랑한다. 흡연은 재미있다. 흡연은 멋지다. 어른으로 사는 이유는 흡연에 있다고 생각한다. 그렇기에 성장과정의 기다림이 진정으로 가치 있는 것이다. 흡연의 유해성은 나도 잘 알고 있다. 흡연이 건강에 유익하지 않은 여가활동인 것은 사실이다. 당연히 흡연은 상쾌한 해수욕도, 격렬한 체조도, 저수지 주위를 두 바퀴 완주하는 것도 아니다. 반면 흡연은 조용한 취미라는 장점이 있다. 흡연은 실제로 품위 있는 활동이다. 스키 활강이나 풋볼 경기 또는 자동차경주에서 연상되는 과도한 요란함은 흡연가와 맞지 않는다. 그럼에도 흡연은 앞서 언급한 바와 같이 유해하다. 매우 유해하다. 아니, 완전히 위험하기까지 하다. 흡연가 대부분은 결국 치명적인 질병에 걸려 죽고 말 것이다. 하지만 흡연가들이 이 사실을 뽐내지는 않지 않나? 스키를 타는 사람이나 풋볼 선수, 또는 자동차경주 선수들은—적어도 해당 활동중에는—죽지도 않으면서 화려한 이미지와 비싼 장비, 엄청난 유명세를 누린다. 어째서 이런지는 나도 모르겠다. 보통의 미국인은 무엇이 무모함인지 보고도 몰라서라면 모를까. 그리고 바로 그 보통의 미국인한테 최근 범람하는 금연 관련법들과 반흡연 정서에 대한 책임이 있기 때문에, 그들에게 이 글을 전하고자 한다. 보통 이상의 미국인은 그거 말고도 중요한 일이 많으니, 책임을 져야 하는 건 보통의 미국인임에 의심의 여지가 없다.

물론 다수의 사람들이 흡연을 불쾌하게 여기는 것은 나도 이해한다. 그들의 권리니까. 장담하는데 기분 상한 사람들을 존중하기로는 나만한 이가 없을 것이다. 나도 불쾌하게 여기는 게 많다. 아니, 대부분을 불쾌하게 여긴다. 집을 나서면 기분이 상하는 게 자연스러운 결과다. 나는 애프터셰이브 로션도, 롤러스케이트를 타는 성인도, 프랑스어를 하는 어린이도, 과도하게 피부를 태운 사람도 좋아하지 않는다. 그렇다고 해서 법안 제정을 촉구하거나 팻말을 세우지는 않는다. 사생활 영역에서라면 이런 사람들을 피하면 되지만 공공장소는 이들이 지배하고 있다. 나는 최대한 집에만 있으니 이들도 그래야 한다. 하지만 꼭 집밖으로 나가야겠다면 이들도 내가 그러하듯 타인의 개인적 습관 탓에 불편을 겪더라도 감당할 준비가 되어 있어야 한다. 그게 '공공' 장소의 의미다. 참을 수 없다면 그냥 집으로 돌아가라.

공공영역에서의 사생활 간섭 정도를 온전히 알지 못할 수도 있으니 아래와 같이 정리해보았다.

병원

병원은 흡연 제한 분야에서는 아마 악질 중의 악질일 것이다. 아무 잘못 없는 방문객들이 흡연 구역에 가려면 항상 먼길을 걸어야 하기 때문은 물론이고, 무엇보다 이 세상에 흡연을 금지하기에 병원만큼 터무니없는 장소도 없기 때문이다. 본래 병원이란 흡연이 그 빛을 발하는, 불미스럽고 긴장되는 환경 그 자체다. 병원에서 비흡연자들이 가장 자주 표하는 (당신의 연기 때문에 자신의 건강이 위협받는다는) 반대 의견은, 그곳에 있는 사람 전부가 벌써 아프다는 사실로 말미암아 의미

자체를 상실한 의견이다. 흡연을 금지당한 방문객은 제외하고 말이다.

식당

'금연석'이 있는 식당이야말로 손님들의 둔해져가는 미각으로부터 가장 많은 이득을 취할 식당이다. 이 글을 쓰는 지금, 뉴욕 식당들은 분열을 초래하는 이 법안으로부터 아직은 자유롭다. 식당을 고를 때 고려해야 할 요소가 하나 더 추가된다면 뉴욕 시민은 아마 집밥으로 대거 돌아가리라는 것을, 권력자들이 알고 있기 때문일 것이다. 그도 그럴 것이 적어도 내 주변에는, 사십오 분간의 긴 통화 끝에 모두가 마침내 시내에서 아홉시 삼십분에 태국 음식을 먹기로 합의했는데, 또다시 흡연석과 금연석을 골라야 한다는 사실에 내재한 압박까지 견딜 만큼 외식에 굳건히 충성하는 사람은 단 한 명도 없으니 말이다.

미네소타

미네소타 대기오염 방지법이라는 것 때문에 미니애폴리스공항 수하물인도장이 흡연 금지 구역이 되었다. 개인적으로 관찰한 바로는 비흡연자조차도 자기 짐이 최종 목적지까지 제대로 왔는지 확인하려고 기다리는 동안은 담배에 불을 붙일 것만 같은 경향이 있기 때문에, 이 소식은 특히 더 놀랍다. 이 법이 상당히 강한 반발을 불러일으켰음을 생각해보며, 왜 미네소타가 기껏 유치에 성공한 몇 안 되는 방문객의 발길마저 끊으려는지 처음에는 어리둥절했다. 그곳에서 딱 하루를 보내고 미네소타 대기오염 방지법이 관광 유치의 일환이었음을 깨닫자 궁금증이 해소되긴 했다. 보부르*는 아닐지라도 나름의 관광지라는 거다. 흥미롭고 교묘한 개념이라는 판단에, 주정부 관료들에게 상업적 재원을 더 개발할 방법으로 '미니애폴리스 시내'라는 문구가 새겨진 파란색 단색 엽서를 판매할 것을 제안했다.

비행기

담배를 피우는 사람이 그렇지 않은 사람보다 똑똑하다는 경솔한 말로 대중을 선동할 마음은 조금도 없다. 그렇지만 흡연자보다 15센티미터 앞에 앉는 게 15센티미터 뒤에 앉는 것보다 어떤 식으로든 건강에 좋다는 생각을, 단 한 순간이라도 해본 니코틴광은 내 주변에 없다는 점을 꼭 짚고 넘어가고 싶다.

택시

'흡연 금지. 기사 알레르기'라는 문구를 미처 발견하기 전에 택시 미터기 소리를 듣는 것이야말로, 뉴욕 생활에서 가장 오싹한 점 중 하나라 할 수 있겠다. 물론 1달러를 잃어도 개의치 않는 사람이라면 즉시

---

* 프랑스 파리 퐁피두센터가 있는 지역.

하차할 수도 있고, 더 알뜰한 사람이라면 피에르호텔에서 이스트 78번가로 가는 길도 모르는 사람이 도대체 무슨 수로 '알레르기'라는 단어를 익혔는지 고민해보는 것으로 시간을 보낼 수도 있겠다.

최후에 웃는 자

문학적 내력이라고는 그림엽서 읽기가 대부분인 가정 출신이다보니, 내가 하는 일을 할머니께 정확하게 설명하는 데 성공한 적이 없단 사실이 놀랍지는 않다. 할머니가 우둔하셔서가 아니다. 전혀 그렇지 않다. 할머니의 생은 가구 소매업에 너무도 견고히 뿌리박혀 있었기에 다른 모든 직업을 다소 제한적 관점에서 보실 수밖에 없다는, 간단한 이유 때문이다. 그래서 할머니를 만날 때마다 다음과 같은 대화가 이어질 것을 단단히 각오해야 한다.

"그래, 별일 없고?"

"네, 할머니. 잘 지내셨어요?"

"그럼. 장사는 좀 어떠냐? 괜찮아?"

"그럼요, 할머니."

"이맘때는 바쁜가? 요즘 잘되는 때야?"

"그럼요, 할머니."

"다행이구나. 바쁜 게 좋지."

"네, 할머니."

내 답변에 만족하신 할머니는 이제 아버지께 똑같은 질문을 하신다. 아버지야 세련된 겉감을 댄 고급 가구라는 리보위츠 전통에서 벗어나지 않는 업계에 계신지라 그 대화는 좀더 현실에 기반해 있다.

나와 할머니 사이에 이해가 부족한 것이 오랫동안 고민이었는데, 이번 기회에 내 삶과 직업을 보다 명료하게 이해하실 수 있도록 최근 아흔다섯번째 생신을 맞으신 할머니께 바치는 마음으로 아래와 같이 사업 이력을 준비해보았다.

내 시작은 말할 것도 없이 초라했으나 부끄럽지 않다. 나는 딜랜시가街에서 웃음을 파는 손수레로 시작했다. 장당 40센트, 네 장엔 1달러짜리 코믹 에세이였다. 길거리 생활은 험난했다. 피 튀기는 경쟁이었지만 이 세상에서 제일가는 교육이었다. 딜랜시에서는 '가벼운 재미'로는 부족했기 때문이다. 웃겨야 했다. 나는 매일 열 시간씩 주 6일 일했고, 곧 소박한 추종자 무리도 생겼다. 숭배까지는 아니더라도 그럭저럭 괜찮았다. 먹고는 살았다. 조금씩 돈도 모을 수 있었고, 너무 머지않은 미래에 나만의 가게를 차리는 것도 꽤 가능해 보였다. 아, 물론 문제는 있었다. 안 그런 사람 있나? 수레에 있는 모든 글을 훑어보며 내가 가격을 깎아주지 않을까 하는 희망에 웃음을 꾹 참는 주부들. 내가 등을 돌린 사이 한두 문단 슬쩍하는 아이들. 그리고 언제나 공짜 웃음을 바라며 손을 내미는 경찰 마이크. 하지만 나는 절대 내 목표를 잃지 않고 인내했으며, 몇 년간의 고생 끝에 본격적으로 나설 준비를 마쳤다.

나는 가게를 알아보러 커낼가로 갔다. 나만의 가게. 대충 하는 법이 없는 나는 철저히 조사해 마침내 좋은 자리를 찾을 수 있었다. 유동 인구도 많고, 한쪽에는 수술 장비 판매점, 다른 한쪽에는 임부복 판매점이 있었다. 웃음이 필요한 사람들이 찾는 곳 말이다. 개점을 준비하며 개처럼 일했다. 상당히 만족스러운 즉석 개그와 재미있는 개념, 재담과 경구, 최신 재치와 반어법도 꽉 채웠다. 드디어 준비가 끝났다. '프랜의 유머 천국: 촌철살인 중의적 유머의 본고장'이 업무를 개시했다. 초기에는 만만치 않았지만 간접비는 낮았다. 가게에서 파는 글은 전부 내가 직접 썼다. 그리고 종내엔 안정적인 총수익을 내기 시작했고 순수익으로 살 수 있었다.

어디서부터 잘못되었는지는 모르겠다. 이런 걸 어떻게 알겠는가, 난 유머 작가지 점쟁이가 아니다. 아무튼 사업은 내리막길을 걷기 시작했다. 처음에는 가시 돋친 일침을 시도하다 말아먹었고, 다음에는 재미있는 일화가 더이상 생각나지 않았다. 비수기라서 그러려니 생각하려 했지만 좀처럼 나아지지 않았고, 미처 깨닫기도 전에 심각한 상황에 빠지고 말았다. 안 해본 것이 없었다. 거짓말이 아니다. 폭탄 세일도 해봤다. "재담 하나 사면 하나는 공짜" "모든 문장 20퍼센트 할인". 심지어 후불 방침을 도입하기도 했다. 하지만 전혀 효과가 없었다. 한계였다. 모두에게 빚을 졌고 빚더미에 허덕였다. 그래서 어느 날, 손에 든 펜이 다급해져 모리스 '유의어' 핑커스를 찾아갔다. 이스트하우스턴에서 곤경에 처한 유머 작가들에게 돈을 빌려주는 어둠의 인물이었다. 이자율은 턱없이 높았지만 난 내 인생을 걸고 서명했다. 달리 어쩌겠는가?

하지만 이마저도 충분치 않았고, 강제로 공저자를 들여야 했다. 처음에는 잘 맞는 듯했다. 그는 패러디 전문이었고 반응도 꽤 좋았지만, 오래지 않아 의심이 들기 시작했다. 솔직히 나는 겨우 밥이나 먹고 사는데 그 사람은 길모퉁이까지 닿을 길이의 캐딜락을 끌고 다녔다. 어느 날 밤 저녁을 먹고 가게로 돌아가 장부를 이 잡듯이 샅샅이 살폈다. 생각했던 대로 명명백백했다. 놈은 도둑이었다. 지금까지 내 대사를 훔치고 있었다. 증거를 들이대며 따지니 놈도 별수 없지 않나? 매주 몇 쪽씩 갚겠다고 약속했지만 다신 이 웃기는 자식을 보고 싶지 않았다.

그를 내친 후 나는 더욱더 열심히 일했다. 주 80시간, 매일 열시까지 영업했지만 이미 지는 싸움이었다. 대형 유머 체인의 공세에 나 같은 독립 상인이 어떻게 견딜 수 있겠는가? 그리고 모두 잃고 말았음을 깨달은 그날이 왔다. 솔의 풍자 할인점Sol's Discount Satire이 길 건너에 문을 열었다. 도매 집필이니 나는 그 가격에 맞출 수가 없었다. 물론 재치는 내가 더 넘쳤지만 이제는 아무도 품질에 신경쓰지 않았다. 대체로 이런 태도다. "좀 모호하기는 한데, 40퍼센트나 낮은 가격이면 미묘함쯤은 포기해야지." 나는 가게 뒷방에 앉아 어떻게든 해결책을 찾아내려고 절박하게 고민했다. 날카로운 노크 소리가 들렸고, 이윽고 양쪽에 깡패 하나씩을 대동한 모리스가 돈 받을 준비를 하고 들어왔다. 난 돈이 없다고 했다. 시간을 더 달라고 빌었다. 목숨만은 살려달라고 간청했다. 모리스는 냉랭한 시선으로 날 바라보았고, 살기등등한 볼펜으로 손톱을 다듬으며 눈을 번득였다.

"이봐, 프랜." 모리스가 말했다. "마음 아프게 이러지 마. 다음주 월요일까지 안 갚으면 네가 비유법을 섞어 쓴다고 소문을 퍼뜨리겠어."

이 말을 남긴 채 모리스는 발길을 돌려 고릴라 둘과 문밖으로 사라졌다. 땀이 비 오듯 쏟아졌다. 모리스가 소문을 내면 평생 웃음을 팔기는 글렀다. 머릿속엔 극단적 계획들이 소용돌이쳤고, 어떻게 해야 할지 깨달았을 때 내 심장은 굴착기처럼 쿵쿵거렸다.

그날 밤늦은 시각, 나는 다시 가게로 돌아갔다. 옆문으로 들어가 작업에 착수했다. 사방에 휘발유를 잔뜩 뿌리고 마지막으로 한 번 둘러본 후, 성냥불을 던지고 황급히 밖으로 빠져나왔다. 한참 멀리까지 와서야 내가 한 짓의 심각성을 온전히 깨달았다. 온몸을 휘감는 후회에 다시 달려갔지만 너무 늦었다. 이미 일은 벌어졌다. 보험금 때문에 내 글을 불태우고 말았다.

다음날 '살다보면' 보험회사의 손해 사정인과 만났다. 하늘이 도와 화재 사고로 믿어준 덕에 보험금을 받았다. 딱 모리스에게 진 빚을 갚을 만큼이었고, 다시 빈털터리가 되었다.

나는 당연히 익명으로 여러 업소에서 프리랜서 일을 시작했다. 내키지는 않았으나 현금이 필요했다. 햄버거 고기처럼 몸을 갈아넣으며 어떻게든 자본금을 마련하려 노력했다. 깊이 따위는 없음을 알고는 있었지만 시장이 있으니 최대한 이용했다.

몇 년이 흘러 겨우 한숨 돌릴 만해졌을 때, 나뿐만 아니라 유머계 종사자 전체의 인생을 바꿀 아이디어가 문득 떠올랐다. 뭐였냐고? 패스트 유머. 어차피 딜랜시가 시절보다 속도가 많이 빨라지기도 했다. 이제 전과는 다른 세상이다. 유머 양상도 바뀌었다. 모두가 바빴다. 느린 전개에 오래가는 진국 웃음을 주는 긴 코믹 에세이 따위를 읽을 시간은 없다. 모든 것이 빨리빨리다. 패스트 유머라는 개념이 빛을 발할 시기였다.

이번에도 작게 시작했다. 퀸스대로에 아담한 가게를 차렸다. '급속급소'라는 이름을 짓고 시중에 나온 현대디자인 기법을 모두 적용했다. 전부 크롬과 유리로, 매끈하고 깔끔했다. 이 바닥에서 교묘함과 장난기로 잘 알려진 나이기에, 끼를 주체하지 못하고 노란 아치 하나를 등록상표로 사용했다. 아무도 못 알아봤다. 그래서 하나 더 붙였더니 반응이 좋았다. 대놓고 머리를 때려야 알아듣는단 말이지. 그럼에도 가게는 불붙은 듯 성황을 이루었다. '신속한 받아치기'는 채우기 무섭게 떨어졌고, '큰 웃음'은 세기의 성공작이었다. 점포 수를 늘리기 시작했지만 품질관리만은 포기하지 않았다. 사업은 성공적이었고 오늘의 내게선 때깔이 난다고 말할 수 있다. 나는 다 가졌다. 파크가의 펜트하우스, 크루즈 여객선 퀸 메리 크기의 요트, 안에서 살아도 될 정도인 롤스로이스. 하지만 아직도 만성적인 창작의 가려움이 가끔 느껴진다. 그럴 때면 앞치마와 모자를 쓰고 수많은 매장 중 한 곳의 카운터에 들어가 상냥한 웃음을 지으며 손님에게 이렇게 말한다. "안녕하세요. '뾰족한 일침' 좋은 걸로 하나 드릴까요?" 손님이 나를 알아보면 언제나 좋은 웃음을 팔 기회다. 왜냐하면 이 업계에선 유머 감각이 없으면 죽은 거나 마찬가지니 말이다.

고강도 스트레스를 이용한 프랜 리보위츠식 다이어트 및 운동 프로그램

매년 수백만의 사람들이 몹시 고된 식이 조절과 운동을 통해 과체중을 털어내려 애쓴다. 당근을 깨작대고, 전분을 피하고, 술을 끊고, 저수지 주위를 달리고, 역기를 들고, 공중그네를 타고, 그 외에도 과하게 법석대길 좋아하는 부적절한 경향을 보인다. 하지만 아무런 의지력을 발휘하지 않고도 몸무게를 줄이고 탄탄한 몸매를 가꾸는 것이 전적으로 가능하기—그리고 쉽기—때문에, 이 모든 건 물론 완전히 불필요하다. 무게와 부피가 저절로 사라지게 하는 식으로 인생을 살기만 하면 된다.

마술이라고? 환상? 그림의 떡? 보잘것없이 헛된 열망? 전혀 아니다. 맹세코 전혀 아니다. 마술도, 환상도, 그 어떤 헛된 희망도 아니다. 비밀, 그렇지, 비밀이 하나 있다. 모두의 일상에 자리한 요소를 발굴해내고, 고갈이라고는 거의 불가능한 우리 내면의 그 자원을 최대한 유리하게 활용해내는 비밀.

그 요소는? 스트레스다. 맞다, 스트레스다. 보통의, 평범한, 일상의 스트레스. 낮이고 밤이고 그 어느 때라도 모두에게 가까이 있는 바로 그 스트레스. 짜증, 일, 압박감, 예술, 사랑, 뭐라고 부르든 어쨌거나 스트레스다. 그리고 바로 이 스트레스가, 신체 건강과 외면의 아름다움을 실패 없이 가꿔주는 내 방식에 발을 들인 그대에게, 비장의 무기가 되어줄 것이다.

다이어트

대부분의 다이어트는 음식 섭취를 제한한다는 단점이 있다. 당연히 심기를 불편하게 하고 결국 실패로 이어질 수밖에 없다. 고강도 스트레스를 이용한 프랜 리보위츠식 다이어트(줄여서 고스프리다)에서는 모든 음식을 무제한으로 허락한다. 먹고 싶은 대로 다 먹어도 된다. 목구멍에 넣을 수 있다면 당신 것이다. 아래는 섭취가 허용되는 음식 목록의 일부다. 한정된 지면에 목록 전체를 실을 수 없음은 당연지사. 이 목록에 없는 것도 먹을 수 있다면, 행운을 빈다.

허용되는 음식

고기	사탕	쌀
생선	견과류	스파게티
가금류	곡물	설탕
달걀	쿠키	시럽

치즈	크래커	피자
버터	꿀	감자칩
크림	아이스크림	프레츨
마요네즈	케첩	파이
과일	잼	포도주
채소	마카로니	독주
빵	우유	맥주
케이크	팬케이크	에일

보다시피 '고스프리다'에서는 여타 다이어트에서 본 적 없는 다양한 음식을 허용한다. 그리고 앞서 언급했듯 양도 문제되지 않는다. 유일한 요구조건은 음식 섭취와 특정 신체활동을 병행하는 것이다. 해당 프로그램은 아래 자세히 설명했다.

장비

고강도 스트레스를 이용한 프랜 리보위츠식 운동 프로그램(줄여서 고스프리운프)은 특수 장비를 구입하지 않아도 시작할 수 있다. 이미 틀림없이 가지고 있을 법한 물건들만 있으면 된다. 그 일부를 아래 나열했다.

담배

성냥 또는 라이터

직업

변호사 한 명 이상

에이전트 또는 매니저 한 명

극도로 복잡한 연애 관계, 둘이면 좋지만 최소 하나

우편주소

친구

친척

집주인

필요한 장비는 물론 사람마다 다르겠지만 '고스프리운프'는 거의 모든 상황에 맞출 수 있는 유연한 프로그램이다. 이는 아래의 1일 식단 및 운동 프로그램 예시에서 분명히 확인할 수 있다. 절대적으로 유념해야 할 사항은 반드시 식사중에 운동 지침을 따를 것.

식단 및 운동 프로그램 예시

아침

오렌지 주스 많이

버터와 시럽 그리고/또는 잼을 곁들인 팬케이크 여섯 장

베이컨 네 줄 그리고/또는 소시지 네 개

크림과 설탕을 넣은 커피

담배 열한 대

a. 팬케이크를 한 입 먹는다.

b. 에이전트에게 전화한다. 영화 각본을 쓰려면 삼 개월간 로스앤젤레스에서 살아야 하며, 뮤지컬 시트콤 〈파트리지 가족〉 열여섯 편과 에드 맥마혼*의 비공식 자서전을 썼고 서부영화 〈미주리 브레이크스〉의 제작 예정 후속작을 소설화한 현지 작가와 공동 작업을 해야 한다는 사실을 알게 된다. (탄탄한 턱선 만들기에 탁월.)

오전 간식

글레이즈드 도넛 두 개

크림과 설탕을 넣은 커피

담배 여덟 대

a. 커피를 한 모금 마신다.

b. 우편물을 확인한다. 전화선을 끊겠다는 전화국의 최종 안내문과 최근에 호감 갖기 시작한 상대의 배우자가 보낸 협박 편지, 공중파 방송국에서 내 작품을 표절했다고 알리는 친구의 쪽지가 있다. (주먹 부위 단련.)

* 미국의 아나운서이자 코미디언이자 배우.

점심

보드카 토닉 두 잔

치킨 키예프*

호밀빵과 버터

샐러드

백포도주

후식 코너에서 가져온 후식 한 접시 또는 여러 접시

크림과 설탕을 넣은 커피

담배 열다섯 대

a. 변호사와 점심 약속을 잡는다.

b. 치킨 키예프를 한 입 먹는다.

c. 변호사에게 CBS와의 소송에서 이길 확률이 정확히 어느 정도인지 문의한다. (빠른 속도로 배가 납작해짐.)

저녁

보드카 토닉 세 잔

페스토 스파게티

송아지고기 피카타†

* 닭가슴살에 버터와 향신료를 넣고 말아 빵가루를 입혀 튀긴 우크라이나 음식.

† 달걀물과 밀가루를 입힌 고기를 레몬과 버터소스에 조리한 이탈리아 음식.

호박

루콜라 샐러드

치즈케이크

크림과 설탕을 넣은 커피

브랜디

담배 스물두 대

a. 비밀리에 만나고 있는 연애 상대 셋, 다른 도시에 사는 여동생, 내게 상당한 돈을 빌려준 업계 경쟁자, CBS측 변호사 둘로 구성된 작은 모임과 저녁 약속을 잡는다. 운동은 같이하는 사람이 있으면 언제나 결과가 더 좋다. (근육에 힘이 생김.)

앞서 말했듯 이는 예시일 뿐이며, 음식과 운동을 어떻게 조합하든 효과는 동일하다. 일평균 체중 감소량은 1에서 2킬로그램으로, 이는 담배를 충분히 여러 대 피웠는지에 따라 크게 좌우된다. 흔히 빠질 수 있는 함정이니 주의를 기울여야 하는 부분이다. 흡연량이 충분하지 않으면 스트레스가 감소하는 결과로 이어질 것이 분명하기 때문이다. 도저히 할당량을 채우지 못할 것 같다면 스타를 꿈꾸는 살사 밴드의 아랫집으로 이사하기 그리고/또는 어머니에게 전적으로 숨김없이 다 털어놓기 등 다른 운동으로 반드시 보충해야 한다. 이 방법들이 실패할 경우 『뉴욕 타임스』 부동산 면을 읽으며 식사하기를 시도해보라. 몹시도 과격한 단계임을 인정하는 바이니, 먼저 예술과 레저 부분을 적어도 여섯 쪽 이상 읽고 업무상 필수적인 사람과 성관계를 1회 가지며 몸을 덥힌 후 실시해야 한다.

특이할 만큼 고질적인 체중 문제를 겪는 회원을 만날 때도 있다. 만약 이 부류에 해당한다면, 최후의 절박한 수단으로 당신의 일을 정말 진심으로 이해하는 잡지 편집자, 새롭고 흥미로운 스타일을 시도해보고 싶어하는 미용사와 매 끼니를 함께하도록 한다.

비자연의 순리

보다 전원에 가까운 환경에서 인격 형성기를 보낸 뉴욕 시민들은 종종 계절 변화를 감지하지 못해 곤욕을 치른다. 애벌레와 노랗게 물든 잎, 호박 위의 서리처럼 전통적 신호를 알아보지 못하고 어리둥절한 이들은, 지금이 정확히 한 해 중 어떤 시기인지 탐지하지 못해 분기별로 문제에 봉착한다. 이러한 혼란을 불식시키고자 아래와 같은 길잡이를 마련해보았다.

가을

가을은 9월 말에 시작해서 1월 직전에 끝나는 기간을 칭한다. 가장 현저한 시각적 특징으로는, 도시 전역 백인들의 탄 피부가 하얘지기 시작한다는 것이다. 그러나 뉴욕 시민들은 다소 내성적이니 이들을 갈퀴로 낙엽 모으듯 그러모아 그 안으로 몸을 던지는 행동은 그리 좋은 생각이 아니다. 또한 솟아오르는 모닥불이 풍기는 고향의 향기가 아무리 그립다 할지라도 최근 시행된 대기오염 방지법 때문에 태우는 행위는 금지되었다. 이와 전혀 무관하지 않은 이 계절의 또다른 특징으로는, 도시 전역이 온통 백인으로 가득하다는 것이다. 햄프턴스에 있던 이들이 대거 귀환했음을 알리는 신호이니 주목할 만한 사실이다(여름 참고).

마디가 더 굵고 질감 있는 직물들이 나타나기 시작하고, 신발도 점차 부츠 형태로 변해간다.

정치인들은 밝은색의 유독성 공약을 매달기 시작하는데, 특히 초반부터 이것들을 따먹는 행위는 현명하지 않으며, 잘 개발된 품종을 고수하는 것이 전반적으로 훨씬 안전하다.

겨울

겨울은 가을 잎이 떨어질 때 시작하지만, 변덕스러웠던 앞선 계절보다 더 오래간다. 한겨울에 가까워지면서 길에 보이는 백인의 수가 적어지고(휴양지 바베이도스* 참고) 텔레비전에 출연하는 흑인은 더 많아짐을(난방 제공에 관한 집주인의 태도 참고, 정작 집주인은 따뜻한 바베이도스에 있음 참고) 다시 한번 확인할 수 있다.

패션화보 야외촬영은 점점 줄어들고 그 자리를 특대형 프레첼과 다 식어버린 밤을 파는 불법체류자들이 차지한다.

---

* 서인도제도의 남쪽 끝에 있으며 주민 대부분이 흑인인, 영연방 내의 독립국.

버스는 위험한 찬 공기를 피하고자 무리 지어 몰려다니는 경향을 보이며 체커 택시는 둘씩 짝지어 차고지로 돌아가 서로의 온기와 교감을 나눈다.

땅은 여전히 단단히 얼어붙어 있지만, 도시의 필수 편의시설이 종종 재계약 시기를 맞이하고(가을, 봄, 여름 참고) 시청 기자회견이 빈번해진다.

2월경에는 영화 에이전트와 통화하는 출판 에이전트들의 안색이 푸르죽죽해지고, 협상을 위해 마치 한몸인 듯 서쪽으로 날아간다. 돌아온 직후부터 탄 피부가 하얘지기 시작하지만 이는 규칙을 확고히 드러내주는 예외에 불과하니 초보들은 이를 가을의 신호로 받아들이지 않도록. 아직 겨울이니, 제철이 아닌 과일 중 가장 비싼 것을 파악하며 현실감각을 되찾도록 한다.

봄

풍문에 따르면 겨울과 여름을 구분하는 계절이고 뉴욕에서는 상당히 신화적인 개념이며, 일부 극소수의 무리는 이에 매혹된다. 4월경에는 예술감독들과 심미적 사실주의자들이 스웨터를 벗으며 털갈이하고, 몸이 무척 탄탄해 보이는 젊은 남성들은 다음 가을의 시즌컬러를 고민하기 시작한다. 롱아일랜드 동쪽의 부동산 가격이 날카롭게 치솟는 반면(백인 참고), 이성과 선善의 수위는 점차 낮아진다.

잡지들이 어김없이 계절을 상기시키는 파스텔풍 표지를 뽐내니 신문 가판대는 더욱 섬세한 색채를 띠고, 공기중에 '인연'이라는 단어가 떠돌지만 다행히 물속에는 없다.

5월이 될 무렵에는 출판 에이전트와 통화하는 로스앤젤레스의 영화 에이전트들의 안색이 푸르뎅뎅해지고, 협상을 위해 마치 한몸인 듯 동쪽으로 날아간다. 도착한 직후부터 탄 피부가 하얘지기 시작하지만 이는 초보 중의 초보가 가을의 신호로 받아들이기도 전에 떠날 수밖에 없는 요인이 될 것이다.

여름

유난히 고집 센 이들은 여름이란 겨울이 아닌 계절이라고 주장하지만, 엄밀히 말해 여름은 봄과 가을 사이의 시기를 칭하는 말로, 전기 회사 콘에디슨 고지서 수치의 우후죽순 같은 성장세로 이를 가장 빨리 확인할 수 있다. 공기가 더욱 선명해지고, 어슬렁거리는 길거리 일당과 보행로의 도미노게임 무리가 이루는 풍년에 놀란 대다수의 성인은 본인한테는 반바지가 안 어울린다는 사실을 잊는다. 일광 절약 시간제가 다시 제철을 맞으며 깨어 있을 밤시간이 줄어든 불면인들에게 대대적으로 환영받는 시기다.

재치가 진해지고 도시의 과육은 선명한 회색으로 변하며, 물속에 '인연'이라는 단어가 떠돌지만 다행히 도시에는 없다.

전화번호 안내원 되는 법
: 안내서

입문

전화번호 안내원으로서 가장 중요하게 마음속에 새겨야 하는 것은 당신의 업무란 대중에 봉사하는 일이라는 사실이다. 도우려는 태도와 예절을 갖춰야 함은 물론이지만, 대중 봉사는 곧 엄숙한 책임이며 당장 눈에 보이는 것보다 훨씬 많은 것을 포함하고 있다. 번호를 알려주되, 대중은 대체로 사람으로 구성되어 있고 사람은 한낱 전화번호만이 아닌 그 이상을 바란다는 점을 명심해야 한다. 현대의 대중은 편의성에 상당히 의존하며 지속적인 중노동의 가치와 대가를 자주 잊곤 한다. 인간이란 동물은 도전을 갈구하는 본능적 욕구를 갖고 있고, 전화번호 안내원으로서 당신은 이들의 삶에 이 요소를 재도입하는 데 무척 중요한 역할을 맡았다고 할 수 있다. 그러니 열과 성을 다해 대중에 봉사해라. 다만, 대중에게 봉사한다고 그들의 자잘한 변덕에까지 맞춰줘야 한다고 생각하는 실수를 저질러서는 안 된다. 미래의 전화번호 안내원이여, 그것은 인식의 오류일 뿐 아니라 무책임에 대한 암묵적 인정이기 때문이다.

1강: 사업체인가요, 가정집인가요?

대중의 일원(이하 발신자로 칭함)이 전화번호를 물을 경우, 상냥하면서도 단호한 어조로 "사업체인가요, 가정집인가요?"라고 묻지도 않고 찾아볼 생각은 하지 말아야 한다. 당신의 부적절하고 용서할 수 없는 건방짐이 드러날 뿐이니 절대 생략해서는 안 되는 과정이다. 당신에게 '러시아 다방Russian Tea Room'이 사람 이름 같지 않다고 해서 정말 그런 건 아니다. 미국인 이름 중에는 이상한 게 꽤 많고, 이는 미국에 산 시간이 아무리 짧았다 해도 분명 당신이 알아차렸을 사실이다.

2강: 주소를 아시나요?

이 질문은 이중의 목적을 지녔기에 무엇보다 중요하다. 우선 같은 이름으로 여러 번호가 등록되었을 경우 번호 검색과정이 용이해진다. 참고로 앞서 언급된 러시아 다방에게는 적용되지 않는다. 적어도 맨해튼에는 살아 있는 가족이 없는 듯한 불쌍한 양반이다. 이 질문을 하는 두번째 이유이자 더욱 중요한 이유는, 발신자가 바로 당신, 전화번호 안내원의 시간과 기력을 악용해 정확한 주소를 빼내려고 교묘히 술수를 부리는 게 아니라, 정말로 전화번호가 궁금해서 전화했는지 확인하기 위해서다. 당신은 어쨌거나 뉴욕전화국에 고용된 직원이고 그 어떤 상황에서도 남을 등쳐먹으려는 도벽 있는 발신자에게 이용당하는 일은 없어야 한다.

3강: 철자를 불러주시겠어요?

이런 요청을 하면 발신자가 아주 잘 들리게 불쾌한 한숨을 내쉬거나, 극단적인 경우 노골적인 비속어로 답하는 일이 곧잘 있을 것이다. 전적으로 무시하라. 당신은 할일을 할 뿐이고, 이름 철자도 대기 싫거나 대지도 못하는 사람한테 그 발신자 역시 무슨 마땅한 이유가 있어 전화하고 싶겠는가.

4강: '보이' 할 때 'ㅂ'인가요?

고전이라고도 할 만한 이 전통적인 질문에, 최근 들어 퍽 까다로운 문제가 대두되었다. 시위대가 시위하고, 법안이 통과되었으며, 권리가 쟁취되었다. 평균적인 보통 사람들의 민감성이 한층 고조되어 "'보이' 할 때 'ㅂ'인가요?"라는 질문은 아무리 정중하게 물어도 걸핏하면 부적절한 답변을 듣기 십상이다. 하지만 아무리 이 문제에 공감한다 할지라도 "'맨' 할 때 'ㅂ'인가요?"라고 질문하기란 논리적으로 불가능한 까닭에, 현대의 전화번호 안내원은 막막하기만 하다. 그러나 "'블랙' 할 때 'ㅂ'인가요?"라는 질문은 기필코 피해야 한다. 요즘에는 전혀 구분이 안 된다. 시기가 이러하다보니 강력히 경고하는바, 남성 전화번호 안내원이라면 여성 발신자를 상담할 때 "'베이비' 할 때 'ㅂ'인가요?"라는 위험천만한 질문은 아예 던질 생각조차 하지 말 것.

5강: 그 번호는 전화번호부 보시면 있어요

발신자와의 길고도 종종 스트레스를 주는 통화 끝에 다다르는 이 마지막 단계는, 특히 초보자들이 가장 등한시하는 단계다. 하지만 마지막에 남기는 인상이 마지막까지 가는 것이니 그 중요성을 과소평가해서는 안 된다. 이 안내서에서 자주 그려지듯, 전화번호 안내원은 인간이 취하는 온갖 종류의 불쾌하고 깔보는 태도의 대상이 되기 쉽다. "그 번호는 전화번호부 보시면 있어요"는 전화번호 안내원을 만만하게 봐서는 안 된다는 걸 확실히 다지는 기회다. '그 번호는 전화번호부 보시면 있어요'라는 말은, 전화번호부도 읽을 줄 모르는 것 같은 사람은 고사하고 그 누구에게라도 휘둘릴 의사가 전혀 없음을 발신자에게 조금도 애매하지 않게 알려주는 말이다. 그러니 제발 부탁하건대 '그 번호는 전화번호부 보시면 있어요'를 잊지 말도록 한다. 매번 잘 먹힌다.

부록: 좋은 하루 보내세요

진정 자기 일을 사랑하는 전화번호 안내원은 단 한 번의 실패도 없이 활기 넘치게 "좋은 하루 보내세요"로 통화를 종료한다. '좋은 하루 보내세요'는 둘 중 누가 더 그릇이 큰지 확실히 보여줌은 물론, 발신자가 안내받은 번호를 잊게 하는 대단히 만족스러운 효과까지 지닌 완벽한 마지막 한 방이다.

간단 정리

가난한 이들은 전반적으로 불행하다. 종종 추위에 떨고, 항상 현금이 부족하고, 자주 배고프기까지 하니 의문의 여지 없이 불평할 이유가 충분하며, 이를 두고 논란을 벌일 사람은 거의 없겠다. 일반적으로, 가난한 이들은 흔히 '좋은 인생'이나 '미국적 삶의 표준'이라 불리는 것들을 이루는 요소를 대부분 박탈당한 상태다. 이러한 전반적인 상황은 정부와 국민 모두 충분히 인식하고 있으며, 현상황을 완화하고자 많은 것을 시행해왔다. 부족함이 발견되는 곳이면 어디든 해결책이 뒤따랐다. 돈이 없다? 복지정책. 집이 없다? 공공주택. 밥이 없다? 식료품 할인 구매권. 오는 게 없다? 가는 것도 없다. 아, 이건 다른 거구나. 아무튼 내 요점은 그렇다. 가난한 이들에게는 도움이 필요하다. 가난하지 않은 이들은 기꺼이 도우려 한다. 일부는 지나칠 정도로.

진심을 다해 적극적으로 선행을 베푸는 가난하지 않은 이들에게는 가난의 딜레마가 물질적 문제 그 이상이란 사실이 놀랍지 않을 것이다. 혹시라도 섣부른 결론을 내리지 않도록 이 자리에서 바로 밝혀두자면, 나는 사랑과 관심을 향한 인류 전반의 욕구에 관해 강론을 펼치려는 것이 아니다. 내가 보기에, 가난한 이들은 그들이 감당할 수 있는 사랑과 관심을 충분히 받고 있다. '어울리지 않는 결혼'이라는 개념이 어느 쪽에서 생겨났는지는 딱 보면 알 수 있다.

나는 여기서 감정적 욕구보다는 사회적 성격의 욕구를 논하고자 한다. 사회적 성격의 욕구란 어쩌면 가장 복잡하고 골치 아픈 주제일지 모르지만, 그래도 다뤄야만 한다.

이 문제에 관해 보다 분명한 이해를 돕고자, 가난하지 않은 무리의 일원이 가상의 저녁 만찬(최상의 종류)에 당신을 비롯해 자기 친구들을 초대했다고 상상해보기로 하자. 당신은 굶주린 친구 하나를 데려가기로 한다. 친구의 차림새가 적당치 않아 당신의 의상을 친구한테 빌려준다. 만찬 주최자가 충분한 음식과 음료를 베푼다. 친구는 잠시나마 행복해한다. 친구는 가난하지 않은 기분을, 당신은 스스로의 관대함을, 주최자는 품위를 느끼며, 선의가 넘쳐나는 분위기다. 당신은 짧은 순간, 가난하지 않은 이의 저녁식사에 가난한 이를 포함시키는 이 간단한 행위로 완벽한 빈곤 퇴치가 가능해질지도 모르겠다고 생각한다. 커피가 나온다. 대화가 진지해진다. 주제는 으레 그렇듯 세금 문제로 이어진다.

바로 이 시점에서 장담컨대 당신 옆의 가난한 이는 흥이 깨진다. 친구는 갑자기 다시 가난함을 느낀다. 가난보다 더 나쁜 소외감을 느낀다. 그에게는 세금 문제가 없다. 흔한 말로 그럴 권한마저 점거당하고 뺏긴 그는 따돌림의 대상이자, 비주류다. 현 체계에서는 가난하게 사는 한 이렇게 수치스러운 입장일 수밖에 없다. 엎친 데 덮친 격이다. 가난하다면 세금 문제를 겪지 않을 테고, 세금 문제를 겪지 않는다면 세금 혜택 또한 없음을 잊어서는 안 된다. 이런 게 민주주의라니. 누구는 연소득의 50퍼센트나 세금으로 내는데 동행인은 과세 대상조차 아닌 민주주의. 음식과 옷, 머리 위를 가려주는 지붕이 없는 것도 모자라 회계사도, 투자 변호사도, 세액공제도, 법의 허점도 없다. 그리고 분명 영수증도.

이는 당연히 비양심적 처사이고 이제 당신도 심각성을 알았으니, 이 상황이 단 일 분이라도 계속되리라는 건 생각조차 할 수 없다. 우리 사회를 공평하다고 부르고자 한다면 더더욱 그렇다. 다행히 이 문제를 해결할 방법이 있으니, 충격적일 만큼 간단한 이 방법을 즉시 적용시켜야 한다.

가난한 이들에게 세금을 매기자. 무겁게. 어설퍼서는 안 된다. 부자 식탁의 부스러기 정도로는 안 된다. 진짜 세금이어야 한다. 연소득의 50퍼센트 과세, 재산, 자본소득, 상속 등 일체에.

그럼 이제 주의깊은 독자라면(혹은 부주의한 독자마저도) 아무래도 어딘가 맞지 않는 구석이 있음을 눈치챘을 것이다. 무언가 빠졌다고 할지 모른다. 가난한 이들에겐 세금을 매길 재원이 부족하다고 재빨리 지적할 것이다. 세금 낼 능력이 없다고 말이다. 하지만 나는 그런 지적에 대비했고, 내 해결책을 받아들이지 못하겠다면 그건 규모의 문제, 상대성의 문제라고 반박하겠다. 각 사항을 개별적으로 짚어보도록 하자.

50퍼센트 과세

가장 이해하기 쉬운 개념이다. 가난한 이들을 포함해 그 누구라도 절반은 있음은 자명하기 때문이다. 연소득이 1000달러밖에 되지 않는 사람이라도 세금 낼 500달러는 있다. 물론 거액의 자산은 아니지만 무시할 액수도 아니다.

재산

여기서 겪는 어려움은 의심의 여지 없이 개념 문제다. 당신의 재산 개념은 남아도는 땅, 미드타운의 부동산, 주요 거주지 등에 쏠리는 경향이 다분할 것이다. 사실 이 모두가 물론 재산의 훌륭한 예시이지만, 민주주의에서 재산의 정의를 이런 훌륭한 예시에만 한정하는 게 아주 공명정대하다고 진심으로 생각하는 사람이 과연 있겠느냔 말이다. 결국 재산이란 그저 소유권이다. 소유하고 있는 게 곧 재산이다. 그러므로 재산세는 가난한 이들의 재산에도 쉽게 부과될 수 있고 부과되어야 한다. 자유가 공평하면 책임도 공평하다. 그러니 핫플레이트나 비닐잠바, 전기난방기를 대가 없이 사용하는 일은 없어야 한다.

자본소득

이 부분은 조금 까다롭지만 넘지 못할 산은 아니다. 언제나 그렇듯 사전은 유용하다. 바로 웹스터 대사전 개정판이다. '자본'은 노동력의 산물로 축적한 재산을 칭한다. '자본소득'은 주식 등 자본투자의 판매로 얻은 이익을 뜻한다. 똑똑히 보았는가? 또 한번 상대성과 마주한다. 자, 아, 그래. 음, 아. 이런, 그렇군. 인정한다. 아마 자주 있는 일은 아닐 것이다. 하지만 가난한 이들은 남은 스팸 구이를 떨이로라도 팔았다면 신고하는 것이 원칙임을 잘 알아두길 바란다.

상속

습관의 동물인 우리는 보통 상속이라 하면 죽음과 연관짓는다. 엄격하게 따지면 그럴 필요는 없다. 사전은 다음과 같이 '상속'을 정의하며 이번에도 그 유용성을 보여주었다. 후임자 또는 상속자로서 재산을 이어받는 일. 물론 여기서는 후임자가 핵심이다. 그러므로 누군가에게는 '상속'이라는 단어가 명망 있는 시골 사유지와 스퀘어컷 에메랄드 보석을 떠올리게 할지라도, 다른 누군가—즉 가난한 이들—에게는 무척이나 다른 이미지를 생각나게 할 수도 있음을 명백히 알 수 있다. 얻어 입은 데이크론 바지가 물론 에메랄드 보석은 아니다. 처음에 언급했듯 500달러가 거액의 자산은 아니듯이 말이다.

타인을 위한 새해 결심

전화응답서비스 안내원으로서, 내가 그 전화를 받으려고 내 진짜 업무인 극도로 복잡한 신경외과 수술을 중단할 수밖에 없었다는 암시를 주는 식의 한숨은 쉬지 않도록, 고객 전화 응대시 최선을 다할 것이다.

키가 작은 편인데다 팔팔한 청춘도 아닌 터라, 가죽승마바지랑 대충이라도 유사한 옷이라면 그게 뭐든 영원히 삼가겠노라.

초콜릿칩 쿠키는 최근 그 가치가 과대평가된 것 같다. 나는 하버드 법대 한 학기 등록금에나 맞먹을 금액으로 이러한 물품을 파는 교묘한 이름의 가게를 또하나 열어 현상황을 악화하는 짓은 하지 않을 것이다.

실제로 전해지는 색감과 순간의 기분이 뭐든, 나는 절대, 절대, 절대로 내 개인 서면 통신문을 우스꽝스럽고 조잡한 크레용 그림으로 장식하지는 않으리라.

비록 내가 깜짝 놀랄 만큼 2개 국어를 유창하게 할지언정, 간사한 어조의 프랑스어로 포도주 목록을 달라고 하며 의도적으로 웨이터에게 잘 보이려는 시도 따위는 다시 하지 않겠다.

4인치는 조금만 다듬는 게 아니다. 미용사로서 내가 할 일은 이 사실을 반드시 명심하는 것이다.

나는 국제정치 분야에 타고난 능력이 있긴 하나, 이 실력을 승객들에게 발휘하진 않겠다.

아무리 애절한 간청을 받더라도, 맹세컨대 어느 유명 예술가의 캔버스 펴주는 일을 하는 매우 친한 친구가 귀띔해준 특급 정보는 절대 발설하지 않겠다.

그다지 알려지지 않은 행사장이라도 뻔질나게, 영구적 붙박이라고 할 만큼 들락날락한다는 사실에 비추어, 나는 앞으로 다시는 사람들에게 외출 잘 안 해요 같은 말은 하지 않겠다고 이 자리에서 맹세한다.

아무리 내가 식당 주인이라도 메뉴에 빌 제프리*라는 이름의 요리를 포함시켜도 된다는 뜻은 아니다.

제아무리 인더스트리얼이고 하이테크에 어두운 회색이라 하더라도, 바닥 전체를 덮는 카펫을 깔기에 부엌은 적당한 장소가 아니다. 이제야 깨달았다.

대형 베개는 아무리 호사스럽게 꾸민들, 아무리 흥미진진하고 넉넉하게 곳곳에 배치한들, 안타깝지만 가구가 아니다. 소파를 사야겠다.

작년에 리우데자네이루 카니발에 다녀왔는데 브라질 사람들은 실로 따뜻하고 아름답다는 얘기를, 다른 사람들이 듣고 싶어하리라고 또다시 생각했다간 내가 벼락을 맞아 그 자리에서 죽게 하소서.

모자 금지.

비싼 식당에서 과식해놓고는 과한 열정에 차서 그걸 글로 쓰는 일은 그야말로 얼토당토 않다. 진짜 직업을 찾아야겠다.

지난번 봤을 때 함께 있던 아주 상냥한 물라토 무용수의 행방을 묻는 질문은 예의 있는 대화 범주에 속하지 않는다.

---

* Veal Jeffrey에서 'veal'은 송아지고기를 뜻한다.

유럽 패션 잡지의 액세서리 편집자들과 관련해 '눈부시게 멋진'이라는 단어를 쓰는 일은 빠른 시일 내에 완전히 그만둘 것이다.

산딸기는 제철이 아닐 때마저도 규제약물은 아니다. 식당을 운영하는 나는 법적으로 쉽게 산딸기를 얻을 수 있다. 더 후하게 베풀어야겠다.

성공의 옷차림은 성공에 도달했을 때 입는 것이고 그전에는 아니다. 이는 가슴에 새기고 목숨이라도 걸 진리다.

넥타이가 정말이지 아무리 얇은 것이라 해도 그것만으론 부족하다. 전적으로 넥타이에 의지하는 일은 그만두어야 하겠다.

특별 요청을 받은 경우가 아니라면 일본 공상과학영화를 예술적 견지에서 논하지 않겠다.

자주색이 머리색으로 용납될 때는 갈색이 꽃색으로 용납될 때쯤일 것이다. 이 사실을 잊지 말아야겠다.

누군가 내게 골동품 가구에 관한 조언을 부탁할 경우, 가치는 그렇게 빠삭하게 꿰고 있으면서 가격은 하나도 모르는 모자란 수집가와 한통속으로 엮이지 않도록, 모든 질문에 이성과 예의를 갖추어 답할 것이다.

X는 이런 글을 쓰기에 호락호락한 알파벳이 아니며, 엄청난 노력을 들여도 마찬가지다. 시도조차 하지 말아야겠다.*

적어도 뉴욕 젊은이들만은 젊음의 가치를 제대로 알고 있다. 이들은 이미 젊음을 충분히 써먹는다. 난 써먹기 부족한 형편이라 이를 무시할 수가 없다.

젤다 피츠제럴드는 의심의 여지 없이 매혹적으로 보이지만, 그 모습을 닮으려는 짓은 당장 관두기로 약속한다.

---

* 원래 이 글은 각 문장의 첫 글자가 알파벳 A부터 Z까지 순서대로 쓰였다. X로 시작하는 문장은 그만큼 만들기 힘들었다는 뜻이다.

갖기와 안 하기

얼마 전 가까운 지인의 출판 에이전트가 대단히 상업성 있는 소설가와 책 계약을 마쳤다. 작품은 아직 집필 전이다. 하나도 안 썼다. 한 쪽도. 그렇지만 작가의 명성과 에이전트의 탁월한 실력에 힘입어, 아직 책이 아닌 이 책은 100만 달러라는 흐뭇한 액수에 계약되었다. 이 에이전트는 그다음 주에 아직 책도 아닌 그 책으로, 정확히 같은 액수로, 영화 계약까지 따냈다고 한다.

그후 오래 지나지 않아 나는 한 저녁식사 자리에서 해당 책의 영화 판권을 구매한 사람 옆에 앉게 되었다. 난 예의 있는 미소를 지었다. 상대도 미소로 답했다. 용기 내어 운을 떼었다.

"듣자 하니," 내가 말했다. "대단히 상업성 있는 소설가의 다음 책을 100만 달러에 계약하셨다고요?"

"네." 그가 말했다. "작가님도 저희한테 영화용으로 하나 써주세요."

나는 당시 내 일정상 늦잠 자기와 근거 없는 소문, 얄팍한 친구 관계에 파묻혀 그런 작업을 맡기는 어렵겠다고 설명했다. 잠시 침묵이 흘렀다. 음식을 먹었다. 음료를 마셨다. 할말이 떠올랐다.

"대단히 상업성 있는 소설가의 쓰지 않은 책을 100만 달러에 계약하셨다고요?"

그의 답변은 긍정이었다.

"그럼," 내가 말했다. "이건 어떠세요? 제 다음 책도 아직 안 썼거든요. 제 쓰지 않은 책도 대단히 상업성 있는 소설 작가의 쓰지 않은 책이랑 완전히 똑같아요. 물론 저도 에이전트가 있으니 이런 식으로 일 얘기 하면 안 되지만, 대단히 상업성 있는 소설 작가의 쓰지 않은 책과 정확히 같은 가격에 제 쓰지 않은 책을 팔 용의가 있어요."

나의 식사 동반자는 정중히 거절하며 내 쓰지 않은 책 가격으로 10만 단위 액수를 제시해왔다.

"에이전트 통해 연락하세요"라고 답하며 오른쪽으로 몸을 돌렸다.

다음날 아침, 내 쓰지 않은 책의 영화 판권 가격으로 10만 단위 액수를 제안받았으나 거절했다고 알리는 해당 에이전트의 전화에 잠이 깼다.

"더 받을 수 있을 것 같아요." 에이전트가 말했다. "나중에 얘기하죠."

나는 곰곰이 생각하다 다시 전화를 걸었다. "생각해봐요." 내가 말했다. "다 쓴 것들로 작년에 번 돈이 4000달러였어요. 올해는 쓰지 않은 것들에 10만 단위 가격 제안을 두 번이나 받았고요. 아무래도 내가 이 바닥에서 일하는 방식이 잘못된 것 같아요. 글을 안 쓰는 건, 재미있기는 당연하고 이제 보니 수익성이 어마어마한 일이네요. 영화 사겠다는 그 친구한테 전화해서 쓰지 않은 책이 여러 권이라고 해요. 한 스무 권 쯤요." 나는 새 담배에 불을 붙이며 한바탕 기침을 한 뒤 현실을 인정했다. "뭐, 적어도 열 권은 된다고 하세요. 싹 쓸어봅시다."

좀더 이야기를 나누다가 내키지는 않지만 전화를 끊었다. 새로운 돈벌이가 될 글 안 쓰기 행보에 전화 붙들고 있기가 얼마나 중요한지 잘 알기 때문이었다. 그래도 진전이 있었고, 신중을 기해 절대적인 의지력을 발휘함으로써 그날 온종일 단 한 글자도 쓰지 않았음을 기쁜 마음으로 전한다.

그날 저녁 어느 저명한 예술가의 작품 전시회에 참석했다. 멋들어지게 전시된 그림 가격을 문의했고, 굳건한 마음으로 그저 가벼운 놀라움만 표하며 불안한 욕심에 가득찬 상태로 하루를 마무리했다.

다음날 일어나자마자 에이전트에게 전화를 걸어 다각화를 꾀하고 싶다고 밝혔다. 더 시각적으로. 글 안 쓰기는 소량의 자본 획득에는 괜찮지만, 진짜 판은 그림 안 그리기에 있는 것 같았다. 더이상 나 자신을 한 가지 형태에만 가두지 않을 것이다. 나는 이제 나의 일 안 하기를 두 가지 매체로 확장할 것이다.

그후 며칠은 곧 다가올 부유함을 생각하며 행복한 사색에 빠진 나날이었다. 실제로 수표가 굴러들어오지는 않았어도, 하루이틀 살아본 것도 아니고 이런 일엔 시간이 걸린다는 걸 안다. 새로운 발견에 고무된 나는 완전히 다른 각도에서 사물을 보기 시작했다. 어느 주말 자동차로 시골길을 달리다가 나의 경작 목록에 땅은 포함되지 않았음을 번뜩 깨달았다.

월요일 아침이 되자마자 에이전트에게 전화했다. "저기," 내가 말했다. "이게 우리 분야에서 조금 벗어난 건 아는데, 농무부에 연락해서 내가 현재도, 과거에도 꽤 오랜 시간 밀을 재배하지 않았다고 알려주면 좋겠어요. 우리집 면적이 좁기는 해도 얼마나 받을 수 있나 해보자고요. 그리고 이왕 하는 김에 복지부도 한번 찔러볼까요? 나 일도 안 하잖아요. 그거로도 몇 푼 될 거예요."

에이전트는 알아보겠다며 전화를 끊었고, 이제 나는 혼자 힘으로 해야 했다.

그림을 안 그렸다—이 정도야. 밀을 기르지 않았다—간단하지. 무직 상태를 유지했다—할 것도 없다. 글 안 쓰기, 음, 글 안 쓰기에 관해서라면 나야말로 진품 중의 진품, 베테랑이다. 하지만 마감일은 예외임을 인정해야겠다. 마감일은 나도 정말 어쩔 수가 없다. 신경써야 할 사람들이 있고 지켜야 할 의무가 있다. 마감일 앞에선 정말 어김없이 흔들리고 만다. 그리고 보다시피 지금도 예외가 아니다. 이 글을 끝내야 한다. 그렇게 했다. 하지만 더욱 관찰력 있는 독자들이라면 내가 적어도 일말의 자제력은 행사했음을 눈치챘을지 모른다. 이 글이 너무 짧다. 지나치게 짧다. 미안하지만 돈이 필요했다. 만약 뭔가 하려면 어중간하게 하라. 일은 일이다.

옮긴이의 말

아는 만큼 보인다는 말이 있다. 프랜 리보위츠는 모든 것을 안다(실제로 어느 방송에서 한 말이다). 그래서 세상 모든 게 다 보이고 너무 잘 보이는 터라, 안 보고 싶은 것도, 싫은 것도 많은가보다. 왜 싫은지 조목조목 따지는 글을 써서 책까지 냈다. 결국은 불평불만일 뿐인데 재미있고, 심지어 더 듣고 싶게 하는 어려운 일까지 해냈다. 그리고 수십 년이 지난 지금, 지구 반대편에서 다른 언어로 그 불만이 번역되는 상황까지 왔다.

첫 장을 번역하는 순간부터 이 글을 쓰는 지금까지, 최소한의 단어로 최대한을 표현하는 작가의 능력을 온전히 옮기지 못하고 입체를 억지로 평면으로 눌러버렸다는 죄책감에 마음이 무겁다. 아무 설명도, 각주도 없이 자기 할 말만 간결하게 담아 '못 알아들으면 말고' 하며 돌아서는 식이라, 괜한 오지랖으로 구구절절 설명을 붙인 건 아닌가 하는 생각도 든다. 그리고 그 과정에서 사라진 재미, 내 부족함 때문에 제대로 빛을 발하지 못하는 농담과 작가의 재치도 안타까울 따름이다.

1970~1980년대에 출간된 작품을 2021년에 옮겨야 하니 시기적 이질감과 단어, 말투 선택 때문에 마지막까지 고민이 컸다. 누군가는 지금의 사회적 잣대로 평가하며 불쾌감을 표할지도 모르겠다. 하지만 개인의 취향이 시대적 변화와 일치할 수 없음은 당연하다. 또한 작가가 서문에서도 말했듯, 당시 타당했던 일들에 현재의 타당성 기준을 들이댈 수도 없다. 그러니 역시 작가의 말대로, 그때 의도한 대로만 받아들여지길 바란다.

눈치볼 게 너무 많아 아무 말 쉽게 못하는 요즘 같은 시대에 책장을 펼치면 담배 연기가 나올 것만 같은 이렇게 독한 글이 나와도 괜찮을지, 독자들이 봐줄지 걱정이 앞서지만, 이 또한 어차피 소심한 번역가의 걱정이고 작가는 세상의 이해나 걱정이 필요 없는 사람이다. 작가의 세계는 시기와 관계없이 한결같다. 싫은 건 싫고, 아닌 건 아니다. 그럼에도 이 책을 선택하신 독자들께 부탁드리자면, 부디 책 속에 언급되는 인물과 작품 등에 관심을 갖고 조금이라도 공부(진짜 공부다)할 마음을 먹어주셨으면 한다. 작가의 방대한 지식에 감탄하게 됨은 물론, 아는 만큼 더 보이고, 아는 만큼 더 웃을 수 있다.

한국어판이 출간되기까지 힘써주신 모든 분과, 좋은 기회를 주시고 편집 과정에서 세심하게 마음 써주신 문학동네 송지선 편집자에게 다시 한번 감사드리며, 기나긴 싸움을 버텨준 나 자신에게, 그리고 무엇보다 여기까지 읽어주신 독자분들께 감사 인사를 전한다. 작은 바람을 하나 더 덧붙인다면, 재밌으면 재밌다고 당당하게 말씀해주셨으면 좋겠다.

2022년 8월

우아름

나, 프랜 리보위츠

초판인쇄 2022년 7월 20일
초판발행 2022년 8월 10일

지은이 프랜 리보위츠
옮긴이 우아름

기획·책임편집 송지선 | 편집 황지연 이현자 | 디자인 엄자영 최미영
저작권 박지영 형소진 이영은 김하림
마케팅 정민호 이숙재 박치우 한민아 이민경 박지영 안남영 김수현 정경주
브랜딩 함유지 함근아 김희숙 박민재 박진희 정승민
제작 강신은 김동욱 임현식 | 제작처 상지사P&B

펴낸곳 (주)문학동네 | 펴낸이 김소영
출판등록 1993년 10월 22일 제2003-000045호
주소 10881 경기도 파주시 회동길 210
전자우편 editor@munhak.com | 대표전화 031)955-8888 | 팩스 031)955-8855
문의전화 031)955-3578(마케팅), 031)955-2686(편집)
문학동네카페 http://cafe.naver.com/mhdn
인스타그램 @munhakdongne | 트위터 @munhakdongne
북클럽문학동네 http://bookclubmunhak.com

ISBN 978-89-546-8448-4 03840

잘못된 책은 구입하신 서점에서 교환해드립니다.
기타 교환 문의 031) 955-2661, 3580

www.munhak.com